Dello stesso autore nel catalogo Einaudi

Almost Blue
Il giorno del lupo
Mistero in blu
L'isola dell'Angelo Caduto
Guernica
Un giorno dopo l'altro
Laura di Rimini
Lupo mannaro
Medical Thriller (con E. Baldini e G. Rigosi)
Falange armata
Misteri d'Italia
Il lato sinistro del cuore
Nuovi misteri d'Italia
La mattanza
Piazza Fontana
L'ottava vibrazione
Storie di bande criminali, di mafie e di persone oneste
G8. Cronaca di una battaglia
La faccia nascosta della luna
Protocollo (con M. Bolognesi)
L'ispettore Coliandro
I veleni del crimine
Giudici (con A. Camilleri e G. De Cataldo)
Il sogno di volare
L'ispettore Grazia Negro
Giochi criminali
(con G. De Cataldo, M. de Giovanni e D. De Silva)
Carta bianca
Albergo Italia
Il tempo delle iene
Intrigo italiano
L'estate torbida

Carlo Lucarelli
Peccato mortale

Einaudi

© 2018 Carlo Lucarelli
Published by arrangement with
Agenzia Letteraria Santachiara

© 2018 Giulio Einaudi editore s.p.a., Torino

www.einaudi.it

ISBN 978-88-06-23753-0

Peccato mortale

Severino, amico mio

«Il Resto del Carlino», sabato 24 luglio 1943, XXI, Italia, impero e colonie cent. 30.

RILEVANTI FORZE AVVERSARIE RESPINTE NELLA PIANA DI CATANIA. Nella zona occidentale le forze dell'Asse si spostano su posizioni arretrate - IL RICHIAMO ALLE ARMI DELLE CLASSI DAL 1907 AL 1922.

Cronaca di Bologna: IL CENSIMENTO DEGLI SFOLLATI - NON UNA ZOLLA INCOLTA, estensione degli orti di guerra - NOTIZIE ANNONARIE: il burro in distribuzione, lunedí le patate. I prenotati potranno acquistare g. 80 di pollo o coniglio.

Radio: ore 20:30, *Il signor Bruschino* (farsa giocosa di G. Foppa).

Se non fosse inciampato sarebbe morto, perché il proiettile spaccò il vetro con lo schianto secco di un colpo di tosse e gli passò tra i capelli sulla nuca, di traverso, lasciandogli sulla pelle una ditata lucida e rossa come una scottatura.

De Luca piombò a terra senza neanche avere il tempo di mettere avanti le mani e affondò la faccia in un fagotto gonfio che piú che un sacco, morbido com'era, sembrava un cuscino.

Era la casa sbagliata. Si era perso nel buio senza luna di quella notte di fine luglio, attento piú a non finire nel canale che a distinguere le sagome scure dei casolari di quella parte di periferia che era già quasi campagna. L'oscuramento, e ancora di piú il bombardamento di quella mattina, anche se lontano, avevano spento i pochi lampioni e quando De Luca si era trovato davanti quel muro nero e dritto aveva semplicemente seguito il piano di Rassetto, che prevedeva per lui l'ingresso da dietro, mentre gli altri facevano irruzione dal davanti.

La porta non era chiusa, e già avrebbe dovuto capirlo da quello che non era la casa del Borsaro, ma la parte militare delle operazioni non era mai stata il suo forte, era sempre troppo teso. Cosí andò avanti lo stesso, e siccome oltre la porta c'era una scala la fece a quattro zampe, come un gatto, perché la pila della sua torcia tascabile lo aveva lasciato già da un pezzo, e non si vedeva davvero niente.

Quando era arrivato in cima alla scala, distratto da un ronzio intenso di mosche che ribolliva nel caldo soffocante, non aveva fatto in tempo ad abituarsi al buio che qualcosa, tra i piedi, lo aveva fatto inciampare.

Poi, lo schianto del vetro dell'unica finestrella sotto il tetto spiovente, il bruciore sulla nuca, la stoffa morbida e gonfia che gli riempiva la faccia, neanche si era accorto che gli avessero sparato, convinto da quella roba vischiosa che gli faceva scivolare le mani mentre cercava di rialzarsi di aver spaccato lui un vaso di melassa, cadendo. Perché ne aveva sentito il vetro rotolare sulle assi del pavimento, perché ne aveva il naso pieno del suo odore dolce e perché era ancora sicuro che quello fosse un magazzino di generi alimentari di contrabbando.

Fuori, intanto, avevano cominciato tutti a urlare, e questa volta lo sentí, lo sparo, e capí che veniva da un'altra parte, e allora tirò fuori la pistola dalla tasca della giacca, a fatica, perché gli scivolava tra le dita gommose.

Tornò alla scala e scese piú in fretta, un po' per l'adrenalina e un po' perché il primo proiettile aveva infranto la tendina di polvere secca incrostata sul vetro della finestra e ci si vedeva un po' di piú.

Girò attorno alla casa guidato dal rumore delle voci e uscí nel cortile buio dove c'era un ragazzo, una macchia bianca in mutande e canottiera, schiacciato a terra da Massaron, piú scuro e massiccio. Si sentiva dal tintinnare delle catenelle che gli stava mettendo le manette.

– Complimenti, commissario! – gli disse Massaron, entusiasta, dopo che l'ebbe riconosciuto mentre si avvicinava nell'oscurità. – Avevate ragione, stavano proprio qui! E dovete vedere che roba!

– Chi ha sparato? – chiese De Luca. – Lui? – e indicò il ragazzo.

– No, io. Due colpi in aria, a scopo intimidatorio.

Bravo coglione, pensò De Luca, e nemmeno lui avrebbe saputo dire se si riferiva alla guardia scelta Massaron o a sé stesso. Allentò il nodo della cravatta, sbottonando il colletto della camicia perché non gli sfregasse contro la bruciatura sulla nuca, e attraversò il cortile orientandosi con lo spicchio di luce che filtrava dalla massa nera dell'altro casolare, quello giusto. C'era Rassetto, sulla porta, teneva scostata la stoffa pesante di una tenda e gli faceva cenno con una mano.

– E bravo De Luca! – Con la *l* appena raddoppiata da un leggero accento cagliaritano e i baffetti dritti sulle labbra in un sorriso che ancora non si riusciva a vedere ma che c'era sempre a scoprirgli i denti da lupo, felice o arrabbiato che fosse. – Abbiamo beccato il Borsaro! Ma da dove sbuchi? Non dovevi essere di sopra?

– È una storia lunga, – disse De Luca, ed entrò nella casa, inghiottito dalla tenda spessa e dai vetri dipinti di nero delle finestre.

– Mi sa che avevano piú paura dei ficcanaso che delle multe per l'oscuramento, – disse Rassetto.

C'erano solo due lampadine appese al soffitto che illuminavano il centro della stanza lasciando i bordi nel buio, ma era abbastanza. Salami lunghi e nodosi come dita impiccati alle travi assieme a piccoli prosciutti che saturavano l'aria con un odore che faceva gorgogliare lo stomaco. Sacchetti di sale e di zucchero. Panetti di lardo. Mortadelle sovrapposte come proiettili da mortaio. Damigiane che dalla paglia unta attorno al vetro robusto si intuivano piene d'olio. Sapone impilato in barre tozze e gialle come lingotti. Doveva anche esserci della benzina, da qualche parte nel buio, perché se ne indovinava l'odore, una screziatura aspra in mezzo a quello dolce, salato e unto della carne, quello pungente del sapone, e anche quello del caffè, che si sentiva forte. C'era un motivo se lo chiamavano il Borsaro, Saccani Egisto, con l'articolo davanti e maiuscolo, anche a voce.

– Qui dentro c'è una fortuna, – disse Corradini, che aveva preso in mano un pezzo di lardo e stringeva le dita nel grasso, per tenerlo. Lo mise sotto il naso di Egisto, che se ne stava in ginocchio con le mani sulla testa, calvo, tozzo e insaccato in una tuta impolverata e unta che faceva sembrare anche lui un prosciutto, caduto da una trave sul pavimento. – Quanto lo fai al chilo? Cento lire? Sarebbero diciassette con la tessera, ma chi se ne frega se la gente muore di fame!

Glielo sfregò sui baffi da tricheco ed Egisto rispose con un fremito delle narici, gli occhi chiusi e quel mezzo sorriso che aveva mantenuto immobile sulle labbra anche quando avevano fatto irruzione gridando *fermi tutti!* e *polizia!*

Massaron spinse nella stanza il ragazzo in mutande e canottiera, che cosí ammanettato perse l'equilibrio e finí in ginocchio davanti a Egisto.

– Negroni Gianfranco, anni 14, senza fissa dimora, – disse Massaron, burocratico.

– Borsaro nero e pederasta, – ringhiò Rassetto. – E magari pure giudeo!

– No, – disse De Luca, che stava ancora nell'ombra e nessuno avrebbe potuto vederlo indicare la catenina con la croce che spuntava dalla tuta di Egisto, ma Rassetto se ne era già accorto da solo. Gliela strappò con un colpo secco, cambiandogli per un attimo il mezzo sorriso in una smorfia di dolore.

– È cosí che dài l'oro alla Patria? – ringhiò, e poi, visto che il sorriso era già tornato piú strafottente di prima gli sferrò un calcio nella pancia che lo piegò in due. Il ragazzo cominciò a piangere per la paura, silenziosamente.

De Luca fece un passo in avanti, perché sapeva che tipo fosse, il maresciallo Rassetto, e anche se gli aveva lasciato la parte militare dell'operazione, l'indagine sul re del contrabbando di generi alimentari era sua.

Ma appena uscí dal buio per entrare nel primo cono di luce al maresciallo Corradini scappò un urlo soffocato, e anche il Borsaro perse il suo mezzo sorriso. Massaron afferrò il commissario per un braccio, come per sostenerlo.

– Merda, De Luca! – disse Rassetto, – ma sei ferito!

De Luca abbassò lo sguardo e vide la macchia scura che gli inzuppava la camicia e anche le maniche della giacca bianca, sugli avambracci.

– No, no, – disse, – tranquilli... è melassa. Ho sbagliato casa, sono caduto e ho rotto un vaso.

Mostrò i palmi rossastri e rise assieme agli altri, dicendosi *che imbecille*, da solo, ma Massaron, che si stava sfregando insieme i polpastrelli delle dita tozze, da peso massimo, e rideva piú sguaiato di tutti, smise di colpo e tornò ad afferrarlo per il braccio.

– Cristo, commissario! Non è melassa, questa, è sangue!

– Sangue? – mormorò De Luca. – Sangue? Ma io non ho... – si toccò la bruciatura sulla nuca, bagnata solo di sudore, – non... non è il mio.

Aveva addosso gli sguardi di tutti, che avevano tutti la stessa domanda. E lui la anticipò soltanto, facendosela da solo.

– Se questo sangue non è il mio, allora, di chi è?

Due torce elettriche da tasca e tre grosse candele, piú una vecchia lucerna militare che sfrigolava nella penombra rovente, ronzante di mosche. Si accanivano tutte sul corpo steso sulle tavole di legno della soffitta e De Luca strinse le labbra in un conato acido pensando che dopo esserne inciampato sui piedi era finito con la faccia dritto sulla pancia del cadavere, affondato in quel cuscino di stoffa e carne gonfia.

Era un uomo, imponente, ben vestito e morto, e non era facile dire di piú perché gli mancava la testa.

Doveva essere venuto da lí quel lago di sangue spesso e coagulato che gli circondava il corpo, da quel taglio netto che troncava il collo appena un dito sopra il colletto rigido, con ancora il nodo della cravatta.

– La scheggia di una bomba? – disse Corradini, senza convinzione, e anche De Luca stava scuotendo la testa. A parte che il bombardamento della mattina era arrivato soltanto al limitare di quella zona, e non c'era traccia dell'ingresso di una scheggia nella soffitta, la testa era stata troncata da un colpo secco, con una grossa mannaia o una piccola ascia.

– Un'ascia, – confermò De Luca a sé stesso, svuotando con la punta di un indice un solco netto e profondo che tagliava il pavimento proprio in corrispondenza di quel dito sopra il colletto. La voglia di vomitare era durata soltanto una frazione di secondo, l'orrore e il disgusto sopraffatti da quella curiosità che lo prendeva con l'eccitazione di una febbre improvvisa, sempre, nei casi come quello.

Fece cenno a Corradini di avvicinarsi con la lucerna, poi a Rassetto, che camminava piano, come sul ghiaccio, attento a non scivolare sul sangue rappreso. Massaron, inutile in quelle circostanze, era rimasto di sotto, con il Borsaro e il ragazzino in mutande.

Già sporco da prima e sicuro di non rovinare tracce che non avesse già cancellato cadendoci sopra, De Luca si era inginocchiato accanto al corpo, agitando le mani per scacciare le mosche. Infilò le dita nel taschino del panciotto, grattò dentro le tasche davanti dei calzoni, poi afferrò la cintura e sollevò il bacino dell'uomo per arrivare alle tasche di dietro, prima una e poi l'altra, con un rumore flaccido che fece tossire Corradini, strozzato da un conato piú forte. Era l'unico a portare il cappello e De Luca glielo chiese con un cenno della mano, senza neppure guardarlo.

– Sarebbe anche nuovo, – mormorò il maresciallo Corradini, che le dattilografe della questura dicevano bello come un divo del cinema e ci teneva allo stile, mentre De Luca ci metteva dentro quello che aveva trovato, poca roba, e non il portafoglio con i documenti che non trovava.

– Dov'è la giacca? – chiese Rassetto. – Un tipo elegante come questo dovrebbe portare anche una giacca, no?

– Fa caldo, – disse Corradini. – È estate. Ha già il panciotto, magari è uscito senza giacca.

De Luca alzò la mano e spostò quella di Rassetto per orientare la torcia verso i piedi dell'uomo.

– Qualcuno mi guarda le suole, per favore? – chiese, sicuro che ad alzarsi, cosí in ginocchio da tempo in quella patina scivolosa, avrebbe fatto fatica.

– Consumate, da risuolare e con un buco, piccolo.

– Ma lucidissime sopra, – disse De Luca. – Guardate i laccetti. Di un tono appena piú chiaro delle scarpe, molto eleganti.

– E allora? – chiese Rassetto.

– E allora è uno che si toglie i lacci per lucidarle, come faccio io, – disse Corradini.

– Io propendo per la giacca, – disse De Luca, sempre piú che altro a sé stesso. – Uno cosí, che cura tutti i particolari, non ce lo vedo a portare solo il panciotto. Anche se, – prese tra i polpastrelli un angolo della stoffa, – questo è un vestito di lana, uno da inverno, – e infatti era anche troppo scuro per la stagione, – per cui o era un tipo freddoloso o possedeva solo questo.

L'uomo teneva un braccio lungo il fianco, immerso nel sangue, e l'altro sulla pancia. De Luca prese quello e lo sollevò per guardare il polsino della camicia, pulito, sí, ma liso dai troppi lavaggi. Aveva dovuto forzare il rigor mortis, di cui si era già accorto quando aveva tirato su il corpo per frugare nelle tasche di dietro dei calzoni, e mentre spingeva per rimettere a posto il braccio notò qualcosa.

– Fammi luce qui.

Corradini avvicinò la lucerna, infilandola tra le mosche che si tuffavano furiose contro il vetro. De Luca girò la mano dell'uomo per guardarne le dita, che erano scure, sui polpastrelli e sotto le unghie.

– Cos'è quella roba nera?

– Roba nera, – disse De Luca. Era arrivato il momento di alzarsi. Allargò le braccia, come in croce, e gli altri lo tirarono su di peso come un Cristo deposto. Prese una torcia e fece girare la luce sulle pareti buie della soffitta. Staccò anche la mascherina dell'oscuramento per averne di piú. La logica avrebbe consigliato di aspettare la mattina, con la luce del sole, ma c'era quella smania, che gli friggeva dentro, proprio come una febbre.

– Dài, – disse. – Già che ci siamo diamo un'occhiata. Cerchiamo un'ascia e una giacca. E una testa.

Non trovarono niente, né ascia, né giacca, né testa.

Solo qualche sacco di iuta vecchia, un secchio vuoto, di metallo, e un bottiglione di vetro, quello che a De Luca aveva fatto pensare di aver urtato un vaso di melassa. E poi una sedia, in angolo, e un materasso.

Ma niente giacca, né ascia. E niente testa.

Quando tornarono nell'altra casa, il Borsaro aveva smesso di sorridere, e non solo perché Massaron aveva staccato un salame da una trave e ne stava tagliando un pezzo con un coltello a serramanico. Glielo si leggeva negli occhi che avrebbe voluto chiedere cosa c'era nel casolare oltre il cortile. Fissava serio tutto quel rosso bruno e pesante che tingeva il vestito del commissario, ora soprattutto le ginocchia e le gambe. Da qualche parte, nel buio, venivano i singhiozzi del ragazzo, profondi e regolari come un respiro nel sonno.

De Luca prese una sedia di legno e la mise davanti a Egisto, che stava ancora a terra, seduto sui talloni. Si appoggiò allo schienale, restando in piedi, resistendo alla voglia di grattarsi la nuca che gli bruciava sotto il sudore. Rifiutò con un gesto la fetta di salame che Massaron gli porgeva, non perché non la volesse e non avesse fame, ma c'era quella curiosità fremente, che gli chiudeva la gola.

– Noi siamo della Criminale, – disse. – Non dovremmo dare la caccia ai borsari, ma a un certo punto è nata una specie di gara tra noi, i colleghi dell'Annonaria della questura e quelli della Milizia. Sai perché non riuscivano a trovarti, gli altri?

Il Borsaro non disse niente, strinse appena gli occhi con un'espressione che poteva voler dire *sí* o *no*, o tutte e due.

– La Milizia perché passi un po' di roba al centurione che comanda la Squadra Annonaria...

– Fulgido e concreto esempio dell'espressione «avere gli occhi foderati di prosciutto», – disse Corradini. – O anche, «di mortadella», se il camerata centurione Baldelli la preferisce –. Corradini batté i tacchi, accennando un mezzo saluto romano, col braccio piegato sul fianco, e Rassetto strinse le labbra sui denti da lupo.

– Aspetta che ributtiamo in mare gli Alleati e facciamo come i tedeschi, – ringhiò. – Piazza pulita dei traditori come questo qui, – e indicò il Borsaro, – e quella merda di Baldelli.

De Luca si strinse nelle spalle. – La Squadra Annonaria della questura, invece, bravi ragazzi per carità, ma seguivano la roba da mangiare. Sbagliato, perché tu sposti tutta la baracca appena puoi e sei bravissimo a trovare posti dimenticati da Dio come questo.

– Le Case Morri, – disse Corradini. – Abbandonate fin da prima della guerra.

De Luca intercettò lo sguardo accigliato del Borsaro e scosse la testa.

– No, non è stato il principe Morri a denunciarti, figurati. Probabilmente neanche sa che esisti... oddio, il tuo salame lo conosce, perché i colleghi dell'Annonaria mi hanno detto che c'è stato il matrimonio di sua nipote e giravano salami, prosciutti e mortadelle come questi qua, – De Luca fece un gesto circolare con un dito, a mezz'aria, – ma quando uno è principe se ne frega del tesseramento, no?

Corradini batté di nuovo i tacchi, col mezzo braccio alzato.

– Smettila, – mormorò Rassetto. – Faremo i conti anche con i principi.

Parlare di salame gli aveva fatto venire ancora piú fame, cosí De Luca ne prese una fetta sfilandola da sotto la lama del coltello di Massaron, e quando provò a spellarlo gli si spezzò tra le dita, perché era ancora fresco. Dolcissimo sulla lingua, nonostante il granello di pepe che schiacciò tra i denti. Lo stomaco gorgogliò forte, ma c'era quella smania costante, che gli chiudeva la gola.

De Luca prese lo schienale della sedia e lo rigirò, montandoci a cavallo.

– Lo sai come ho fatto a trovarti? – disse De Luca e il Borsaro socchiuse di nuovo gli occhi ma in un modo che questa volta si capiva che era un *no*. De Luca indicò il segno rosso sul collo di Egisto, che si portò le dita dove prima c'era la catenina col crocifisso, perché forse aveva capito.

– Ho pensato che uno che rifornisce tutta Bologna, come te, e non lo beccano mai a un posto di blocco, forse per raggiungere i negozi e le piazze di spaccio non usa le strade, ma il canale. E infatti, a fregarti è stato quello, – e indicò di nuovo il collo del Borsaro, che questa volta rimase fermo perché ormai sí, aveva capito.

– Ma non potevi dargliela gratis, la farina, al barcaiolo che ti scarrozza per tutta la città con la scusa di portare in giro il letame per gli orti di guerra? Sai quante case lungo il canale avremmo dovuto perquisire se non ce la indicava lui, questa? Dico, dovevi proprio prendergli la catenina della cresima del figlio?

Corradini rise. – È troppo religioso, – disse.

– No, – ringhiò Rassetto, – è troppo avido, – e gli avrebbe dato un altro calcio nella pancia se De Luca non lo avesse fermato.

– E qui siamo arrivati al punto di tutto questo discorso, – disse De Luca, aggiustandosi sulla sedia come un cowboy dei film americani di prima della guerra. – Io lo so perché sorridevi sempre, prima. Perché vabbè che ti abbiamo beccato e ci hai perso un sacco di soldi, ma tutto sommato la borsa nera è solo borsa nera, qualcuno dice che se non ci foste voi come farebbe la gente, e poi con amici come Baldelli, e magari ci scappa qualcosa anche per noi, che ci faccia dimenticare questa gara tra uffici, chissà, tiri fuori anche il principe e in un attimo sei di nuovo in attività. E invece no, perché quello che c'è nell'altra casa, ecco, quello di sicuro spaventa non solo noi della Criminale, ma anche un centurione e pure un principe.

– Cosa c'è nell'altra casa? – Era la prima volta che la sentivano, la voce del Borsaro, ancora piú arrochita dal silenzio.

– C'è un uomo ammazzato e senza testa.

Il Borsaro fece per alzarsi, ma era troppo tempo che stava accucciato e le ginocchia non avevano piú forza. Appoggiò le dita di una mano a terra, per restare dritto.

– Non sono stato io, non lo sapevo, non c'entro niente, – tutto insieme, sputando tra le labbra.

Che non sapesse, non fosse stato e non c'entrasse, De Luca lo aveva capito fin da quando era tornato cosí sporco di sangue vecchio e il Borsaro aveva smesso di sorridere, piú smarrito e perplesso che spaventato. Adesso però sí che aveva paura.

– Vedremo. Per adesso sei il principale sospettato. La usi tu la casa oltre il cortile?

– No.

– Sai chi la usa?

– No.

– Ci hai mai visto qualcuno o qualcosa?

– No.

De Luca sospirò. Lanciò un'occhiata a Rassetto, che lanciò un'occhiata a Massaron, che sferrò un pugno al Borsaro, sotto uno zigomo. Egisto si piegò sul braccio che aveva a terra, Massaron lo prese per il colletto della tuta e lo tirò su, sempre in ginocchio. Da qualche parte, nel buio, il ragazzo smise di singhiozzare e cominciò a piangere con un belato cosí sottile che quasi non si sentiva.

De Luca avanzò con la sedia. Il suo collega anziano, il suo mentore quando era entrato in polizia, gli aveva sempre detto che qualche cazzotto, a un criminale, ci sta, tanto se li merita comunque, e il Borsaro un criminale lo era, avido, affamatore, sfruttatore di ragazzini come quello in canottiera e mutande che piangeva nel buio e sicuramente stava con lui per fame, mica per altro. Però avrebbe voluto limitarsi a quello, di cazzotto, massimo un altro, non piú di un paio. Per questo si piegò sulle gambe davanti della sedia, in equilibrio, per parlargli piú da vicino.

– Ricomincio dalla fine. Ci hai mai visto qualcuno o hai notato qualcosa di strano, di là?

– No.

Lo schianto del pugno di Massaron strappò un gemito a Egisto. Era mancino, Massaron, stava tirando col destro, piú debole, senza metterci neanche troppa forza, ma aveva colpito sempre nello stesso punto, sotto lo zigomo, che cominciava a diventare gonfio e giallastro.

De Luca sospirò, tornando ad appoggiarsi sulle quattro gambe della sedia. Lo spostamento d'aria del cazzotto gli era passato tra i capelli.

– Sono sicuro che non ce lo lasci tutto questo ben di Dio senza nessuno che te lo sorveglia con gli occhi bene aperti. E non mi raccontare che hai sistemato qui la tua attività senza controllare cosa ci stava attorno. Te lo chiedo un'altra volta...

Massaron partí ancora prima che De Luca avesse finito la frase, perché il Borsaro aveva cominciato a scuotere la testa per dire di no, e infatti il pugno non lo prese piú sullo zigomo ma sulla bocca. Sputò un dente, tossendo sangue e saliva.

Dal buio il ragazzino smise di piangere per un momento, ma ricominciò subito. De Luca cercò la macchia biancastra della canottiera che fremeva nell'oscurità e fermò Corradini, che aveva seguito il suo sguardo e stava per andare a prendere il ragazzo. Non c'era bisogno di spaventarlo oltre e laggiú, probabilmente, si sentiva piú protetto.

– Scommetto che sei tu quello che resta qui quando il tuo amico va in giro a vendere. È vero?

– Franchino! Non dire niente!

De Luca non si voltò neanche a guardare, sentí solo lo schianto del pugno.

– Basta, – disse a Massaron, e al ragazzo, piano, – hai visto qualcosa? Per favore, dimmelo.

Franchino annuí, ma non lo vide nessuno.

– Per favore, – ancora piú piano.

Un sospiro profondo, rotto da un singhiozzo, come i bambini, poi il ragazzo cominciò a parlare, in fretta e in bolognese stretto, con i denti che gli battevano. De Luca non riusciva a capire quasi nulla.

– Ha detto che questa mattina si è preso paura per il bombardamento, – tradusse Corradini, che era l'unico di Bologna, – credeva che le bombe arrivassero fin qui ed è scappato. È arrivato fino alla chiusa, voleva passare dall'altra parte del canale, ma poi è tornato indietro perché ha visto... cos'è che hai visto?

Il ragazzo lo ripeté, con un filo di voce, poi, siccome Corradini insisteva, senza capire, *cos'hai detto che hai visto?*, allora venne fuori dal buio, gli occhi, la bocca, anche le narici allargate dal terrore, e lo urlò cosí forte e cosí spaventato che vennero i brividi a tutti.

– Al Crest d'i càn! A io' vest' al Crest d'i càn!

– Il Cristo dei cani, – disse Corradini.

– Il Cristo dei cani? – ripeté De Luca, e anche Rassetto, – il Cristo dei cani? E che cazzo è?

– Il Borsaro lo mandiamo a San Giovanni in Monte e il ragazzino dalle suore. Che lo trattino bene, però, se no finisce che non parla proprio piú.

Aveva smesso subito, di parlare, nonostante l'insistenza di De Luca e gli sguardi interrogativi di tutti, pure del Borsaro, che si vedeva avrebbe voluto fargliene anche lui di domande. Ma ormai si era capito che da quelle labbra strette e tremanti cosa fosse il Cristo dei cani, per quella notte, non sarebbe uscito.

– Che facciamo qui? – chiese Rassetto. Aveva portato nel cortile la 1100 a benzina del Borsaro trovata nella stalla del casolare e giocava con la chiave facendosela scorrere tra le dita. Di fianco alla Balilla a gassogeno della polizia giudiziaria, col bombolone della caldaia saldato sul portapacchi posteriore, sembrava un'Aprilia fuoriserie. – Tutta questa roba nelle macchine non ci sta, ci vuole almeno un furgoncino. Chiamiamo l'Annonaria?

De Luca scosse la testa. Solo a pensare agli agenti dell'Annonaria, al medico legale, al dirigente della Giudiziaria, al giudice e chissà, anche al questore, tutti in giro sul suo luogo del delitto, con quel buio, gli metteva i brividi.

– Massaron e Corradini restano di piantone. Noi andiamo in questura con gli arrestati e vi mandiamo qualche guardia a rilevarvi.

Corradini lanciò un'occhiata a Massaron, che stava fissando i prosciutti. Aveva anche fatto un passo avanti, di slancio, subito fermato dallo sguardo del collega.

– Non c'è bisogno. Dormiamo qui noi e ci vediamo domani. Davvero, tranquilli.

Rassetto sorrise sui denti da lupo.

– Non vi mangiate tutto, – e a De Luca, – sicuro che il capo sia d'accordo?

De Luca guardò l'orologio e annuí, deciso.
- Appena in questura chiamo il dottore, che già sarà furioso che lo svegliamo a quest'ora, figurati se lo buttiamo giú dal letto. Andiamo, - disse, e poi lo ripeté, *andiamo*, perché all'improvviso quella febbre che gli ribolliva dentro, sorda e costante come acqua sul fuoco, era diventata un fastidio insopportabile.

Sentiva la bruciatura lucida sulla nuca, il peso appiccicoso del sangue sul vestito, l'odore unto della roba da mangiare, pure il sudore afoso di quella notte d'estate. Aveva bisogno di muoversi, uscire, andarsene, mettere in fila, con calma, tutta quella roba che gli ribolliva nella testa.

Gli era venuta qualche idea, ma aveva bisogno di pensarla per bene, e non solo di sentirla.

- Vi lasciamo la Balilla, - disse Rassetto, - e ci prendiamo la 1100. Guido io.

«Il Resto del Carlino», domenica 25 luglio 1943, XXI, Italia, impero e colonie cent. 30.

LA BATTAGLIA SUL FRONTE SICULO. Aspra lotta delle truppe dell'Asse contro forze corazzate nemiche, Palermo sgomberata, incursioni su Bologna e Salerno. Un pugno di eroi contro il soverchiante nemico - PAGINE DI GLORIA TRA IL DON E IL DONEZ, i bersaglieri di Caretto contro i mongoli all'arma bianca.

Cronaca di Bologna: GRAVI DANNI AL CENTRO CITTADINO PROVOCATI DALL'INCURSIONE DI IERI, le innocenti vittime della furia nemica. Pronta opera di soccorso - I PREZZI DELLA FRUTTA E VERDURA: aglio (bianco e rosso) L. 4, asparagi L. 3,30, insalate di qualsiasi qualità L. 2,80, cocomeri L.1,50.

Radio: ore 17:45, orchestra diretta dal maestro Cinico Angelini.

– A cosa stai pensando? – chiese Lorenza.

Pensava che non avevano trovato niente neanche il giorno dopo, né la giacca, né l'ascia, né la testa.

De Luca era arrivato alle prime luci dell'alba con un vestito pulito color tabacco e un Fiat 618 della Squadra Annonaria con dentro un maresciallo e due guardie ancora morte di sonno, che avevano fatto fatica anche a tirarsi fuori dal furgoncino.

Nel cortile del casolare c'era già un vecchio 18BL della Milizia pieno di camicie nere che saltavano giú dal cassone del camion, agili e rapide, quasi fossero a una esercitazione. Sulla porta, Massaron sbarrava l'ingresso a braccia aperte, mentre Corradini discuteva con un ufficiale che gli saltellava davanti, arrabbiatissimo. Cosí nero nell'uniforme, le braccia che si agitavano aperte, come ali, e pure il naso adunco come un becco, sembrava davvero un corvo.

«Siete voi il responsabile di questa banda?» disse a De Luca, e forse sarà stata l'impressione generale, ma anche con la voce sembrava che gracchiasse. Aveva gli alamari sulle maniche della giacca e De Luca contò tre strisce gialle sotto la stella. Un console, un pezzo grosso, quasi.

«Sono il console della MVSN Amedeo Martina. Dite ai vostri sgherri di farsi da parte, sequestriamo tutto in nome della Squadra Annonaria della Milizia».

«È arrivata prima la questura», disse De Luca.

«Me ne frego!» gridò il console e De Luca pensò che in fondo non gliene fregava molto neanche a lui. Gli interessava di piú tornare nell'altro casolare, con la luce del giorno, era per questo che non aveva dormito un minuto, steso sul letto a fissare le macchie di umidità sul soffitto cercando uno spazio bianco abbastanza grande da incastrarci tutti i suoi pensieri. Cosí fece un cenno al maresciallo dell'Annonaria, che venisse lui a discutere col corvo, poi prese Corradini e se ne andò.

«Quelli si fregano tutto», ringhiò Corradini. Puzzava di fumo oltre che di salame e aveva le tasche della giacca gonfie e spigolose. De Luca pensò che durante la notte lui e Massaron dovevano aver trovato anche delle sigarette.

«Basta che firmino la ricevuta», disse De Luca e Corradini si strinse nelle spalle.

«Va bene, – mormorò a bassa voce, come un bambino. – Ma quelli si fregano tutto».

– Oh, mi senti? A cosa stai pensando?
– A niente, – disse De Luca, e Lorenza sorrise, perché lui aveva addirittura dovuto scuotere la testa, per strapparsi dai suoi pensieri. – Roba di lavoro, – ammise.

– Lascia perdere, adesso. Sei con me. Siamo in riva al mare, a Copacabana.

Laggiú, a Capocabana, canticchiò piano Lorenza mentre faceva un gesto circolare con la mano aperta, e in effetti a limitarsi a quell'angolo, con i riflessi del sole sull'acqua, le impronte dei piedi nudi di Lorenza sulla sabbia e anche gli strilli, i tonfi e gli spruzzi dei tuffi a bomba, con le braccia strette attorno alle ginocchia, sembrava davvero di essere in spiaggia, al mare, magari non in Brasile o ai Caraibi, ma a Riccione, o anche a Forte dei Marmi o a Venezia. E infatti lo chiamavano il Lido di Casalecchio, quel tratto di fiume, anche se la spiaggia era grigia e di riporto, c'era il cemento a contenere l'invaso del Reno e il ragazzo che si era tuffato a bomba non lo aveva fatto da uno scoglio ma dal muretto della chiusa.

Avevano scelto un angolo piú appartato e miracolosamente vuoto, quasi una spiaggetta privata in quella rovente e affollatissima domenica di fine luglio. Lorenza e i suoi amici erano arrivati in bicicletta, la mattina, con il pranzo al sacco e l'ombrellone, e lui li aveva raggiunti nel pomeriggio, col trenino a vapore, e si era anche addormentato contro il vetro del finestrino, il cappello di traverso, schiacciato su un orecchio come un cuscino e il controllore che lo scuoteva per la spalla, *signore, siamo al capolinea, signore*.

Sarebbe rimasto là, al casolare sul canale, ad annusare gli angoli come un cane da caccia, se il dottor Cesarella non lo avesse spinto fuori, fisicamente.

«Basta, De Luca, ragazzo mio. Non hai piú niente da fare, qui. Vattene a casa, è domenica anche per te, no?»

Aveva fatto bene a non tirarlo giú dal letto, il dirigente della Criminale, che infatti, con la voce impastata dal sonno gli aveva detto *d'accordo per domani, non c'è fretta*.

Il dottor Cesarella arrivò alle nove, ancora fresco di caffè e di colonia e trovò De Luca e Corradini nella soffitta, a rovistare tra le mosche. Non avevano trovato niente alla luce del giorno che non avessero già intravisto nel buio senza luna della notte prima.

Cesarella si era avvicinato fino al limite del lago di sangue rappreso che circondava il corpo, sollevato sulle punte dei piedi, un lembo della cravatta schiacciato sul naso. Lo chiamavano lo Scimmino, perché era piccolo, magro e nervoso, con un riporto di capelli stretto sulla testa rugosa, e infatti, soprattutto con quegli occhi grandi spalancati per il disgusto, sembrava proprio un babbuino. Resistette qualche secondo, poi fece cenno a De Luca di seguirlo.

«Cosa mi dici, ragazzo mio?» aveva chiesto quando erano tornati fuori, a respirare.

«Penso che sia stato decapitato qui, come dimostrerebbe il segno sul pavimento, e credo sia stato fatto post mortem, visto che il sangue, anche se in quantità, piú che schizzato sembra colato».

«Credo, penso... va bene. E come è stato ucciso?»

«Non saprei. Dobbiamo attendere le conclusioni del medico legale».

«E la testa dov'è?»

«Non lo so. Non siamo ancora riusciti a trovarla».

«Credo, penso, non saprei, non lo so... e perché l'avrebbero portata via, questa testa?»

«Secondo me per evitare l'identificazione della vittima. Lo stesso motivo per cui sono spariti sia la giacca che i documenti».

«Secondo te... va bene. Lo leggi il "Corriere dei Piccoli", ragazzo mio? Con quel personaggio che vince sempre un milione di lire, come si chiama, il signor Bonaventura.

Ecco, De Luca, domanda da un milione di lire... hai idea di chi può essere stato?»

«No».

Lorenza finí di accumulare la sabbia fino alle caviglie, ci batté sopra il palmo della mano, per compattarla, poi agitò le dita dei piedi per tirarle fuori.

– Sandali Ferragamo, ultima moda primavera-estate, – disse con il tono affettato e un po' nasale di una annunciatrice della radio. Gli altri risero, ma lei guardò De Luca, che questa volta evitò di scuotersi e riuscí anche a sorridere in maniera quasi convincente. Quasi.

Gli altri erano tutti in costume, oltre a Lorenza, sua cugina Maria, un ciccione biondo di cui non conosceva il nome e Giovannino Marani, il fidanzato di Maria. Tutti universitari, piú giovani di loro, anche se il piú vecchio era lui. Seduto su un sasso piatto da fiume, sotto l'ombrellone, la giacca piegata da una parte, si era sfilato la cravatta e aveva cominciato a sbottonarsi la camicia quando si era perso a ricordare, prima.

– Ragazzi, ma che caldo fa? – disse Maria.

– Andiamo a fare il bagno! – disse il Ciccione.

– Vieni? – chiese Lorenza, e De Luca allargò le braccia.

– Scusami. Non ho portato il costume.

– E fallo in mutande, – disse Maria, poi rise assieme a Giovannino, mentre il Ciccione spiava De Luca, incerto.

– Ma dài... – sussurrò Lorenza, che era arrossita.

– Guardati attorno, lo fanno tutti. Anzi, se aspetti che viene piú scuro si può fare anche senza.

– Maria!

– No, no... tua cugina ha ragione. Il dottore è uno stimato funzionario di polizia e deve mantenere il decoro che merita. Vogliate scusarla, eccellenza.

De Luca sorrise e ricominciò a sbottonarsi la camicia. Giovannino Marani era un ribelle da salotto, figlio di un notaio figlio di notai, che scriveva articoli contro l'imborghesimento della rivoluzione fascista sulla rivista universitaria, sotto pseudonimo. Ma era cosí spavaldo, cosí infantilmente sfrontato, che gli faceva tenerezza.

– Intanto mi cavo un po' di roba, – disse, – poi ci penso. Sono appena arrivato, magari tra un po' vengo. Anche in mutande.

I ragazzi si alzarono e corsero verso il torrente, con il Ciccione che sussurrava *non è che esageri*, a Giovannino. Lorenza rimase a guardarli e a De Luca sembrò di sentire un sospiro.

– Vai anche tu, dài.
– Non ti dispiace?
– No, davvero...
– Resto con te...
– No, davvero, vai. Io mi riprendo un po' e poi arrivo. Ho avuto una mattina pesante, mi ero anche addormentato in treno.

Lorenza gli soffiò un bacio sulla punta delle dita e raggiunse gli altri, aggiustandosi il costume sulle cosce. Era bella, Lorenza, di una bellezza tranquilla e poco appariscente, ma cosí naturalmente elegante da trasformare in un abito da sera anche un vecchio costume come quello, con la sottanina e le spalle coperte.

De Luca la guardò entrare in acqua tra gli schizzi, gridando come una bambina, ed era già arrivato in fondo alla fila dei bottoni quando di nuovo si perse. In un attimo era ancora laggiú, al casolare dell'uomo senza testa.

Il medico legale era arrivato verso le dieci e non aveva neanche oltrepassato la soglia della soffitta.

«È morto», aveva detto.

«E come?» aveva chiesto lo Scimmino.
«Decapitato».
Cesarella aveva scambiato un'occhiata con De Luca. Si diceva che il professor Boni, che dirigeva la facoltà di Medicina legale dell'Università di Bologna, avesse fatto carriera per meriti *accardemici*, essendo cognato del sottosegretario al ministero dell'Educazione nazionale Stefano Accardi. Non era da molto che aveva smesso di sentirsi male alle autopsie. Arricciò il naso e fece un passo indietro, tirandosi su i calzoni perché la cintura continuava a scivolargli sotto la curva della pancia. Era in divisa da seniore della Milizia, perché, aveva spiegato, stava andando a una importante manifestazione politica e si vedeva che sotto l'orbace nero della giacca doveva morire di caldo.
«Dopo che lo avrò esaminato potrò dirvi di piú. Lunedí, martedí, mercoledí al massimo. Me ne occuperò io personalmente».
De Luca e lo Scimmino si scambiarono un'altra occhiata.
«Non c'è bisogno... c'è quel vostro assistente che...»
«Ho detto che me ne occuperò io. Fatelo portare direttamente all'Istituto. Gli obitori degli ospedali sono pieni per il bombardamento».
Intanto erano arrivati al cortile, dove non c'erano piú né il 618 dell'Annonaria né il camion della Milizia. Era rimasto solo il corvo, che aveva salutato con il braccio teso, ricambiato da Boni e Cesarella, e poco dopo da De Luca, che si era distratto a pensare una cosa.
«Dov'è il distintivo? – chiese il console. Si strinse il bavero della giacca tra due dita, scuotendolo come se avesse voluto strapparlo, ammiccando col mento verso De Luca, due colpi secchi. – Non ce l'avete? Un funzionario di polizia non è tenuto a portare all'occhiello lo stemma del Partito?»

La cimice, pensò De Luca, e stava per dirlo, ma si trattenne in tempo. Frugò con le dita nella tasca della giacca per tirare fuori lo scudetto quadrato con il fascio sul tricolore, mormorando *questa mattina mi sono cambiato e allora*, ma il console Martina non lo guardava già piú. Aveva preso lo Scimmino sotto braccio per allontanarsi solo di qualche passo, con una confidenza che voleva escludere piú con l'atteggiamento che con la distanza.

«Sentite quello che vi dico, dottore. Andiamoci piano con la storia di quel morto là, – e ammiccò verso il casolare con altri due colpi secchi. – C'è la guerra, sono momenti duri, la gente ha bisogno di farsi coraggio, di pensare bene. Un corpo decapitato, la testa che non si trova... sono storie brutte, storie che fanno paura. L'arresto di un vampiro affamatore del popolo, il sequestro di un magazzino clandestino pieno di ogni ben di Dio, queste sí che sono notizie che vanno sul giornale. Ne convenite?»

«Ne convengo», disse Cesarella.

«E poi chissà, magari il caso è già risolto, magari sono stati quel Borsaro e il suo ragazzino matto, quello che vede Gesú».

Il corvo rise e rise anche lo Scimmino. De Luca li osservava da dietro, pensando alla cosa che lo aveva distratto prima. Che poi erano due.

Un barone universitario famoso per mollare tutto agli assistenti che si riserva una necroscopia difficile e faticosa.

E un console della Milizia che guida una semplice squadra Annonaria. All'alba.

Si scosse appena in tempo per stendere il braccio nel saluto verso il console e il professore che se ne andavano via, poi chiamò Massaron.

«Com'è andata lí dentro?»

Massaron avrebbe allargato le braccia ma aveva qualcosa sotto la giacca, un rigonfiamento che avrebbe potuto essere quello di una fondina ascellare se non fosse stato che la pistola la portava in tasca.

«Hanno fatto metà per uno. La questura si è tenuta piú mortadelle e la Milizia piú salami. Il console, però, si è portato via anche una borsa».

«Una borsa?» chiese De Luca, incuriosito. Si avvicinò anche lo Scimmino.

«Una borsa, una valigetta, – Massaron allargò le mani descrivendo uno spazio abbastanza ampio, – di quelle con gli angoli di metallo. Stava nel retro. Il console ha mandato uno dei suoi...» fece un gesto con la punta di un dito disegnando in aria un triangolo con due righe sotto.

«Ma che sei, sordomuto?» disse lo Scimmino.

«Un caposquadra», disse De Luca.

«Ecco, quello. Ha trovato la valigetta e il console gliel'ha fatta portare via. Cosa c'era dentro non lo so».

Poi era arrivato il giudice, che non era neanche sceso dalla macchina, aveva ascoltato il rapporto di Cesarella, aveva annuito senza dire niente e se ne era andato. Nel frattempo Corradini aveva costretto un contadino a venire con un carretto e un cavallo, perché di ambulanze disponibili non ce ne erano, lui e Massaron avevano staccato il corpo dal pavimento della soffitta e lo avevano caricato sul cassone.

De Luca era tornato nel casolare, a osservare la sagoma bianca del corpo senza testa disegnata nel lago di sangue rappreso, ed era stato allora che lo Scimmino lo aveva spinto fuori, fisicamente.

«Basta, De Luca, ragazzo mio. Non hai piú niente da fare, qui. Vattene a casa, è domenica anche per te, no? Ce l'hai una moglie, una fidanzata?»

«Una fidanzata».

«Ecco, bravo. Vai da lei».

– Peccato che non sei venuto. L'acqua era bellissima, fresca fresca.

Lorenza scrollò i capelli su De Luca, che rabbrividí come se gli avessero fatto il solletico. Era riuscito a togliersi la camicia, ma oltre la canottiera non era andato.

– Ho sonnecchiato. Magari dopo.

– Sí, certo, l'hai già detto tre volte.

Il Ciccione si lasciò cadere sotto l'ombrellone, ansimando. Tirò fuori due cartocci di carta gialla da fornaio che passò a Giovannino e Maria, stesi su un telo da bagno. De Luca ne riconobbe l'odore prima ancora che li aprissero, mortadella, dentro una michetta di pane gonfia e cosí chiara che doveva essere stata fatta quasi soltanto con la farina. E infatti il Ciccione gli fece cenno di tenerli coperti, di piú, con la carta, perché c'era gente, lí sulla spiaggia, che un po' li stava guardando.

– Secondo il dottor Balanzone un panino con la mortadella è la cosa piú buona del mondo, – disse il Ciccione, – e io sono d'accordo.

– Finirai per aprire un ristorante, – disse Maria.

– Io? Faccio Belle Arti, diventerò un restauratore. Però di roba buona me ne intendo. E guardate che questi non sono scarti di bestie malate, questa è prima scelta.

– Borsa nera? – disse Giovannino, e il Ciccione si affrettò a scuotere la testa, lanciando un'occhiata a De Luca. – No, no, regolare. Giuro. Mio padre è presidente del consorzio, mica ha bisogno della borsa nera per avere la roba migliore.

Giovannino rise, scuotendo la testa e disse *non lo ascolti, eccellenza*, ma De Luca non se ne era neppure accorto. Lorenza aveva preso un altro cartoccio di carta, piú scura, e si era accoccolata accanto a lui, che anche questa volta riconobbe l'odore prima ancora di vedere cosa c'era dentro, ma mentre prima il ricordo del Borsaro aveva impedito al suo stomaco vuoto di gorgogliare, ora si lasciò sfuggire un tuono che fece ridere tutti.

– Da noi sarebbe cibo per i poveretti, – disse il Ciccione, *roba da tempo di guerra*, aggiunse Giovannino, e Maria *dài*, spingendolo su una spalla con un piede. – Ma Lorenza ha detto che le piace e cosí gliel'ho trovato.

Pesto di cavallo, carne cruda condita con sale, pepe e limone. *Caval pist*, lo chiamavano a Parma, dove era nato. Ne andava matto.

De Luca prese il cartoccio per evitare che Lorenza lo imboccasse con la forchetta che c'era dentro, e l'avrebbe fatto davvero, stretta al suo fianco, e lui glielo avrebbe lasciato fare, in un altro luogo e in un altro momento, da soli, perché si sentiva cosí bene, avvolto in quello sguardo innamorato, cosí in pace che vaffanculo alla borsa nera e ai cadaveri senza testa, pensò, vaffanculo al professore, al corvo e allo Scimmino, ai ragazzini matti che vedono i Cristi e a tutti, vaffanculo a tutti, e se in un altro luogo e in un altro momento, da soli, sí, lei gli avesse parlato del futuro come faceva a volte, con quel tono che sembrava alludere a *quando* e non a *se* si fossero sposati, lui non avrebbe cambiato discorso, per scappare, come faceva sempre.

Divorò il pesto di cavallo con una voracità che faceva sorridere, gli altri di divertimento e Lorenza di tenerezza, praticamente senza sentirli, il dolce ferroso della carne, l'amaro del pepe e l'acidità del limone. Poi si appoggiò con la schiena al palo dell'ombrellone, in equilibrio, e prese il bicchiere di vino che Lorenza gli aveva allungato, glielo tolse dalle mani, se no lei glielo avrebbe tenuto alle labbra, per farlo bere come un bambino.

Com'è bella, pensò De Luca sorridendo alle macchie d'oro nei suoi occhi verdi, alle ciocche bionde, indurite dall'acqua, che le ricadevano sulle spalle, anche alla sua bocca, piccola e distesa, con quelle due rughe sottili all'angolo delle labbra.

Chiuse gli occhi, con un sospiro.

Vaffanculo a tutti.

– Adesso ci vorrebbe un caffè, – disse Maria.

– Ce l'abbiamo, – disse il Ciccione.

– Ma un caffè-caffè, mica una schifezza alla cicoria.

– Per chi mi hai preso?

Fu il tono sicuro del Ciccione a fargli riaprire gli occhi, di colpo, prima ancora dell'odore che usciva da sotto il tappo del termos. Caffè vero. Vero caffè.

Lo succhiò dal tappo a bicchierino quando venne il suo turno, che avrebbe potuto essere subito, per anzianità, ma cercava di darsi un contegno facendo finta di niente.

– Avete fatto le ore piccole, eccellenza? – chiese Giovannino. – A caccia di puttane, borsari e sovversivi?

De Luca si strinse nelle spalle e tese di nuovo il braccio per farsi versare un altro bicchierino. Vaffanculo anche al contegno.

– Senti, Giovannino, – disse, lanciando un'occhiata rassicurante a Lorenza che gli aveva stretto il braccio per la paura che la magia, la sua magia, si fosse rotta. – Tre cose. Primo, se invece del voi mi dài del tu mi fai sentire un po' meno vecchio. Secondo, non sono dottore. Sono diventato commissario in un momento in cui non serviva la laurea, ho solo la maturità classica.

Giovannino sorrise e a De Luca fece ancora piú tenerezza. Sapeva che studiava Giurisprudenza all'Università e doveva essersi sentito superiore, sfrontatamente e infantilmente superiore.

– Terzo, non sono eccellenza. Cosí chiamano i questori o i prefetti, io sono solo un commissario della polizia giudiziaria, mi occupo di rapine, furti, gioco d'azzardo, niente puttane perché le fa la Buoncostume, niente sovversivi perché se ne occupa la Politica. Borsa nera in casi eccezionali. Di solito, perché dovrei essere quello piú bravo, mi toccano gli omicidi.

Si pentí di quel *piú bravo* che l'aveva fatto diventare troppo serio. E infatti Giovannino perse la sua aria spavalda, Maria e il Ciccione, invece, si voltarono verso lo spiazzo che stava sotto la chiusa.

C'era un chiosco di legno con sopra un cartello con su scritto «Pesce Fritto», che non poteva venderlo perché non ce ne era ed era anche proibito, aveva solo limonate e cestini di frutta, ma non era per quello che la gente ci si stava affollando davanti. C'era un uomo in canottiera, sandali e calzoncini, con un basco storto sulla nuca e una fisarmonica a tracolla, che aveva cominciato a suonare. La gente era rimasta un po' a guardare, battendo le mani, poi uno aveva chiesto un valzer, l'uomo aveva attaccato *Il valzer di ogni bambina* e la gente aveva cominciato a ballare.

– Andiamo anche noi! – aveva detto Maria, ed erano corsi via tutti e tre, lei, Giovannino e il Ciccione, in costume e a piedi nudi. Lorenza aveva guardato De Luca e siccome lui non aveva detto niente si era infilata in fretta un prendisole a fiori, anche lei scalza, aveva afferrato la mano di De Luca e l'aveva trascinato con sé, lasciandogli solo il tempo di prendere la giacca al volo, perché era in canottiera e si vergognava.

Non era mai stato un gran ballerino, e piú che altro stava attento a non pestare i piedi di Lorenza, che rideva, cercando di farlo girare.

Il valzer che ha fatto sognar ogni bambina, | *lo sento nell'aria volar.*

Non aveva la voce flautata di Ernesto Bonino, anche se provava a imitarla, e non era neanche tanto bravo con la fisarmonica, ma non importava, la gente continuava ad arrivare e l'uomo era salito in piedi sul banco del chiosco, sotto al cartello del pesce fritto. Ballavano con convinzione, concentrati e attenti, come in una sala da ballo, con i passi giusti. Anche Lorenza si era lasciata prendere e le sue dita aperte sul cemento bagnato della spianata sfioravano senza paura la punta delle scarpe di De Luca, sfuggendo un istante prima di finirci sotto.

Quando finí applaudirono tutti, tranne due camicie nere, che si erano avvicinate in fretta, arrabbiate. Una batté le dita sui polpacci nudi dell'uomo, per farlo scendere.

– Ma non vi vergognate? Ci hanno bombardato ieri mattina, hanno ferito la città! I nostri muoiono in guerra e voi state qui a ballare!

– Appunto, – disse De Luca. – C'è la guerra, sono momenti duri. La gente ha bisogno di farsi coraggio, di pensare bene.

Aveva ripetuto le parole del corvo, ma dette cosí, in quella circostanza, suonavano diverse.

La camicia nera si avvicinò, vide la cimice sulla giacca e la canottiera sotto e aggrottò la fronte. De Luca tirò fuori il tesserino e glielo mostrò, piú discretamente possibile, anche se lo guardavano tutti.

– Vabbè, – disse il miliziano. – Almeno suonate qualcosa di patriottico.

L'uomo sul chiosco dette aria alla fisarmonica e attaccò *La Canzone dei Volontari*, soffiando la voce alla De Sica. Applaudirono tutti, anche le camicie nere, ma non ballava piú nessuno e molti cominciavano ad andarsene.

De Luca prese Lorenza sotto braccio e tornò all'ombrellone.

– Sei stato bravissimo, – gli sussurrò, e lui, *ma dài*.

Giovannino e Maria erano rimasti ad ascoltare la musica. Il Ciccione si sedette sul loro telo da bagno, le ginocchia tra le braccia come se dovesse fare un altro tuffo a bomba. Era serio.

– All'inizio pensavo che avesse ragione la milizia, – disse, – tutti quei morti, dicono piú di cento. Sí, c'era stato il bombardamento di due settimane fa, e va bene che era il primo e non c'eravamo abituati, ma era notte, fuori città, quanti morti ha fatto, nove, dieci?

– Perché, sono pochi? – disse Lorenza. Il Ciccione si strinse nelle spalle.

– No, certo, però credevamo che fosse finita lí. Poi arriva questo, cosí, a metà mattina. Io ero convinto che fosse il solito falso allarme, non ci ho neanche fatto caso, alla sirena, ma quando ho sentito le bombe ho mollato tutto e sono scappato al rifugio. Credo che tutta Bologna abbia mollato quello che stava facendo e sia scappata. Anche voi?

Sí, mormorò Lorenza con un tremito nella voce. De Luca era in questura, a pianificare l'operazione con Rassetto, ed era cosí preso che se ne era accorto tardi, quando erano cadute le prime bombe.

– Poi ho sentito quello che avete detto ai miliziani e sono d'accordo con voi. Questo, – il Ciccione indicò la gente che affollava il Lido, – è il modo che abbiamo per reagire alla guerra.

Poi di nuovo si abbracciò le gambe, appoggiando il mento sulle ginocchia e mormorò *sempre che sia quello giusto*.

Ma nessuno lo sentí.

Tornarono a Bologna in bicicletta.

De Luca prese la Villa del Ciccione per portare Lorenza sulla canna, perché lei era venuta con la sua Giordano rossa, che piú che da donna era quasi da bambina, già ci stava corta lei che era una ragazza alta, figurarsi il Ciccione che sembrava un bimbo sulla bici con le rotelle. Maria aveva una Gerbi con il cestino davanti e Giovannino una Cimatti da corsa con cambio Campagnolo di cui ogni tanto tirava le bacchette, per fare uno scatto in avanti, breve e incerto, e anche se dava la colpa all'ombrellone che aveva legato lungo la canna come il fucile di un bersagliere, si vedeva benissimo che non lo sapeva usare.

La bicicletta del Ciccione aveva un manubrio da corsa curvo come le corna di un caprone e De Luca doveva stare proteso in avanti, per tenerlo, appoggiato alla schiena di Lorenza che sedeva con la gonna del prendisole stretta tra le gambe dritte, come una ginnasta. Ne sentiva l'odore che sapeva di acqua e si vergognò del suo, perché anche se quello era soltanto il sole del pomeriggio che stava finendo, e la strada per Bologna era in discesa, stava sudando, e anche parecchio.

Poi cominciò a piovere. All'improvviso, con gocce pesanti come chicchi di grandine, anticipate dal rombo lontano di un tuono che aveva troncato il fiato a tutti. Si infilarono sotto un ponte alla Croce di Casalecchio e De Luca fu contento di scendere dal sellino appuntito della Villa che gli indolenziva le natiche.

L'aria ferrosa del temporale era diventata di colpo cosí fredda che si rannicchiarono tutti contro un pilone, seduti sull'erba, De Luca e Lorenza, Maria e Giovannino e il Ciccione che si abbracciava le ginocchia. De Luca accennò a togliersi la giacca per metterla sulle spalle di Lorenza, che rifiutò e allora lui la abbracciò da dietro, tirandosi le falde per cercare di avvolgerla.

Sembravano ragazzi attorno al fuoco di un campeggio, e infatti Maria aveva il tono di chi ha voglia di sentirsi raccontare una storia che faccia paura.

– E cosí ti occupi di omicidi.

– Sí. Non solo, ma sí, quando capita me ne occupo.

– Per esempio? Qualche caso strano? – Anche Giovannino aveva lo stesso tono.

– Ti interessa il lavoro della polizia?

– Semmai quello del Pubblico Ministero, – disse Giovannino e lo fece stringendosi nelle spalle con tanta arrogante e ovvia naturalezza che a De Luca sparí subito ogni simpatia. Cosí lo fissò negli occhi, serio, e cominciò a raccontare quello che era successo l'altra sera, il buio, lo sparo, il lago di sangue rappreso, le mosche ronzanti sul corpo e quando arrivò alla testa che mancava al Ciccione sfuggí un gemito, a lui soltanto perché fu il primo, ma anche Maria e Giovannino avevano gli occhi spalancati per quella storia, che sí, raccontata in quel modo, faceva paura. Lorenza gli si strinse contro il petto e lo colpí sul fianco con la punta del gomito, piano, ma lui continuò ancora piú feroce, la testa che non si trova e il ragazzino matto, che urla terrorizzato di Cristi e di cani.

– *Il Cristo dei Cani*, – mormorò il Ciccione.

De Luca si voltò verso di lui con uno scatto cosí rapido che gli fece male al collo.

– Come?

– Dài, – disse Lorenza, – cambiamo discorso che non mi piace.

– *Il Cristo dei Cani*, – ripeté il Ciccione, piano, intimorito dallo sguardo interrogativo di De Luca, – è un affresco che sta alla Certosa –. E aggiunse *il Cimitero monu-*

mentale di Bologna, perché il commissario continuava a fissarlo.

– Lo so cos'è la Certosa, – disse De Luca, brusco. – Cosa sarebbe questo affresco?

– Sta nel Terzo Chiostro, in una tomba di famiglia di ricconi. Dovrebbe essere della metà dell'Ottocento, anche se è molto rovinato.

– Non ti facevo uno che va per cimiteri, – disse Giovannino, e Maria ridacchiò.

– Non lo sono, infatti. È la mia tesi di laurea alle Belle Arti. *L'allegoria religiosa nell'arte funeraria monumentale*. E infatti i cani latranti rappresentano i peccati e le tentazioni, in una parola il Diavolo, mentre il Cristo benedicente...

– Complimenti al candidato, centodieci e lode con bacio accademico!

De Luca agitò una mano. – Dove si trova questa tomba?

– Terzo Chiostro, in fondo, verso il Sacrario dei Martiri Fascisti. Famiglia Venturoli, Venturini... qualcosa con la *v*.

– Ahi, ahi, ahi... niente piú bacio.

– Mica ci sono andato davvero, l'ho studiata sul libro...

De Luca non li ascoltava piú. Pensava al ragazzino in mutande che urlava di aver visto alla chiusa del canale un affresco che stava in una tomba dall'altra parte della città. All'inizio credeva che parlasse a vanvera, terrorizzato da loro, dal Borsaro e dai ricordi del bombardamento, ma adesso che un Cristo dei Cani c'era davvero, la cosa era diversa.

All'improvviso gli tornò la febbre. Gli corse lungo le ossa e gli raggrinzí la pelle di brividi che bucavano il sudore. La smania gli fece stringere piú forte Lorenza, che si schiacciò contro il suo petto, appoggiandogli la testa sulla spalla, mormorando come un gatto che fa le fusa, mentre invece lui pensava che avrebbe dovuto interrogare di nuovo il ragazzo, andare dalle suore per chiedergli come mai il Cristo e i cani, anzi, andare prima alla Certosa per vederlo, questo affresco, e lo avrebbe fatto subito se non fosse stato sotto un ponte, in mezzo al temporale, con Lorenza stretta tra le braccia, di domenica pomeriggio.

Ma no, lo avrebbe fatto comunque, con una scusa, se Lorenza, approfittando di un momento che gli altri si erano distratti e non guardavano, non avesse girato la testa per baciarlo rapidamente, sul collo.

– Amore mio, – gli sussurrò all'orecchio, pianissimo, e lui pensò che *va bene, oggi no, oggi c'era lei*.

Gli sembrò di sentire le parole di Cesarella, *De Luca, ragazzo mio, ce l'hai una fidanzata?*

Domani, pensò, e se lo ripeté anche, con ostinata convinzione.

Oggi no. Oggi è domenica.

Domani.

– Vieni su? – aveva detto Lorenza.
– Ci sono i tuoi, è quasi ora di cena.
– Appunto, vieni a mangiare da noi.
– Non so... dovrei... non so...

Per tutto il viaggio di ritorno, nonostante lo sforzo di pedalare nell'aria che bolliva dopo il temporale, nonostante Lorenza che gli sorrideva seduta sul manubrio della sua Giordano, la schiena verso la ruota e le gambe nude incrociate davanti a lui, nonostante i suoi propositi, *domani, domani, domani*, De Luca non aveva smesso un momento di pensare a quello che gli aveva detto il Ciccione.

Il Cristo dei Cani.

Era quasi riuscito a infilarlo in un angolo della mente assieme a una serie di domande da fare al ragazzo quando avevano svoltato dentro piazza Saragozza e da lí aveva visto la strada che saliva fino alla Certosa.

Cosí vicina. E di domenica il cimitero doveva essere ancora aperto.

Poi erano arrivati davanti a casa di Lorenza, lei era saltata giú dalla bicicletta e lo aveva baciato, un altro bacio rapido ma sulle labbra, cosa insolita per una come lei, e lui aveva pensato *va bene, domani. C'è tempo. Domani.*

– Eri carino in giacca e canottiera. Sembravi Girotti in quel film, come si chiama... *Ossessione.*

– Non l'ho visto.

– Nessuno lo ha visto, lo hanno ritirato subito perché era scandaloso. C'erano le fotografie su una rivista.

– Eri carina anche tu.

– Solo carina? Se lo dice una brava ragazza di buona famiglia come me va bene, se lo dice un uomo è come se dicesse che sei *un tipo.*

– Eri bellissima. Sei bellissima.

Domani. C'è tempo.

– Allora vieni a cena? Lo sai che piaci ai miei. Mio padre ti trova interessante.

– Al professore piacciono gli sbirri.

– Al professore piacciono i romanzi gialli.

Domani.

– Va bene, vengo.

– Oh, bravo...

– Prima però dovrei fare una cosa. Ci metto un minuto, il tempo che apparecchiate e torno. Anzi, guarda, se mi presti la bicicletta faccio anche prima.

Il cimitero aveva già chiuso, ma un custode c'era ancora perché anche alla Certosa avevano dovuto preparare le tombe per i morti del bombardamento. Era davanti all'obitorio del cimitero, le mani sui fianchi a osservare quattro bare di legno lucido accatastate contro il muro e De Luca aveva dovuto chiamarlo a lungo, prima che si voltasse, e poi battere il tesserino sulle inferiate del cancello, per farsi aprire.

Alto e magro, con un grembiule nero e un paio di baffi lunghi e sottili sotto il naso spiovente, il custode sembrava uscito da un libro di caricature sui becchini. Era andato a prendere una torcia, perché l'aria stava diventando grigia e si era fatto seguire da De Luca lungo un viale di ghiaia che scricchiolava sotto le suole.

– Dove sta questa tomba? Non lo sapete? Terzo Chiostro, va bene, ma dove? Non lo sapete? E come avete detto che si chiama la famiglia? Non sapete neanche questo? Ah, la tomba col *Cristo dei Cani*! Ma certo, per di qua.

Il custode imboccò una galleria che sembrava la navata di una cattedrale e si infilò sicuro in mezzo ai giochi di ombre che statue e colonne proiettavano sul pavimento di pietra.

– È cosí famosa? – chiese De Luca.

– Che cosa?

– La tomba. Voglio dire, l'affresco col *Cristo dei Cani*.

– Se è cosí famoso non lo so, è una vita che lavoro qui, per me le tombe son tutte uguali.

C'era una donna stesa su un fianco ai piedi di un grande sarcofago di marmo, sollevata su un gomito, le dita della mano che sosteneva la testa affondate tra i capelli, le labbra strette, imperiose, e il mento sollevato. La statua di una donna, ma era cosí viva nell'atto di spingersi in avanti, cosí decisa, che a De Luca sembrò che lo seguisse con i suoi occhi bianchi e vuoti. Rabbrividí, anche se la donna era molto bella, e fece un passo per avvicinarsi di piú al custode.

– Perché allora lo avete ricordato subito? – chiese.
– Che cosa?
– L'affresco, *Il Cristo dei Cani*. Io l'ho nominato e voi subito...
– Perché ci andava sempre mio nipote.
– Vostro nipote?
– Il figlio del mio povero fratello morto in Grecia, che Dio l'abbia in gloria. Già da prima gli facevo un po' da padre perché mio fratello non è mai stato un granché come genitore, ma dopo che ci ha lasciato la pelle al fronte mi sono fatto scrupolo di sistemarlo in qualche modo.
– E perché ci andava sempre?
– Dove?

Oh, Signore, pensò De Luca.

– Nella tomba con l'affresco, *Il Cristo dei Cani*.
– Ah, non lo so mica. Io me lo portavo dietro perché volevo fargli fare il mio mestiere, ma lui spariva, si imboscava nella tomba dei Venturelli con una boccia di vino e ce lo trovavo ubriaco a fissare quel disegno con gli occhi sgranati. Franchino, gli dicevo, perché ci vai se ti fa paura?

De Luca si fermò, facendo risuonare i tacchi sulla pietra della galleria, due colpi secchi.

– Come avete detto che si chiama vostro nipote?
– Franchino.
– Negroni Gianfranco?

Il custode allargò le braccia, senza fermarsi.

– Lo conoscete anche voi questurini, eh? Me lo dicevano che è una boccia persa quel cinno, ma non ci volevo credere. Lo sa che mi han detto che si è messo con uno che fa la borsa nera?

Il custode era uscito dalla galleria e De Luca si mosse perché lo stava perdendo. Attraversarono un vialetto, poi tornarono indietro e passarono in mezzo a due tombe, e una era una stele con un bambino sollevato sulle punte che baciava il volto di un altro bambino che usciva da un bassorilievo, De Luca lo sfiorò con la spalla, e normalmente gli avrebbe fatto tenerezza o anche paura, con quell'aria che si incupiva velocemente, ma era troppo perso nei suoi pensieri per notarlo.

L'idea che tutto quello che Franchino aveva urlato al casolare fosse solo l'incubo di un ragazzino mezzo matto terrorizzato dalle botte e dal ricordo delle bombe aveva ripreso forza di colpo, lasciandogli l'amaro in bocca. Provò a consolarsi pensando che se Franchino avesse parlato a vanvera gli sarebbe bastata un'occhiata all'affresco e sarebbe tornato prima da Lorenza, ma non era abbastanza.

Il custode si fermò davanti a un blocco di pietra basso e squadrato come un bunker, spaccato dalle crepe e chiuso da un cancellino di ferro battuto, appena accostato. Doveva esserci un angelo scolpito su una specie di architrave, ma ne erano rimaste soltanto le ali e parte del corpo. Paradossalmente, e De Luca ne sorrise, gli mancava la testa.

– State attento che si scende di due gradini, – disse il custode.

Dentro era freddo, e anche buio, rischiarato appena dalla luce pallida della torcia. Si fecero da parte per non coprire la luce esterna che filtrava dall'ingresso, ma ormai era così scura che non serviva a niente.

– Dove sarebbe questo affresco? – chiese De Luca. Il custode batté la torcia sul palmo della mano, poi impugnò la manovella della dinamo e la girò con forza, in un ronzio così acuto che sembrava il miagolare di un gatto.

La luce tornò vivida di colpo, il custode la alzò su un angolo della parete e a De Luca si gelò il sangue.

L'affresco era rovinato e ne restavano alcune chiazze dai colori sbiaditi.

In quella piú in basso si riconoscevano le sagome di due cani neri, con la bocca spalancata, nell'atto di latrare. Davanti avrebbe dovuto esserci un Cristo, lo si capiva da un pezzo di tunica su un paio di sandali, ma il resto del corpo si era staccato dal muro, lasciando la parete scrostata fino all'ultima chiazza di colore, piú in alto, da sola.

– Eccolo qua, *Il Cristo dei Cani*, – disse il custode.

Ma del Cristo, fluttuante a mezz'aria, c'era solo la testa.

Avrebbe potuto fare tante cose diverse e tutte di buon senso.

Poteva andarsene dritto a casa di Lorenza. Cenare con i suoi. Magari raccontare del Cristo della Certosa al filosofo che leggeva di nascosto i libretti gialli della Mondadori, quando ancora si potevano pubblicare. Baciarla, dopo, rimasti soli, e anche fare l'amore sul divano del salotto.

Oppure poteva passare dalla questura, chiamare Rassetto e Corradini, e pure Massaron, con la Balilla a gassogeno, e tornare con loro al casolare, tutti insieme.

E invece era montato sulla bicicletta di Lorenza e si era lanciato giú per via Saragozza, e poi a sinistra, lungo tutti i viali e poi ancora giú, attraverso via San Felice e via Delle Lame, e ancora, costeggiando il canale, fino ai casolari e alla chiusa, dove aveva lasciato la Giordano per terra, su un fianco, con la ruota davanti che continuava a girare.

Il ragazzo, Franchino, aveva detto di aver visto il Cristo dei Cani, alla chiusa.

Cioè, a modo suo, aveva detto di averci visto una testa.

De Luca tirò fuori da sotto la giacca la torcia che si era fatto prestare dal custode, praticamente gliela aveva requisita, e girò la manovella della dinamo, furiosamente, perché gli sembrava che ci si vedesse ancora meno di ieri. Guidato dal rumore dell'acqua del canale che si riversava nella chiusa, attento a non caderci dentro, si infilò nel buio, strisciando le suole sull'erba illuminata dalla pila. Guardò anche il cielo in cerca di uno spicchio di luna che potesse almeno confortarlo, ma era compatto e nero, senza neanche la sagoma di una nuvola.

Si fermò sul bordo del canale un attimo prima di scivolare sulla riva, distratto dal biancore della schiuma e dal rombo forte del gorgo che gli riempiva le orecchie e stava quasi per tornare indietro quando il disco luminoso della torcia si rifletté sul metallo arrugginito della chiusa. Era una saracinesca col bordo largo come quello di un ponticello che attraversava il canale. De Luca la ripassò con la torcia, centimetro per centimetro, senza trovare niente.

Di nuovo stava per andarsene quando gli venne in mente che Franchino aveva cercato di attraversare il canale per scappare dall'altra parte, e allora, visto che ormai era lí, anche se adesso l'esserci venuto gli sembrava un'idea sempre piú stupida, tanto valeva arrivare fino in fondo, cosí si fece avanti, sicuro che sarebbe finito in acqua, mise un piede sulla schiena metallica della saracinesca, e la vide.

Anche senza l'aiuto della torcia.

Cosí bianca che bucava il buio, come la schiuma.

Incastrata tra i rami di un albero che si era piantato contro la chiusa, sospesa sull'acqua, fluttuante a mezz'aria, da sola.

Una testa.

De Luca mormorò qualcosa che non capí neppure lui, perché intanto aveva abbassato la luce della torcia e un viso stravolto come quello di un Cristo in croce gli era esploso sotto gli occhi. Anche i rami che lo serravano attorno alle tempie, infilati tra i capelli fradici, sembravano una corona di spine.

Spinse il piede sul bordo della chiusa, per mantenersi in equilibrio. Aveva cominciato a respirare forte, un po' per quella smania febbrile che era tornata a ribollirgli dentro, piú vorticosa dell'acqua contro la saracinesca, e un po' perché gli era venuta un'idea che gli strinse la gola in un conato.

Lo sapeva che non sarebbe tornato indietro in questura, col rischio di perderla, neanche fermarsi lungo la strada al primo posto con un telefono per chiamare una guardia, incontrare un metronotte, chiunque a cui fargliela tirare su, quella cosa bianca che lo fissava senza occhi, gridando muta con la sua bocca spalancata.

Sputò nell'acqua una boccata di saliva acida e si chinò sulla saracinesca, appoggiando le ginocchia sul bordo, una avanti e l'altra piú indietro. Fece un passo da gatto, un gatto di piombo, provò ad allungare un braccio ma lo ritirò, aprendo la bocca in un conato vuoto che lo fece ruggire nel buio.

Sputò ancora, aspirò aria ma era quella marcia del canale, cosí la soffiò fuori, tutta quanta, e di colpo abbassò il braccio, le dita aperte ad artiglio, senza neanche guardare dove le stava infilando, la torcia puntata da un'altra parte. Sentí i rami che gli graffiavano il dorso della mano, sentí gli schizzi di schiuma che gli picchiettavano il palmo, poi si sentí avviluppare da quella stoppa fradicia che gli si attorcigliava attorno alle dita e allora le strinse, tirò su con forza, uno strappo secco, a occhi chiusi, e con la testa in mano, in ginocchio sulla saracinesca, spalancò la bocca e vomitò nel canale.

Concentrato nei suoi pensieri, ubriaco di quella smania pulsante che gli dava la febbre, con le gambe indolenzite dal pedalare e la testa avvolta nella sua giacca dentro il cestino della Giordano, De Luca era quasi arrivato in centro quando si accorse che c'era qualcosa di strano.

Luci accese alle finestre aperte nonostante l'oscuramento, gente fuori dalle porte nonostante l'ora, una donna che urlava qualcosa che non riuscí a capire. In via Ugo Bassi ce n'era di piú, un piccolo gruppo sotto i portici e un altro un po' piú avanti, all'angolo con la piazza del Nettuno, qualcuno sventolava qualcosa che sembrava una bandiera. Li sentiva cantare, ancora in lontananza.

Che è successo?, pensò. Per un attimo aveva pensato a un allarme aereo, ma la gente non sembrava spaventata, anzi. Neanche minacciosa, per il momento, ma il suo istinto di sbirro gli diceva che gente in strada vuol dire guai, cosí spinse sui pedali per accelerare. Voleva tagliare al piú presto sotto il portico e raggiungere piazza Vittoria d'Etiopia, dove c'era la questura.

All'ingresso di via Battisti, però, c'era un altro gruppo. Una decina di persone che vociavano forte. Uno di loro agitava una bandiera e dal momento che stava proprio sotto l'unico lampione, per quanto oscurato, De Luca vide chiaramente che era rossa.

Una bandiera rossa.

Che cazzo è successo?, si chiese ancora, e sentí anche che la cantavano, *Bandiera rossa, avanti o popolo, alla riscossa*, cosí spinse sui tacchi per fare marcia indietro, perché non sapeva cosa stesse succedendo ma quello era un gruppo di sovversivi che manifestavano cosí allo scoperto, e lui un questurino che avrebbe dovuto impedirglielo, su una Giordano rossa da donna troppo piccola e con una testa infagottata nel cestino, comunque uno che si notava, e infatti lo notarono, uno lo indicò agli altri e in un attimo li aveva tutti attorno, anche dietro.

Allegri, festosi, battevano le mani e cantavano come appena usciti da un matrimonio, uno aveva afferrato il manubrio della bicicletta, con due mani, e lo scuoteva a tempo, sorridendo a De Luca che li guardava sgomento. Per niente minacciosi finché un altro non vide la cimice che stava all'asola della giacca appallottolata nel cestino.

– Ecco perché non festeggia, il merdone! È un fascista!

Adesso sí che erano minacciosi. Quello che aveva il manubrio smise di muoverlo e lo tenne fermo, mentre un altro faceva saltare via il cappello dalla testa di De Luca con un buffetto. Quello del manubrio voleva prendere la cimice, ma appena toccò la giacca sentí che era gonfia e bagnata, e quando De Luca cercò di bloccargli il polso gli tirò uno schiaffo.

– Cosa c'hai qui che non possiamo vedere? La roba che rubate al popolo, brutti maiali? – *bròt pôrz*, in dialetto, e lo ripeterono anche gli altri *pôrz, porzèl, ninên,* lo spinsero e De Luca si chinò su un fianco, la gamba tesa per non cadere, cosí inclinato che la testa gli scivolò fuori dal cestino e cadde a terra, rotolando come una palla, ancora avvolta nella giacca. Se avesse avuto la pistola forse l'avrebbe tirata fuori, ma era uscito senza, per andare al Lido, voleva prendere il tesserino, dire che era un poliziotto, qualunque cosa succedesse, ma scivolò sulla gamba e finí a terra, sotto la bicicletta, la mano allungata verso la sua palla di stoffa.

– Ehi! Ehi! – urlò qualcuno. – Che succede qui! Circolare, circolare!

Erano tre agenti di Pubblica Sicurezza, in divisa e armati di moschetto, che si avvicinavano di corsa. La gente restò un attimo a guardarli, poi quello con la bandiera si mosse e gli altri lo seguirono, con calma, ricominciando a cantare, anche quello che aveva schiaffeggiato De Luca, allontanandosi lungo la strada, verso la piazza.

– Tutto bene? – chiese una delle guardie, un vicebrigadiere, mentre un'altra sollevava la bicicletta.

– Sí, sí, tutto bene... – disse De Luca, e si rialzò in fretta per prendere la giacca prima che lo facesse la terza guardia, che si era già chinata a raccoglierla. – Ma cos'è successo?

– Mussolini è caduto, – disse l'appuntato.

– Si è fatto male? – chiese De Luca. Le guardie si scambiarono un'occhiata interdetta, prima di mettersi a ridere.

– Ma no! È caduto il governo.

Questa volta fu De Luca a guardarli interdetto. *Impossibile*, pensò e stava per dirlo, *il governo non può cadere*, quando l'appuntato guardò il fagotto che teneva in mano, vide quello che spuntava tra le falde della giacca e spalancò la bocca, alzando il moschetto.

Avrebbe dovuto dire subito che era un poliziotto, un funzionario, un superiore, ma era ancora frastornato, cosí prima cercò di prendere il tesserino, mettendo la mano dietro, alla tasca dei pantaloni, e fu un errore, perché la guardia che aveva di fianco fece un passo avanti e con la canna del moschetto colpí De Luca dritto sulla bocca.

– Che ti hanno fatto? Ti hanno menato? Lo sapevo, io, lo sapevo! Dobbiamo reagire!

Rassetto aveva la pistola in mano. Era appena arrivato in questura e camminava avanti e indietro, come un leone in gabbia. Nell'ufficio della Giudiziaria c'era anche Corradini, senza cravatta, seduto sul bordo di un tavolo, con le braccia conserte.

– Aspettiamo ordini, – disse. – Tra poco arriva anche lo Scimmino e sentiamo quali sono le disposizioni del questore.

– Te le dico io le disposizioni! Reagire! Ho sentito uno del Partito e dice che il re ha fatto arrestare il duce! Ma ti rendi conto?

– Aspettiamo ordini, – ripeté Corradini, e Rassetto sorrise sui denti da lupo, un sorriso di rabbia, perché indicava la giacca del collega, la sua asola vuota.

– Ti sei già tolto il distintivo, – ringhiò, con la *v* raddoppiata tra le labbra strette, – bravo, complimenti, – e batté le mani, – ma non credere che basti, ci verranno a cercare tutti, guarda De Luca!

De Luca se ne stava in piedi sulla porta, appoggiato allo stipite, sporco, stazzonato, in maniche di camicia e senza cappello, la giacca appallottolata tra le braccia. Avrebbe voluto dire che erano state le guardie, a picchiarlo, e non i sovversivi, ma si stava succhiando il labbro gonfio, cercando qualcosa con gli occhi.

L'ufficio della Giudiziaria aveva due grandi lussi, d'estate, soprattutto nei periodi afosi come quello. Un ventilatore Marelli a tre velocità e un cestino termico pieno di ghiaccio. Lo riempivano tutte le mattine per tenerci l'acqua in fresco, e anche le birre qualche volta, quella domenica l'ufficio era rimasto chiuso, ma funzionava molto bene e doveva essercene ancora.

Corradini intercettò il suo sguardo. Chiese *vuoi del ghiaccio per il labbro*, ma De Luca fece segno di no. Mise la giacca sul piano del tavolo, ne aprí le falde e le scostò, lasciando Rassetto e Corradini a bocca aperta.

– Ecco qua, – disse, impacciato dal labbro gonfio. – Ho trovato la testa.

«Il Resto del Carlino», lunedí 26 luglio 1943, XXI, Italia, impero e colonie cent. 30.
  IL RE PRENDE IL COMANDO DI TUTTE LE FORZE ARMATE. BADOGLIO PER ORDINE DEL SOVRANO ASSUME IL GOVERNO MILITARE DEL PAESE CON PIENI POTERI. LE DIMISSIONI DI MUSSOLINI. La guerra continua.
  Cronaca di Bologna: IL CAMBIAMENTO DEL GOVERNO SALUTATO CON ACCLAMAZIONI AL SOVRANO - NOTIZIE ANNONARIE: Polli e conigli in vendita oggi e domani.
  Radio: ore 13:10, canzoni del tempo di guerra.

C'era una bara, una cassa di legno laccato che ondeggiava sulle mani di una folla compatta e chiassosa. Sembrava una barchetta da bambini, un rametto sull'acqua corrente di un ruscello, ma doveva pesare, perché era massiccia e sopra c'erano anche un fascio littorio, di bronzo, incrostato dai calcinacci del muro da cui era stato strappato, e la testa di una statua di Mussolini, anche lei di bronzo, staccata di netto.

Corradini ingranò la marcia indietro e si girò sul sedile della Balilla, allungando il collo per guardare oltre il bombolone che copriva quasi tutto il lunotto posteriore. C'era gente che stava arrivando lungo la stradina in cui si trovavano per immettersi nel fiume di persone che intasava via Ugo Bassi. Un ragazzo con una bandiera tricolore fece un salto per non farsi schiacciare e un uomo che teneva una fotografia incorniciata del re batté il pugno chiuso sul cofano della Balilla, urlando qualcosa.

– Caviamoci in fretta di qui, – disse Corradini, – e poi quello è meglio se ve lo togliete, – accennando col mento al distintivo del partito che De Luca aveva all'occhiello della giacca.

– Ah già, – disse De Luca, sfilandosi la cimice. La testa di Mussolini che rotolava sulla bara gli fece venire in mente quella che teneva nel cestino pieno di ghiaccio, sul sedile posteriore, e si voltò a guardarlo. Lo prese, anche, e lo portò davanti, sul pianale, stretto tra le gambe.

– La gente è impazzita, – disse Corradini, e dalla voce sembrava eccitato anche lui. – Speriamo che non glielo abbiano fatto troppo presto, il funerale, voi che dite, commissario?

– Non lo so. Occhio ai ciclisti.

Corradini si fermò per lasciarsi sciamare attorno un gruppo di ciclisti che cantava l'inno di Mameli, poi girò su via Marconi. Passarono davanti a quello che restava dell'*Hotel Brun*, sventrato dai morsi delle bombe che sembrava ci avessero lasciato sopra i segni dei denti e finalmente lanciò l'auto, per quanto poteva il gas prodotto dai blocchetti di faggio che bruciavano nel bombolone.

Lungo la strada incontrarono due autoblindo dell'esercito seguite da una camionetta dei carabinieri che viaggiavano in senso opposto, verso il centro. Corradini disse qualcosa, che De Luca, assorto a spellarsi con i denti la crosticina che aveva sul labbro, non capí.

– Dicevi?

– Dicevo che avete sentito il dottor Cesarella, commissario, può succedere di tutto. Secondo voi che succede?

De Luca non rispose, perché si era di nuovo distratto a pensare alla sua, di testa, piú che a quella di Mussolini. Per farla fotografare l'aveva messa su un tavolo coperto da un lenzuolo che le arrivava fino al mento, come se sotto ci fosse stato il resto del corpo, ma visto che rimaneva abbastanza raccapricciante anche cosí forse avrebbe potuto farla ritrarre da un disegnatore che la abbellisse un po'. Se voleva farla girare, casomai qualcuno la riconoscesse, aveva bisogno che la gente non distogliesse gli occhi al primo sguardo.

– Comunque sia, che i fascisti si mettano a sparare alla gente o che la gente si metta a dare la caccia ai fascisti, siamo sempre noi questurini a starci in mezzo. Ho ragione, commissario?

– Sí, – disse De Luca, tanto per dire qualcosa. Poi indicò il palazzone che stava in fondo a via Irnerio, bianco e squadrato e tutto sommato sobrio, nonostante le colonne e la facciata decorata da cerchi e triangoli che lo faceva assomigliare piú a un piccolo ministero che all'Istituto di Medicina legale dell'Università.

L'ufficio del professor Boni era vuoto. Anche il resto dell'Istituto era praticamente deserto, tanto che De Luca e Corradini erano arrivati fino al primo piano dopo aver incontrato un gruppo di studenti in camice che glielo aveva indicato, visto che neppure il portiere stava nella sua gabbiola, al piano rialzato.

Rimasero lí, sulla soglia, col cestino che sgocciolava acqua sulla graniglia nera e bianca del pavimento, finché De Luca non sentí tossicchiare, alle sue spalle. Era un giovanotto magro e alto, molto stempiato, e teneva le mani dietro la schiena, sotto un camice aperto su un panciotto giallo e un farfallino a pallini rossi.

– Posso esservi utile? – disse, e lo fece con un tono cosí diretto che a De Luca sembrò subito di piú che uno studente un po' eccentrico, nonostante fosse cosí giovane e cosí strano.

– Commissario De Luca, polizia giudiziaria.
– Professor Tirabassi, Istituto di Medicina legale.

Tese la mano e De Luca, che stava alzando la sua, istintivamente, la fermò a mezz'aria e gliela strinse.
– Cercavate il professore?
– Sí. Avrei qui...
– Mi dispiace, non c'è.
– Non c'è, – ripeté De Luca. – No, perché io avrei qui...
– Non c'è e non credo che verrà neanche piú tardi. Almeno finché le cose non si chiariscono positivamente per uno molto, – stese il braccio rigido, battendo i tacchi, – come il professor Boni, illustre accardemico d'Italia.
– Capisco. Ecco, però, io qui avrei...
– È ghiaccio che si scioglie, quello? – disse Tirabassi. – E dall'odore immagino che servisse a tenere in fresco qualcosa di organico. Cosa c'è in quel contenitore?
– Una testa, – disse De Luca.
– Interessante.
Tirabassi prese il cestino dalle mani di De Luca quasi di slancio, mentre entrava nell'ufficio. Lo appoggiò sulla scrivania del professor Boni, a sgocciolare sul piano di vetro, e lo aprí. Corradini fece un passo indietro, scomparendo dietro lo stipite della porta, mormorando qualcosa che nessuno capí ma che sembrava una bestemmia.
– Interessante, – ripeté Tirabassi.
– Appartiene a un corpo che abbiamo trovato due giorni fa e che ieri è stato portato qui da voi. Il professor Boni aveva promesso di esaminarlo e...
– Il professore non c'è, ve l'ho detto. Ma posso esaminarlo io. Sono il vice anatomopatologo, qualunque cosa significhi –. E poi aggiunse: – Non vi preoccupate, sono quello bravo, – perché il silenzio di De Luca gli era sembrato dubbioso. Era soltanto sorpreso, invece, piacevolmente sorpreso dalla concentrazione appassionata di quello strano goliarda lungo e allampanato, che se ne stava chino

come una virgola sul cestino, quasi volesse annusarlo. Cosí ci provò, perché Boni aveva detto mercoledí, e già sapeva che intendeva fine settimana, ma se avesse potuto esaminarlo prima, il suo cadavere, anche solo un paio di giorni prima, sarebbe stato felice.

– Posso chiederle un favore? Vorrei sollecitare l'esame necroscopico, c'è un'inchiesta in corso e se si potesse anticipare di qualche...

Tirabassi si strinse nelle spalle, senza neppure voltarsi.
– Va bene, – disse. – Tornate pure verso le due.

Corradini finí di sputare per terra, appoggiato a un albero del viale, si staccò dalle labbra un filo di saliva che gli era rimasto attaccato alla bocca e respirò forte.

– Non mi ci abituerò mai, – mormorò. – Torniamo in questura, commissario?

De Luca si era tolto la giacca, perché gli unici abiti estivi, quello bianco e quello color tabacco, erano in tintoria. Gli erano rimasti soltanto un abito nero da inverno e uno grigio per l'autunno, ed era quello che indossava. Si allentò la cravatta, asciugandosi il sudore sulla nuca, con le dita.

– No, – disse, – ci andiamo dopo.

– Ma lo Scimmino... volevo dire, il dottor Cesarella ha detto che dovevamo tornare subito.

– Non spetta alla Giudiziaria occuparsi dell'ordine pubblico.

– Ma lo... cioè, Cesarella ha detto che c'è bisogno di ogni elemento perché può succedere di tutto.

De Luca aprí lo sportello della macchina e salí al posto del passeggero, con la giacca piegata sulle ginocchia. La promessa di Tirabassi, di fargliele avere subito le risultanze dell'autopsia invece che dopo parecchi giorni, lo aveva riempito di entusiasmo, alzando il livello della sua smania a una altezza quasi insopportabile. Sarebbe rimasto lí, seduto nell'atrio dell'Istituto, fino alle due, ma c'erano un po' di cose che voleva fare subito.

– Per me, – disse Corradini, sedendosi al posto di guida. – Il capo siete voi.

– C'è il maresciallo Rassetto, in questura, può pensarci lui a mobilitare la squadra, se c'è bisogno.

Corradini sogghignò, mettendo in moto. – Rassetto, se mette il naso fuori, lo linciano. Sta a mordere il freno alla scrivania, entro sera l'avrà rosicchiata tutta peggio di un topo. Dove vado?

– San Giovanni in Monte. Facciamo due chiacchiere col Borsaro.

Il carcere di San Giovanni in Monte era presidiato da un reparto dell'esercito che aveva piazzato una mitragliatrice sotto il portico, davanti al portone. Non c'era molta gente a manifestare, ma un gruppo di donne che gridavano di liberare i prigionieri politici sembrava rendere nervoso il giovane tenente che comandava il drappello, anche perché dietro c'erano alcuni uomini in maniche di camicia, molto giovani anche loro, con una bandiera rossa.

De Luca dovette tirare fuori il tesserino e rimettersi la giacca, perché cosí in maniche di camicia anche lui il tenente non voleva farlo neanche avvicinare. Poi annuí, lo sguardo sempre fisso alle donne e agli uomini con la bandiera rossa, e lasciò che andasse a bussare al portone.

In cella, però, il Borsaro non c'era piú.

– Come, non c'è piú? In che senso?

– Nel senso che non c'è piú, – disse il brigadiere che stava nell'ufficio del direttore. – Prima c'era, poi ieri sera è venuto un pezzo grosso della Milizia con una squadra di camicie nere e se lo sono portato via. Hanno detto che lo prendevano in custodia loro.

– Impossibile, – disse De Luca, e il brigadiere allargò le braccia.

– Dottò, mi sembra che non ci sta piú niente di impossibile a questo mondo.

– Voglio parlare con il direttore.

– Questa mattina sua Eccellenza non è venuto, e mi sa che per un po'…

– Va bene, ho capito. Chi era questo pezzo grosso della Milizia?

Lo immaginava, lo sapeva, e quando il brigadiere fece scorrere sul piano della scrivania un foglio dattiloscritto di due righe molto generiche quasi non ebbe bisogno di guardare la firma per vedere che era lo svolazzo presuntuoso del console Martina.

– Casa del Fascio, – disse De Luca a Corradini, che lo aspettava in macchina.

– La caserma di via Mascarella, i gruppi rionali o la sede centrale di via Manzoni?

De Luca rifletté un momento.

– Sede centrale. Cominciamo da lí.

Aveva ragione. Il console Martina aveva portato lí il Borsaro, il pomeriggio prima, mentre De Luca era al Lido con Lorenza e i ragazzi, e lo aveva chiuso in una delle stanze dell'albergo annesso al palazzone rinascimentale che ospitava la Casa del Fascio di Bologna.

Ma adesso non c'era piú.

La sera stessa, dopo l'annuncio alla radio della caduta di Mussolini, era passato con un'Aprilia carica di valigie, da solo e in borghese, aveva preso il Borsaro e se l'era portato via.

A De Luca lo raccontò una camicia nera che saltellava su una gamba sola per infilarsi un paio di calzoni di velluto a coste presi da un armadio in un corridoio.

Era l'unica persona rimasta in quell'ala di palazzo Ghisilardi-Fava, e anche quei calzoni così fuori stagione sembravano l'unico indumento rimasto nell'armadio e negli altri che stavano aperti lungo il corridoio, le grucce nude o sparse sul pavimento. Nel cortile di mattoni rossi, gettati giú dalla galleria sopra il porticato che ci correva attorno, c'erano mucchi di camicie nere, giubbe col fascio sul colletto e fez, e dopo la prima rampa di scale, sul pianerottolo che portava agli uffici ingombri di carte sparse dappertutto come se qualcuno avesse lasciato le finestre aperte durante un temporale, De Luca e Corradini avevano camminato su un tappeto di distintivi del partito, che scricchiolavano sotto le suole delle scarpe come cimici, appunto.

Il miliziano finí di sbottonarsi la camicia nera e lanciò un'altra occhiata agli armadi vuoti.

– C'è gente, fuori? – chiese, preoccupato.

– Sí, – disse Corradini. – Carabinieri e soldati.

– No, intendo gente gente.

– Sí.

– Molta?

– Sí.

– E com'è?

– Quando siamo arrivati urlavano e tiravano sassi contro la facciata del palazzo. Adesso non so.

Il miliziano strinse i denti. Da qualche parte, in un ufficio lontano, arrivò il rumore secco di un vetro che si spezzava.

– Anche adesso, – disse Corradini.

Il miliziano si tolse la camicia nera, se la strappò, quasi, di dosso, e la tirò lontano.

– Dovete proteggermi, – disse, – posso uscire con voi, potrei sembrare uno della questura anch'io.

Corradini non riuscí a trattenere un sorriso. – Vestito cosí? Fossi in te farei una cosa, starei nascosto da qualche parte e me la filerei stasera, col buio. Se esci con noi ti becchi minimo una sassata.

– Sí, – disse il miliziano, *sí*, ripeté e scappò lungo il corridoio, piegato in avanti e spingendo sui gomiti, come se fosse inseguito, in calzoni di velluto e canottiera bianca.

Corradini scuoteva la testa, mormorando *ma tu guarda*, ma quando si voltò verso De Luca si accorse che il commissario era quasi arrivato alla scala che portava di sotto. Non aveva sentito una parola di quello che si erano detti lui e il miliziano, preso da un pensiero, un brutto presentimento che all'improvviso gli aveva troncato il respiro.

– Andiamo, Corradini, – gli disse, – andiamo! Di corsa! – E il brigadiere dovette correre davvero per stargli dietro.

– È scappato.
– Come, scappato?
– Come, come... non c'è piú. Quando abbiamo fatto l'appello, questa mattina, era lí al suo posto, a fare colazione con gli altri, e adesso invece non c'è piú.

Suor Maria era un donnino minuto che quasi scompariva dentro la veste bianca, il volto minuscolo e senza età incorniciato dal velo nero delle Imeldine, stretto attorno alla cuffia. Anche Albertino aveva una testa piccola piccola, avvolta da un baschetto rotondo che la copriva tutta come la capocchia di un chiodo, ma per il resto era un gigante, e la sua tuta blu da operaio occupava per intero lo specchio di una porta, anche con le braccia conserte. Era proprio per lui che ogni tanto la questura mandava qualche ragazzo particolare al convitto di via Remorsella, perché era meglio di un vero carceriere. Non sempre, però, visto che quando De Luca e Corradini avevano chiesto di Negroni Gianfranco detto Franchino il gigante aveva allargato le braccia, stringendosi nelle spalle. Anche suor Maria si era stupita.

– Però non è che questo sia proprio un carcere, commissario. Mica abbiamo il filo spinato. E ci sono le finestre del primo piano che dànno sulla strada, va be' che sono sempre chiuse...

– Ho dimenticato quella del refettorio –. Anche la voce aveva piccola, Albertino, come la testa. Suor Maria gli lanciò un'altra occhiata sorpresa, poi si strinse anche lei nelle spalle.

– Ve l'ho detto, commissario, insomma... siamo mica un carcere.

Pensava *ho fatto una cavolata*, e lo disse, anche, lo mormorò: – Ho fatto una cavolata.

– Come dite, commissario?
– Tu ci credi alle coincidenze, Corradini?
– Non lo so. Voi?
– Io sí. Ci sta che due cose accadano per motivi loro, del tutto indipendenti. Però qui abbiamo il console Martina che manda una camicia nera a recuperare a colpo sicuro una misteriosa valigetta dal magazzino del Borsaro, poi il Borsaro che viene portato via dal console e sparisce assieme a lui, e pure il suo ragazzino che, guarda un po', scappa dalle suore e sparisce pure lui.

– Se ve lo devo dire, commissario, a me Albertino mi è sembrato un po' strano, cosí vago.

– Anche a me. E infatti, sempre per coincidenza, si dimentica proprio una finestra aperta. Ho sottovalutato tutto, fin dall'inizio, ho fatto una cavolata.
– Che facciamo, adesso?

De Luca sospirò, un soffio lungo che gli svuotò i polmoni nell'aria rovente del caldo di luglio e dei vapori del gasogeno.

– Far emettere un mandato di ricerca per il Borsaro e il ragazzino, e già che ci siamo anche per il console, frugare un po' nelle sue pertinenze in cerca di quella valigetta, e poi fermare Albertino e portarlo in questura per interrogarlo.

Corradini aveva cominciato ad annuire già alle prime parole, ma in quel modo cosí netto e deciso che voleva dire no.

– Io intendevo adesso, signor commissario. C'è il dottor Cesarella che ci aspetta, sapete... può succedere di tutto.

Anche De Luca annuí, ma piano, le labbra strette e la fronte corrugata, cosí lentamente che pure quello voleva dire no. Guardò l'orologio, poi lanciò un'occhiata fuori dal finestrino, alla statua del Popolano che svettava sulla collina della Montagnola. Mancava un'oretta alle due, ed era a metà strada.

Tutto quello che aveva detto era fattibile soltanto con l'autorizzazione del dirigente, e a parte che comunque avrebbe dovuto convincerlo, Cesarella l'avrebbe sicuramente spedito in ordine pubblico prima ancora che fosse riuscito a dire una parola.

Ma lui voleva chiudere la storia della testa. Parlare con Tirabassi e farsi dare qualche risposta che gli sarebbe servita a portare avanti la sua indagine, a inquadrarla meglio, anche per lo Scimmino.

Era sicuro che dopo essere riuscito finalmente a ridare una testa al suo corpo ne avrebbe saputo molto di piú.

– Lasciami qui, grazie, – disse aprendo la portiera, ed era già saltato giú che Corradini non aveva ancora finito di frenare.
– Dottore! Che gli dico allo Sci... che gli dico al dirigente?

Il parco della Montagnola era a metà strada tra l'Istituto di Medicina legale di via Irnerio e la farmacia in cui lavorava Lorenza. Sulla collina si era radunata una folla di gente che metteva fiori sotto il monumento del ragazzo seminudo che strappava la bandiera a un soldato austriaco morto, e siccome erano tutti in bicicletta a De Luca venne in mente di passare da casa sua, che era di strada, a tirare fuori dall'androne la Giordano di Lorenza, che aveva lasciato lí la sera prima, quando era tornato a casa col suo labbro rotto e la giacca sporca.

La portò a mano, questa volta, lungo via Indipendenza, stretto contro il muro per sfuggire al corteo che gonfiava la strada fin sotto i portici, da un lato all'altro, uomini, donne e ragazzi che gridavano *viva il re* e *viva Badoglio*, tenevano bandiere rosse e bandiere tricolori, cantando l'*Inno di Mameli* e qualcuno anche *Bandiera rossa*.

Sul basamento della statua a Garibaldi, proprio sotto le zampe del cavallo, c'era un uomo in maniche di camicia che parlava alla folla, agitando le braccia. La gente si fermava ad ascoltare e De Luca approfittò di un buco nel corteo per attraversare la strada e infilarsi in via Altabella, veloce, con la catena della bicicletta che ronzava, fino alla farmacia, che era l'unico esercizio aperto.

Sulla porta, tra le cannucce di legno della cortina che cercava di tenere fuori il caldo, De Luca quasi sbatté contro il dottor Ravenna. Faticò a riconoscerlo e non perché non portava il camice, lavorava di nascosto nella sua farmacia da quando gli era stata arianizzata, fingendo di essere un cliente in caso di controllo.

– Sai che è la prima volta che lo vedo sorridere, il tuo ex capo?

– Dice che appena aboliranno le leggi razziali riuscirà a riprendersi la farmacia.

– E il tuo attuale capo che l'ha rilevata cosa dice?

– Non lo so. Dubito che Montuschi mollerà, l'avrebbe cacciato via già da un pezzo se non fosse che Elia gli porta i clienti ebrei, che si fidano solo di lui. Elia gli ebrei, Montuschi le signorine delle case chiuse. Ma oggi non si è visto e mi sa che per un po' non si farà vivo.

E infatti era sola, dietro il bancone, impeccabile nel suo camice immacolato, solo l'ultimo bottone aperto sul collo, non sembrava neanche sudare, Lorenza, neanche avere caldo, giusto i capelli biondi tirati su e arrotolati sulla nuca, fermati da una matita che li infilzava come uno spillone giapponese.

Com'è bella, pensò De Luca, e anche se si sforzava di restare seria, le rughe sottili all'angolo delle labbra che cercavano inutilmente di comprimere la bocca in una smorfia di rimprovero, si vedeva che era eccitata anche lei. E infatti accennò con la testa al rumore della folla che veniva da fuori.

– Ieri sera ero molto arrabbiata, – disse, – poi ho sentito quello che è successo e ho capito che avrai avuto da fare.

– Sí, – disse De Luca. Non era vero, ma non era neanche una bugia. – Scusami. Ti ho riportato la bicicletta. L'ho legata fuori.

Lorenza uscí da dietro al bancone per baciarlo. Prima lanciò un'occhiata alla porta, che non ci fosse nessuno oltre la cortina di cannucce di legno, poi si accorse del taglio sul labbro.

– E questo?
– Niente, niente...
– Oddio, ci sono stati disordini?
– No, niente, stai tranquilla... ho sbattuto. Non sono bravo con la bicicletta.

Lorenza sorrise, scuotendo la testa, gli sfiorò il labbro con la punta di un dito, cosí leggermente che De Luca neanche la sentí.

– Vieni, ci mettiamo sopra qualcosa.
– Ma no, dài...
– Vieni.

De Luca si lasciò tirare fino al bancone, le braccia conserte e un lungo sospiro paziente, mentre Lorenza apriva a colpo sicuro uno dei cassettini che coprivano la parete, tantissimi e tutti uguali. Gli spalmò sul labbro una crema che bruciava e che gli lasciò in bocca uno sgradevole sapore di ferro.

– Davvero non c'è pericolo, fuori? Per te, dico.
– Tranquilla, la città è militarizzata, non può succedere niente.
– La gente sembra impazzita, – disse Lorenza, ed era eccitata anche lei. – Sono passata dalla piazza questa mattina e sui gradini di San Petronio c'era uno, anziano, piccolo, stempiato, che aveva una cesta di polli, proprio di polli, già spennati, e li gettava alla gente, diceva che erano destinati ai fascisti, mangiateli voi, fate festa, viva la libertà! Cosa pensi che succederà?
– Me lo chiedete tutti, ma cosa ne so? Sono un poliziotto. Chiedilo ai tuoi, siete una famiglia di intellettuali, no?

Lorenza toccò di nuovo il labbro di De Luca con la punta del dito, sfiorandolo appena.

– Papà dice che ci sarà la rivoluzione, che dopo vent'anni la gente non ce la fai piú a tenerla. Mamma ha paura che vengano i tedeschi e mio fratello ha paura del re e di Badoglio. Io, – si strinse nelle spalle, – credo che la gente pensi soprattutto a cosa mettere in tavola per cena, e se torna qualcuno dalla guerra. Ma io sono quella normale, in famiglia, i geni sono loro.

Lo baciò di lato, all'angolo del labbro piú lontano dalla ferita, un bacio lungo e intenso come uno vero. Prima, però, aveva lanciato un'altra occhiata alla porta.

– Vieni a pranzo con me? – gli chiese. – Siamo rimasti aperti perché siamo un servizio pubblico, come la questura, ma mica dobbiamo morire di fame.

De Luca guardò l'orologio.

– Non posso. Devo fare una cosa. Ma vengo stasera. Giuro.

La baciò, un bacio vero, forte, che gli schiacciò il sapore acido del ferro e quello dolciastro del sangue sui denti, e forse anche a lei, perché Lorenza si leccò le labbra, sorpresa.

– Vieni questa sera?
– Giuro.
– Promesso?
– Giuro.

E lo ripeté ancora baciandosi le dita a croce, due volte, mentre Lorenza lo guardava con un sorriso cosí morbido e cosí vero che di nuovo pensò *ma come è bella*.

Una volta aveva visto un'autopsia che gli aveva fatto impressione.

Era giovane, appena entrato in polizia, e lavorava a un caso come vicecommissario aggiunto assieme al suo mentore, il commissario Tampieri, quello dei due cazzotti ai criminali. Si trattava di una donna, una prostituta di un bordello di vicolo delle Quaglie, terza categoria, l'avevano trovata in un fosso fuori città ed era evidente che fosse stata uccisa.

Come e in che modo spettava all'autopsia stabilirlo, e loro, il commissario anziano e il giovane aggiunto, erano lí per saperlo, perché avevano una mezza pista e il tempo stringeva.

De Luca era cosí interessato e cosí ansioso, cosí smanioso, che non si accorgeva neppure dell'odore, c'era già stato in sala autopsie, va bene, il commissario poi ne aveva viste a decine, ma comunque, almeno nei primi minuti, si tenevano sempre un lembo della cravatta sul naso, tanto per abituarsi, ma quella volta no, De Luca quasi si protendeva verso quel corpo nudo steso sul tavolo di marmo.

Poi il dottore aveva inciso il petto della donna, un taglio a ipsilon appena sotto il collo, a forma di cravatta, aveva agganciato le costole con i divaricatori e aveva tirato, un colpo secco, cosí forte che il corpo della donna si era sollevato, inarcato in avanti come per sedersi.

Era durato un attimo, come al solito, ma in quell'istante la testa della donna si era sollevata, e gli occhi sbarrati dalla morte avevano guardato De Luca con un'angolazione che sembrava volessero fissare proprio lui, e con uno sguardo cosí offeso che gli fece stringere lo stomaco. Perché sicuramente era stata tante volte nuda davanti a un uomo che la guardava, ma in quel momento sembrava davvero che volesse dirgli, arrabbiata, furiosa, offesa sí, *cosí no, non cosí*.

Era uscito. Dopo un po' Tampieri lo aveva raggiunto, lo aveva preso in giro e gli aveva detto di rientrare, se voleva sapere quello che avevano scoperto, che glielo avrebbe raccontato il dottore. Altrimenti glielo avrebbe detto lui, ma l'anatomopatologo di sicuro glielo spiegava meglio.

Allora De Luca era rientrato, ignorando la donna nuda e aperta sul bancone, che adesso fissava il soffitto, si era bevuto le informazioni del dottore e da quel giorno nessuna autopsia, neanche le piú brutte, neanche quelle dei bambini, gli aveva piú fatto un effetto simile. Il commissario lo sapeva, lo aveva fatto rientrare proprio per quello. Non per nulla era il suo mentore.

Questa volta, però, non c'era nessuno che potesse guardarlo con quella espressione di rimprovero, perché il corpo steso sul lettino di metallo era senza testa, e la testa appoggiata sul bancone di marmo accanto al lavandino era senza occhi. E De Luca era cosí ansioso di sapere, adesso che era riuscito a far combaciare i due pezzi del suo enigma, testa e corpo, finalmente, che aveva fatto di corsa le scale che portavano al piano rialzato.

Tirabassi stava finendo di avvitare la parte di sopra di una piccola caffettiera napoletana, che mise su un fornellino ricavato da un becco Bunsen, e anche se probabilmente si trattava di surrogato o cicoria, solo il gesto rese De Luca ancora piú eccitato e ansioso.

– Allora? – disse.

– Allora parliamo di un uomo sui cinquant'anni, alto piú di uno e ottanta e del peso attuale di settantacinque chili, anche se una volta doveva essere piú grosso, visto che presenta uno stato di denutrizione, o meglio, malnutrizione.

De Luca annuí. Tirabassi si pulí le mani sul camice, macchiandolo di polvere di surrogato o cicoria, poi si avvicinò al corpo che stava sul lettino. Un rivolo di acqua rosata che scolava ancora dai canaletti laterali stava scivolando dentro una grata al centro del pavimento inclinato. De Luca stette attento a non pestarlo.

– Parliamo di un signore che fumava parecchio e beveva di piú, dal momento che il fegato cominciava a dare i segni di una brutta cirrosi.

– Va bene, – disse De Luca, impaziente.

– Brutta frattura alla caviglia sinistra, vecchia ma mal composta. Suggerisco che zoppicasse da quel lato.

– È già qualcosa, – disse De Luca.

Grazie, mormorò Tirabassi, ma era sarcastico. Puntò un dito sull'inguine dell'uomo, verso il pene che quasi scompariva in un ciuffo di peli bagnati.

– E brutta sifilide tenuta sotto controllo con uso massiccio di antibiotici, presumo, potrò dirvelo con un esame tossicologico. E circonciso. Ma non per motivi igienici o sanitari. Sembra un taglio rituale, effettuato in tenera età.

– Un ebreo?

– O un musulmano.

– Perché? Non potete stabilire la razza?

– Forse i colleghi della Direzione generale per la Demografia e la Razza. Io posso dirvi soltanto che è un umano maschio di probabile origine o religione israelita. O musulmana.

– Non mi siete di grande aiuto.

L'acqua della napoletana stava bollendo. Tirabassi andò a spegnere il fuoco e girò la caffettiera, stringendo il manico attraverso il lembo del camice, per non scottarsi. Dal beccuccio arrivò un odore che sembrava quello del caffè, anche se era praticamente impossibile.

– La morte risale a sabato 24 luglio, in un orario compreso tra le due di notte e le dieci di mattina, – la voce di Tirabassi si fece piú alta, perché De Luca sorrideva, – il decollamento è avvenuto post mortem, e la causa del decesso è un evento traumatico improvviso, non dipendente da avvelenamento e per quanto riguarda il corpo neppure colpi d'arma da fuoco o ferite da taglio.

– E allora perché è morto?

Tirabassi si strinse nelle spalle. C'erano due bicchierini da liquore accanto alla napoletana. Ci versò dentro un fiotto denso di liquido nero e a De Luca si riempí la bocca di saliva, perché davvero sembrava caffè.

– Non lo so perché è morto. Niente di quello che è avvenuto dal collo in giú lo ha ucciso.

– E quello che è avvenuto dal collo in su?

– Per dirvelo dovrei avere la testa.

– Ce l'avete, la testa! – disse De Luca, e quasi lo gridò, indicando il Cristo senza occhi che stava sul lavandino.

Tirabassi lo guardò, poi si voltò verso De Luca, con perplessa lentezza.

– Ma quella non è la sua testa.

Era caffè, caffè vero e non orzo abbrustolito mescolato a cicoria, caffè caffè, ormai l'odore si era sparso per la stanza coprendo tutti gli altri, ma De Luca neanche se ne accorse. Era rimasto con la bocca aperta, a metà di una domanda che gli uscí solo dopo qualche istante, come inceppata da un balbettio.

– Non è la sua testa?

– No. Capisco che un profano, – e fece una piccola pausa, con un leggero sorriso soddisfatto, – possa farsi ingannare dal suo stato, ma basterebbe guardare i tagli. Se notate, – Tirabassi indicò il corpo sul tavolo, – quello è un colpo netto e questo, – indicò la testa, – è un taglio slabbrato, col tipico effetto sega, – e mosse la mano avanti e indietro, a mezz'aria. – Insomma, questa è la testa di un altro corpo.

De Luca corrugò la fronte. Prese il bicchierino che il professore gli porgeva e socchiuse le labbra sul bordo, ad aspirarne il calore.

La testa di un altro corpo.

– Ringraziamo il professor Boni per il caffè caffè, – disse Tirabassi. – Nel suo ufficio ho trovato anche dell'ottimo cognac e una buonissima sambuca. Li gradite?

– Che mi dite della testa?

Tirabassi sorrise e si prese il tempo per un lungo sorso di caffè.

– Appartiene a un uomo piú giovane, di razza umana tendente al bianco, anche se di carnagione un po' piú scura. I colleghi della Demorazza direbbero mediterraneo. Strangolato, si vedono i segni di un laccio, o meglio di una corda, sopra il taglio. È rimasto sepolto per un certo periodo di tempo ma non piú di un paio di settimane, poi è stato disseppellito da qualche animale. Non lo bevete, il caffè? È un peccato se si fredda.

Era ancora caldo, invece, e De Luca si scottò le labbra quando ce le immerse dentro, soprattutto dove aveva il taglio. Restò a succhiarselo, riflettendo, la punta della lingua che sfregava dove era piú morbido, e un po' faceva male.

La testa di un altro corpo.

– C'è un'altra cosa, – disse Tirabassi, versandosi un altro caffè. Prese un polso dell'uomo sul lettino e lo sollevò per mostrare la mano con le dita macchiate. Anche l'altra era cosí, e le unghie, tagliate cortissime, stavano in una ciotola assieme a minuscole scaglie scure.

– Sí, – disse De Luca, – lo avevo notato anch'io. Cos'è?

– Pigmento. Una specie di tintura di colore nero. Magari il vostro uomo faceva il pittore. O il parrucchiere per signora.

Finalmente De Luca bevve il caffè, ma senza goderselo. Ne rifiutò un altro, salutò il professore seguendo subito il suo gesto di stringergli la mano, troppo concentrato nei suoi pensieri per sollevare il braccio nel saluto romano, anche solo istintivamente, e se ne andò.

– Siete fortunato che il duce sia caduto, – disse Tirabassi mentre ancora De Luca era sulla porta. – Altrimenti ci sarebbe stato Boni, e lui neanche se ne accorgeva che la testa non era quella.

De Luca annuí con un cenno del capo.

Era vero, era stato fortunato.
Però era andato all'Istituto di Medicina legale per avere qualche risposta e invece adesso si trovava con un corpo senza testa e una testa senza corpo.

– Voi come lo chiamate? I cospiratori del Gran Consiglio votano l'ordine del giorno del traditore Dino Grandi che toglie i poteri a Mussolini. Invece di farli arrestare tutti come avrebbe dovuto, il duce va da quel codardo del re che lo licenzia in tronco, e guarda un po' ci sono già pronti i carabinieri a portarselo via. Voi come lo chiamate? Io lo chiamo colpo di Stato, ecco come lo chiamo!
Rassetto batté il pugno sul tavolo, poi si prese la mano, perché si era fatto male. Aveva un sorriso cattivo che gli stirava le labbra sui denti, disegnandogli i baffetti in una linea dritta e sottile. Era l'unico, nell'ufficio, a portare la giacca, l'unico con la cimice ancora all'occhiello. Gli altri, in bretelle e maniche di camicia, sembravano non ascoltarlo neppure. De Luca sedeva alla sua scrivania, a disegnare cerchi concentrici su un foglio di carta assorbente, succhiandosi il labbro. Massaron giocava con la rotella della macchina da scrivere, a scatti corti e brevi come raffiche di mitra. Soltanto Corradini, seduto sul bordo della scrivania di De Luca a farsi frustare la schiena sudata dal ventilatore, allargò le braccia. Rassetto si protese in avanti come se volesse morderlo con i suoi denti da lupo.
– Qualcosa da dire? – ringhiò.
Corradini si strinse nelle spalle, mise una mano nella tasca posteriore dei calzoni e tirò fuori un pettine. Sorrise, lisciandosi indietro i capelli lucidi di brillantina. Massaron percepí la tensione e smise di giocare con la rotella. Lanciò un'occhiata. De Luca continuava a disegnare, immerso nei suoi pensieri.

– Sono proibite le adunate di piú di tre persone, anche al chiuso.

De Luca alzò la testa su Cesarella, che era sulla porta, appoggiato allo stipite, le braccia conserte e il volto accigliato.

– Il dottore scherza... – disse Corradini.

– Sono serio, anzi. Se parlate di politica invece che di lavoro allora è un'adunata. E visto che adesso dipendiamo tutti dall'autorità militare la prossima volta vi mando sotto corte marziale. Mi meraviglio di te, De Luca, ragazzo mio...

– Non me ne sono accorto. Pensavo.

– Appunto. Vieni con me che dobbiamo parlare.

A differenza di quello della Giudiziaria, che aveva l'aspetto inconfondibile di un ufficio statale, di piú, di questura, con le pareti ingiallite dal fumo, l'odore di chiuso, sempre, e i bordi di formica nera delle scrivanie lucidati dallo strofinare delle maniche, come i banchi di scuola, quello del commissario capo Giancarlo Cesarella sembrava un salotto. Le pareti immacolate, la scrivania di radica, luminosa addirittura, l'unico odore che si sentiva era quello fresco e pulito della sua acqua di colonia, che lo Scimmino si faceva mandare apposta dalla barberia Boellis di Napoli, finché era stato possibile, almeno. C'era anche un piccolo divano di pelle rossastra, un Chesterfield inglese di prima della guerra, che faceva sentire la mancanza di un camino. Tutto perfetto, a parte una leggera asimmetria nei quadretti di fotografie, encomi e diplomi appesi dietro la scrivania, un vuoto, con un chiodo nudo accanto alla fotografia di S.M. il re Vittorio Emanuele III, dove prima c'era la fotografia di Mussolini, di profilo e con l'elmetto.

Sul divano, con le gambe accavallate e un braccio allungato sullo schienale c'era un uomo. Sarebbe stato elegante, in giacca, cravatta e panciotto, una bella camicia a righe sottili e i capelli lisci, ben pettinati, se non avesse avuto comunque quell'aria grigia, ministeriale e questurina, che non riusciva a farlo sembrare un intellettuale neanche con quegli occhiali rotondi, dalla leggera montatura di corno. Era molto alto, e siccome sedeva inclinato sul divano, con la schiena quasi appoggiata al bracciolo, occupando praticamente tutti e due i posti, e Cesarella era andato a sistemarsi sull'unica sedia davanti alla sua scrivania, De Luca non osò andare a sedersi sulla poltroncina del capo, e rimase in piedi.

– De Luca, ragazzo mio, che mi combini? – Lo Scimmino scuoteva la testa, aggrottando la fronte da babbuino, le mani congiunte come in preghiera. – Siamo sotto legge marziale, ci hanno messo tutti, anche noi, sotto il generale che comanda la difesa territoriale, come si chiama…

– Terziani, – disse l'uomo con gli occhiali.

– Ecco, quello… da oggi va in vigore il coprifuoco dal tramonto all'alba, la priorità è l'ordine pubblico, hai letto le circolari e i proclami che vietano tutti gli assembramenti e le manifestazioni, l'ordine pubblico, De Luca, ragazzo mio, l'ordine pubblico e tu che mi fai?

Non lo disse, ma da come scuoteva la testa era evidente che lo sapevano tutti e tre. C'era un foglio sulla scrivania dello Scimmino, l'unico sul piano di legno sottilmente venato, De Luca lo conosceva perché lo aveva battuto a macchina lui, era il suo rapporto. Ci aveva scritto tutto, il corpo senza testa e la testa senza corpo, il console, il Borsaro, il ragazzino, la valigetta, Albertino, tutto. Alle richieste dei mandati di ricerca e di cattura aveva aggiunto quella di una squadra di spalatori, per andare a scavare attorno alla chiusa del canale e vedere se c'erano altri corpi. Cesarella le ripeté tutte, contandole sulla punta delle dita e sorridendo all'uomo sul divano, che sorrideva anche lui.

– Cioè, ragazzo mio, dovrei prendere un po' di quei bravi ragazzi che stanno scavando per tirare fuori i morti dalle macerie del bombardamento, qui in città, in centro, e mandarli a cercare altri morti in campagna. E che gli dico ai parenti, alla gente, al generale... come si chiama?

– Terziani.

– Ecco, appunto... che gli dico? Che può succedere di tutto... i fascisti vabbè, quelli ormai... però i comunisti, chi lo sa, insomma, può succedere qualunque cosa e noi invece di aiutare a tenere la situazione in pugno andiamo a caccia... di cosa, De Luca, ragazzo mio, di cosa?

Lo Scimmino ansimava, appollaiato sulla sedia. De Luca non disse niente. Guardava con la coda dell'occhio l'uomo sul divano, che lo fissava, inespressivo. Anche prima, quando aveva sorriso con Cesarella, lo aveva fatto in modo automatico, come per un riflesso. Intanto lo Scimmino aveva ripreso fiato.

– Sono brutti momenti, ragazzo mio, e può succedere di tutto. La gente ha bisogno di stare calma, pensare a cose belle e farsi coraggio e queste storie di morti strani che fanno paura non aiutano.

De Luca annuí. Gli sembrava di averlo già sentito, quel discorso.

– Quindi archiviamo, – disse.

– No, ovvio che no. Ma facciamo quello che dobbiamo fare senza pubblicità e senza clamore. Routine. Cerchiamo il Borsaro e il ragazzino e quando avrò disponibilità ti darò un paio di uomini per andare a scavare. Il console te lo scordi.

– Albertino?

– Niente arresto, chiacchiere informali. È pur sempre uno che lavora dalle suore.

– Posso far girare il ritratto dell'uomo con la testa?
– Discretamente. Routine. Se vedo qualcosa sui giornali sbatto in Sardegna te e tutta la squadra, compreso quell'esaltato di Rassetto. Sai come si dice, no? Calma, De Luca, ragazzo mio, calma e gesso.

In corridoio, quasi arrivato al suo ufficio, De Luca si sentí chiamare. Non riconobbe la voce perché gli aveva sentito pronunciare solo un nome, ma quando si voltò vide l'uomo del divano che cosí in piedi, e vicinissimo, sembrava ancora piú alto.
– Non ci siamo presentati. Commissario capo Fratojanni, Divisione Affari generali e riservati.
Non aveva la cimice all'occhiello, cosí De Luca non accennò neppure a stendere il braccio, e dal momento che il commissario non aveva allungato la mano, non gli dette neppure quella.
– Commissario De Luca, squadra criminale.
– Sono qui per dare un aiuto con l'ordine pubblico, ma prima mi occupavo di stranieri e sovversivi, e ho un po' di orecchie in giro. Se voleste mandare anche a me il ritratto dell'uomo con la testa potrei esservi utile. Sto al piano di sopra.
– Grazie.
– Di niente, – disse l'uomo, e si allontanò.
De Luca restò a guardarlo mentre se ne andava dritto, lungo il corridoio, quasi rigido nonostante l'altezza. Pensò che aveva una voce grigia e vuota, come lo sguardo e il sorriso.

Non l'aveva mai vista nuda.
Anche quando facevano l'amore a casa di lei, sul divano di sotto, o a casa sua, di lui, Lorenza teneva sempre addosso qualcosa, una vestaglietta, un baby-doll, qualcosa.

Sensuale, sí, ma sempre in qualche modo coperta, da brava ragazza per bene, come se un po' si vergognasse anche se stavano insieme da almeno un anno e non erano piú dei ragazzini, nessuno dei due.

Invece, adesso che guardava dalla finestra, la fronte contro il vetro chiuso per vedere oltre il tetto del portico, di sotto, e si teneva la tenda drappeggiata attorno al corpo come un pareo per non farsi vedere da fuori, dietro era nuda. La nuca, le linee morbide delle spalle e quella dritta della schiena, l'incavo prima della curva delle natiche rotonde, e poi le gambe, le fossette dietro alle ginocchia e giú, fino ai talloni sollevati, perché si era alzata sulle punte dei piedi per vedere meglio.

De Luca pensò che era la prima volta che si accorgeva delle fossette che Lorenza aveva all'attaccatura delle natiche, e glielo disse. Pensava che sarebbe corsa a vestirsi, rossa di imbarazzo, e invece lei gli sorrise e tornò a guardare fuori, inarcando un po' la schiena per spingere in su il sedere, appena appena, come per prenderlo in giro.

L'eccitazione della giornata. De Luca se ne era accorto appena era arrivato a casa di Lorenza. Di solito se ne stava zitta a guardarlo mangiare, mentre parlavano i suoi, e parlavano sempre tanto e di tutto, ma questa volta aveva parlato molto anche lei, in fretta, senza fiato, e quando avevano finito di mangiare, con la scusa che era ancora molto presto e che gli altri volevano stare di sotto, sul divano, a sentire Radio Londra, aveva insistito perché andassero a casa sua, di lui. Aveva fatto l'amore come al solito, appassionata e timida, istintivamente sensuale, e poi, invece di rimanere nel letto, abbracciata stretta, lo aveva lasciato sotto le lenzuola ed era saltata fino alla finestra, ad avvolgersi nella tenda. L'eccitazione della giornata.

– Ti ricordi la prima volta che mi hai detto dove stavi?

Io avevo capito al *Baglioni* e ho pensato però questi poliziotti, si fanno alloggiare al *Grand Hotel*. Che stupida.
– Avevo fatto apposta. Era una battuta, e infatti quando sei venuta qui la prima volta ti sei messa a ridere.
– Sí, però mi sono sentita stupida lo stesso.
Il *Grand Hotel Baglioni* era proprio davanti, oltre la strada, ma era coperto dal portico di fronte e Lorenza non riuscí a vederlo, cosí alzò gli occhi. C'era uno spicchio sottile di luna bianca in un cielo ancora chiaro. Poi Lorenza tornò a guardare di sotto, perché stava passando un camion di soldati, si lasciò sfuggire un grido e batté anche la fronte contro il vetro, per lo scatto.
– Che c'è? – disse De Luca, alzandosi a sedere sul letto.
– Oddio! Il coprifuoco! – Lorenza si girò attorno la tenda, come un bozzolo, coprendosi anche il sedere. – Ma che ore sono? C'è ancora luce!
De Luca si sporse verso la sedia che gli faceva da comodino, accanto al letto, e prese l'orologio che aveva infilato su uno spigolo dello schienale, come un anello. Le otto e quarantacinque.
– Dài, – disse, tirando via il lenzuolo, – ti riaccompagno io.
– E se ci fermano?
– Io sono un poliziotto e tu... tu sei una farmacista, personale sanitario autorizzato, diciamo che un paziente...
– Ma no, dài.
– No?
– È il primo giorno che è in vigore, staranno anche piú attenti... hai sentito la radio, dice che sparano a vista, c'è il Tribunale militare.
Ma non sembrava spaventata, anzi, lo aveva detto cosí, quasi fosse anche quella una scusa.
– E allora resti a dormire qui, con me, – disse De Luca, tornando sotto le lenzuola.

Lorenza si strinse il labbro di sotto tra i denti, sollevò appena un sopracciglio e annuí. A De Luca quel sorriso infantile, da bambina furba, fece tornare di colpo tutta l'eccitazione di poco prima, quando avevano fatto l'amore. Si girò sotto il lenzuolo per nasconderla, perché lui sí, un po' si vergognava.

– Chiamo i miei, giusto perché non si preoccupino.

Lorenza tirò fuori un braccio dalla tenda e fece cenno a De Luca di lanciarle il vestito che stava in fondo al letto, perché va bene l'eccitazione della giornata, ma andarsene in giro per la stanza cosí, davanti a lui, per lei sarebbe stato troppo, poi uscí con le scarpe in mano, lasciando la porta socchiusa.

De Luca allacciò le mani dietro la nuca, abbandonandosi sul cuscino. Il telefono era nel corridoio comune, appeso al muro, perché quando la signora gli aveva affittato la stanza gli aveva detto che poteva anche farci mettere un apparecchio privato, con un supplemento, ma tanto lui stava sempre in questura, gli bastavano un letto e un bagno, e quello c'era, compreso nel prezzo.

Sentí Lorenza che parlava, ma solo per un attimo, perché cosí, steso sulla schiena, gli tornò in mente il corpo senza testa, all'Istituto di Medicina legale, e giusto il tempo di pensare *ma dài, sono malato* che stava già riflettendo sul particolare della frattura alla caviglia, zoppicava, il signore col panciotto, e quello poteva essere un altro elemento per individuarlo. Un ebreo, anche un musulmano, va bene, ma molto piú probabilmente un ebreo zoppo. Doveva chiederlo ai colleghi che si occupavano della lista degli israeliti italiani e stranieri a Bologna.

Lorenza tornò nella stanza saltando sulle punte come una ballerina, le scarpe ancora in mano, e chiuse la porta.

– Nessun problema? – chiese De Luca.

– A parte che ho ventisei anni e non sono piú una ragazzina... problemi se dormo fuori? E da chi? Dal signor filosofo e dalla signora poetessa? Figurati. Quelli ballavano nudi nella villa di quel pittore spagnolo, quello con i baffi all'insú, te l'avranno raccontato, ne parlano sempre.

Lorenza tirò la tenda per scurire la penombra della stanza, girò attorno al letto e rapida si sfilò il vestito e si infilò dentro, cosí veloce che De Luca intravide soltanto l'ombra del suo seno piccolo e rotondo. Sotto, però, era nuda, e quando si strinse a lui e si accorse della sua eccitazione sorrise ancora, in quel modo cosí sensuale e furbo, col labbro stretto tra i denti, e lui la baciò cosí, montandole sopra, mentre lei lo guidava dentro muovendo i fianchi, appassionata e timida.

Dopo, quando si era alzata per prendere un bicchiere d'acqua dal bagno, Lorenza si era infilata una delle canottiere di De Luca, e adesso stava stesa accanto a lui, sopra il lenzuolo, un piede che accarezzava la sagoma della sua gamba attraverso la stoffa e la punta di un dito che gli seguiva i lineamenti, dalla fronte alla punta del naso. Non lo aveva mai sopportato, gli faceva il solletico, ma la lasciò fare.

– A cosa stai pensando? – chiese lei.
– A niente.
– Non è vero. Pensate sempre a qualcosa, voi.
– Noi?
– Sí, voi. Voi persone eccezionali. Il filosofo, la poetessa, mio fratello pittore.
– Io non sono una persona eccezionale. Io sono un poliziotto. Un questurino.
– Non è vero. Mio padre ti chiama Sherlock Holmes, e quando gli ho fatto vedere quel giornale che ti definiva il piú brillante investigatore della polizia italiana ha detto

lo sapevo, tutto soddisfatto, e infatti quando vieni parla sempre con te.
– Anche tu sei eccezionale.
– No, io no. I miei volevano che diventassi poetessa o pittrice anch'io, la prima donna rettore dell'Università di Bologna, e invece sono una farmacista e le uniche cose a cui penso sono non avvelenare la gente ma farla stare un po' meglio. E poi sposarmi e fare figli con l'uomo che amo.

Lo baciò sulla guancia, e De Luca non disse niente. Lorenza mormorò *sono stanca di persone eccezionali, pensano solo a loro stesse*, mentre sollevava il lenzuolo e si infilava dentro, accoccolandosi contro di lui come un feto.

– E comunque, – disse, – quando te l'ho chiesto potevi dire che pensavi a me, stupidone.

De Luca sorrise nella penombra. Aspettò qualche secondo, poi si voltò verso Lorenza, che lo stava guardando, una mano aperta sotto la guancia, sul cuscino.

– A cosa stai pensando? – chiese lui.
– A te, – rispose lei, e risero tutti e due, poi si baciarono e lei si addormentò.

De Luca ci mise un po' a prendere sonno. Ogni volta che scivolava nel dormiveglia gli tornavano in mente il Borsaro e il ragazzino, dove erano finiti, la valigetta del console, cosa c'era dentro, cosa legava quel corpo a quella testa perché no, non poteva essere una coincidenza, o forse sí, lo era, e la prima volta che riuscí ad addormentarsi si svegliò di soprassalto, perché gli sembrava di aver sognato un campo di teste, vicino alla chiusa, che affioravano dalla terra come zucche.

Allora si alzò, andò in bagno a bere acqua dalla canna del rubinetto, tanta, fino a gonfiarsi la pancia, poi passò davanti alla finestra, guardò il silenzio nero del coprifuoco che riempiva via dell'Indipendenza, giú verso la stazione su fino alla piazza, e di là, dalle Due Torri, e via, tutta la città e pensò *vai a quel paese, no di piú, vaffanculo,* vaffanculo al Borsaro e al ragazzino, vaffanculo a Cesarella, vaffanculo al console, al corpo e alla testa, vaffanculo tutti, tanto ha ragione lo Scimmino, non posso farci niente.

Tornò a letto, accanto a Lorenza, si girò su un fianco, anche lui come un feto, davanti a lei, le prese le mani e quando si addormentò dormí un sonno di piombo e senza sogni, come un bambino.

«Il Resto del Carlino», giovedí 29 luglio 1943, XXI, Italia, impero e colonie cent. 30.
  LA PRIMA RIUNIONE DEL CONSIGLIO DEI MINISTRI. LO SCIOGLIMENTO DEL PARTITO FASCISTA. Soppressione del Tribunale Speciale le cui competenze vengono devolute ai tribunali militari di Corpo d'armata per tutta la durata della guerra.
  Cronaca di Bologna: SERVIRE LA PATRIA COL LAVORO. Qualunque dimostrazione sarà dispersa col fuoco senza preavviso - Un doloroso incidente durante una manifestazione - LE ORGANIZZAZIONI SINDACALI PASSANO ALLE DIPENDENZE DEL PREFETTO - SPACCIO DI BASSA MACELLERIA, per domani, venerdí, sono invitati ad acquistare la carne i turni 3° dalle 8 alle 9; 4° dalle 9 alle 10; 5° dalle 10 alle 11,30.
  Radio: ore 13:25, banda Reali Carabinieri.

– Mi piacerebbe saper scrivere a macchina, – disse Massaron, tirando indietro i martelletti che si erano incastrati l'uno sull'altro contro il nastro. Era riuscito a battere soltanto tre parole prima che le sue dita, troppo grosse anche per la tastiera monumentale della Littoria, schiacciassero piú lettere alla volta, e per lui era un record.

– Questione di pratica, – disse Corradini. – Tieni duro e vedrai che ci arrivi. Cos'è, vuoi fare l'esame da brigadiere?

Soffiò il fumo della sigaretta nel ventilatore, trattenendo un sorriso, mentre Massaron si scrocchiava le dita e ricominciava, un tasto alla volta, picchiando dritto dall'alto. Aggiunse un'altra parola, prima di bloccarsi di nuovo.

Rassetto finse di tossire nel pugno chiuso perché gli scappava da ridere, Corradini imitava l'espressione di Massaron, la fronte aggrottata, anche la lingua che sporgeva tra i denti per lo sforzo, ma smisero subito tutti e due quando lui alzò la testa.

– Che dite, commissario... ci potrei diventare, brigadiere?

– Hai sentito Corradini. Tieni duro e vedrai che ci arrivi.

Rassetto tossí piú forte, i denti da lupo scoperti da una risata roca che non riusciva a trattenere. Corradini annuí, fingendo di sorridere di approvazione, ma con troppo entusiasmo. Massaron li guardò perplesso, perché aveva capito che c'era qualcosa di strano, ma non sapeva cosa. De Luca finí di prendere un appunto da un foglio che stava in una cartellina color panna.

– Smettetela di fare gli scemi. Bisogna andare all'ospedale a interrogare il ferito di ieri.

Rassetto smise di tossire. Stava in equilibrio contro il muro sulle gambe di dietro di una sedia, che tornò giú con un colpo secco, come una fucilata.

– Hanno ferito qualcuno? Dove? Sono qui in quarantena, Cristo, sto proprio fuori dal mondo!

– Un operaio delle Officine Minganti. Corteo non autorizzato, un ufficiale dei bersaglieri ha perso la testa e ha fatto aprire il fuoco.

– Comunisti, – mormorò Rassetto. – Non è roba dell'Ovra?

– Perché, c'è ancora l'Ovra? – chiese Corradini.

– Tranquillo che la polizia politica non la scioglie nessuno, perché serve sempre, a chiunque, anche a Badoglio. Ho incontrato il maresciallo Jovine questa mattina.

Corradini era in maniche di camicia ma si sfregò le dita dove avrebbe avuto l'occhiello della giacca, ammiccando a quello di Rassetto, che era vuoto, l'asola rotonda, sforzata dall'uso del distintivo.

– Ha dimenticato anche lui la cimice? – disse e Rassetto sorrise, un sorriso cattivo.

– L'Ovra c'è, – disse De Luca, alzandosi, – ma è in quarantena anche quella. Ci andiamo io e Corradini.

Corradini si aggiustò la fondina che portava sotto l'ascella, come i gangster nei film americani, e prese la giacca. De Luca era uscito dalla stanza ma riuscí a fare soltanto un passo nel corridoio che si sentí chiamare, e questa volta la riconobbe, la voce.

Non era solo. Accanto a lui c'era una bambina, nel controluce della finestra in fondo al corridoio ne vedeva solo la sagoma, ed era cosí piccola che arrivava soltanto al fianco del commissario.

– State uscendo per il ferito? – chiese Fratojanni. – Lo so che è importante, ho chiesto io a Cesarella il favore di mandare qualcuno, ma avrei qualcosa per voi, De Luca. A proposito della vostra testa.

De Luca si voltò verso la porta e fece un cenno a Rassetto, che disse *comandi*, portando la mano alla fronte, come un militare. Batté anche i tacchi, prima di uscire dalla stanza per raggiungere Corradini, che si infilava la giacca.

– Diamo una mano ai bersaglieri, – disse il commissario, – se trovassimo qualcosa di importante nel passato politico dell'operaio ferito, qualcosa di sovversivo... sarebbe utile.

Aveva sussurrato, senza guardare nessuno, ma Rassetto aveva annuito, il sorriso da lupo sotto i baffi cosí dritti che sembravano disegnati con una matita.

– Mi raccomando, – disse De Luca, anche lui senza guardare nessuno, ma questa volta, ad annuire, fu Corradini.

– Andiamo su da me? – disse Fratojanni, e anche se l'ultima *e* si era allungata appena in un accento interrogativo si capiva lo stesso che non era una domanda.

– È incredibile che qui a Bologna ci siano stati solo un ferito ieri e uno ieri l'altro. A Reggio Emilia, alle Officine Reggiane, l'esercito ha sparato e ha ucciso nove manifestanti. A Bari altri nove, con piú di quaranta feriti. E gli arresti, anche qui in città, sono centinaia. Che volete, non basta cambiare il direttore del «Resto del Carlino» e liberare due antifascisti, la gente fa la coda per il pane, ha paura delle bombe e non vuole piú la guerra. Mussolini non c'è piú, dice, e allora perché stiamo ancora cosí, con le zucchine a tre lire al chilo e i mariti e i figli al fronte. E poi ci sono i comunisti con le bandiere rosse, che alzano la testa, non è che per loro finisce tutto con gli spazzini del Comune che ramazzano le cimici e i vetri dei ritratti del duce buttati giú dalle finestre. Badate che questi non sono pensieri miei, riferisco quello che abbiamo raccolto, ma questo paese, De Luca, questa città sono una polveriera pronta a esplodere. Non ho ragione?

Fratojanni alzò gli occhi su De Luca, che rispose *sí*. Non lo aveva neanche ascoltato, un po' perché si era perso nel suono piatto e monotono della sua voce, che sembrava formale e privo di convinzione, come se recitasse un monologo imparato a memoria, e un po', no soprattutto, perché guardava la ragazza.

Non era una bambina, se ne era accorto appena era uscita dal controluce e soprattutto adesso che sedeva su una sedia al centro dell'ufficio del commissario, le gambe accavallate, la schiena dritta e il seno in fuori.

Piccola, minuta, ancora minorenne, sicuramente, ma vestita come una donna, con una camicetta a pallini bianchi e blu, troppo aperta sul seno, e una gonna a palloncino, troppo corta sopra il ginocchio. Calze nerissime, cosí compatte che si allungavano in un riflesso lucido quando muoveva la gamba per dondolare il piede sollevato da terra. Lunghi capelli neri, lisciati dal ferro ai lati del volto sottile, dal naso allungato, appena troppo grande, alla greca.

Niente trucco, però, niente rossetto, soprattutto, sulle labbra piene, niente cipria sulla pelle leggermente piú scura, neanche la matita sotto gli occhi un po' obliqui. E niente tacchi o zeppe, soltanto un paio di ballerine, ai piedi, da ragazzina, da bambina, appunto.

De Luca la osservava senza guardarla direttamente, con la coda dell'occhio, perché lei, invece, guardava lui apertamente, piegava anche il volto per fissarlo, seria e impassibile, ma con qualcosa di strano, nello sguardo, di indecente, che lo imbarazzava.

– Ma noi non facciamo politica, noi siamo poliziotti, giusto?

– Sí, – disse De Luca, ma era ancora distratto perché aveva notato qualcosa lungo il riflesso delle calze quando la ragazza aveva cambiato accavallatura, un livido piú scuro, due, anzi, ai lati della coscia, appena visibili sotto la trama nera e compatta. Per notarlo, però, aveva dovuto guardarla un po' piú a lungo, e aveva anche spostato lo sguardo, rapidissimo, alle braccia scoperte e al collo, per vedere se ce ne fossero altri. Lei si accorse di quel suo passare dalle gambe al seno e lo interpretò a modo suo, perché sorrise stirando appena le labbra in una piega anche quella indecente. De Luca si sentí arrossire, assurdamente, fino alla punta dei capelli.

– Ma noi non siamo qui per parlare di ordine pubblico. A voi interessa altro, giusto?

– Sí, – disse De Luca e questa volta senza distrazioni, anche se adesso poteva guardare la ragazza liberamente e con tutta l'intensità che voleva, perché Fratojanni la indicava con un dito.

– La signorina si chiama Gales Vera, Vera è il nome, ed è anglo-maltese, motivo per cui è stata internata con lo zio anche lui suddito britannico, al castello di Montechiarugolo, in provincia di Parma. Poi internati liberi in un paesino di campagna, perché giudicati poco pericolosi anche nelle attuali circostanze belliche.

Fratojanni si tolse gli occhiali e cominciò a sfregarli con un fazzoletto che aveva sfilato dal taschino della giacca. Lentamente, pollice e indice, millimetro per millimetro. De Luca si sentiva friggere, anche perché il commissario capo aveva una cartellina gialla davanti a sé, sulla scrivania, e ci batteva sopra una delle stanghette, come se dentro ci fosse qualcosa di molto importante. Sedeva a un tavolo di legno nudo, una specie di fratino di noce scarno e pesante, perché se l'ufficio dello Scimmino era un salotto e il loro un posto da questurini, quello di Fratojanni sembrava la cella di un convento. Il fratino di noce, una sedia dietro, dove stava lui, una davanti dove sedeva la ragazza e un'altra di fianco, per De Luca. Una cassaforte, di noce pesante anche quella, e nient'altro, a parte il crocifisso e la fotografia del re sulla parete bianca e la cartellina gialla.

– Ho fatto girare il vostro ritratto tra gli amici che ho nei vari Uffici Stranieri ed è venuto fuori questo.

Fratojanni aprí la cartellina agganciandola con la stanghetta degli occhiali. La ragazza affondò la faccia tra le mani e cominciò a singhiozzare, forte.

C'era una scheda segnaletica con tre fotografie, di profilo, di fronte e di tre quarti, che mostravano il mezzo busto di un uomo in soprabito chiaro, dai folti capelli scuri e grandi occhiali dalla montatura pesante. Assomigliava vagamente alla ragazza, ma soprattutto era identico al ritratto agganciato con una graffetta all'ala della cartellina, quello che De Luca aveva fatto fare al disegnatore della polizia.

Quello della testa.

– Gales Herbert, zio della signorina, scomparso qualche settimana fa dopo essersi sottratto agli obblighi di firma imposti dal libero internamento. Mi sono permesso di fare una piccola indagine personale e volete sapere cosa ho scoperto?

Aveva ricominciato a pulire gli occhiali, lo sguardo fisso nel vuoto e le palpebre strette, da miope, ma anche l'ombra di un sorriso soddisfatto sulle labbra. Aspettava qualcosa, e De Luca lo disse, annuendo con forza, *sí*, – Sí certo, voglio saperlo.

– La famiglia Gales è maltese, ma il signor Herbert non è nato a Malta. Dillo al commissario, Vera, di dove è originario tuo zio?

La ragazza sollevò il volto. Aveva l'impronta rossa delle mani sulle guance e anche le labbra umide di saliva, ma gli occhi erano asciutti.

– Albania.

– Ecco, appunto. Voi conoscete il rito Kanun, commissario?

De Luca scosse la testa, e per evitare pause lo disse anche, *no, non lo conosco*.

– È un po' come il codice Barbaricino. Siete mai stato in Sardegna, De Luca, in Barbagia?

– No, ma lo conosco.

– Ecco, anche il Kanun è un codice consuetudinario, molto antico e di natura orale, che disciplina i rapporti tra gli individui e la comunità, soprattutto la vendetta. Vera, racconta al commissario cosa ha fatto tuo zio quando stava in Albania.

– Ha avuto una relazione con la moglie di un uomo importante. Una famiglia con molti fratelli. Gente cattiva.

Che accento aveva, si chiese De Luca, ma solo per un attimo, perché era interessato a quello che stava dicendo.

– Gente cattiva?

– Brutta gente, – disse Fratojanni. – In questi casi il codice pretende, esige una vendetta, pena la perdita dell'onore. Vera, di' al commissario cosa si fa in questi casi.

– Si taglia la testa.
Vera si passò un dito sotto il mento, sul collo sottile. Le sfuggí una smorfia che poteva sembrare un sorriso, o forse si era soltanto fatta il solletico.
– Un momento, – disse De Luca, – quindi la testa trovata alla chiusa corrisponderebbe a questo Herbert Gales, anglo-maltese d'Albania, ucciso per vendetta... da chi?
– Albanesi, – disse Fratojanni.
– Venuti dall'Albania? Attraverso l'Adriatico? Col fronte aperto?
– O residenti in Italia. Magari sfollati da Milano qui a Bologna, come tanti. Ma sono certo che li troverete, prima o poi.
Prima o poi, pensò De Luca, *prima o poi*.
In quei giorni non era stato con le mani in mano. Aveva cercato l'uomo del panciotto, quello senza testa, era andato dal maresciallo che aggiornava l'elenco degli ebrei di Bologna, lo aveva trovato nel suo ufficio che stava aggiungendo dei nomi con la sua calligrafia minuta sul bordo del dattiloscritto, ma non aveva saputo dirgli niente, se non che gli ebrei bolognesi, tra italiani e stranieri, erano ottocentosessantaquattro.
Era andato in Sinagoga, ma neppure il rabbino aveva saputo indicargli qualcuno che corrispondesse alla sua descrizione, imponente, elegante anche se dimesso e zoppicante con la gamba sinistra. Forse non frequentava la comunità, forse non era religioso.
E poi, con tutti quegli sfollati che arrivavano a Bologna e che adesso, dopo il bombardamento, se ne andavano dalla città, e soprattutto con la confusione che c'era, e c'era sempre stata, negli uffici, sembrava di cercare un ago in un pagliaio.
Stessa cosa con Albertino, quando Massaron era andato

dalle suore per portarlo in questura da De Luca. Partito per raggiungere parenti sfollati in Romagna.
– Che mestiere faceva tuo zio? – chiese De Luca. Vera smise di guardarlo e si voltò verso Fratojanni, che chiuse la cartellina e la porse a De Luca.
– Qui trovate tutto. Mi sono permesso di raccogliere anche la deposizione della signorina, che resterà a Bologna a disposizione, c'è l'indirizzo, via Roma 22, Palazzo Faccetta Nera, dove stanno gli sfollati.
– Se permettete vorrei...
– Approfondire? Ma certo. Io sono soltanto un dilettante al vostro confronto. Come vi hanno definito? Il piú valido... no, il piú brillante...
– Sono certo che qui ci sia tutto. Grazie.
– Quando avremo il tempo festeggeremo la chiusura di questo brutto caso. A che punto siete con quello del corpo senza testa?
– Un ago in un pagliaio.
– Nessuna notizia della... – Fratojanni si toccò la testa con la punta di un dito e De Luca scosse la sua.

Era tornato alla chiusa con due degli uomini reclutati dal Comune per spalare le macerie, presi durante la pausa pranzo e pagati a proprie spese, sette lire l'ora, otto se muniti di piccone, e ce l'avevano. Non cercava la testa dell'uomo col panciotto, ma il resto del Cristo dei Cani, con il sospetto che forse ne avrebbe trovati anche altri, di corpi, sepolti laggiú. Ma gli operai neanche li avevano usati, i picconi, perché il terreno sembrava arato come per seminare, le zolle rovesciate da buchi profondi. C'era stato di notte, col buio, ma non ricordava che fosse stato cosí. E quei buchi erano troppo profondi perché fossero stati dei cani, a scavarli.

– La troverete. Prima o poi. E avete emesso un mandato di cattura cosí dettagliato che prima o poi troverete anche il Borsaro.

De Luca annuí, il collo rigido per evitare di guardare quella ragazzina vestita da donna, seduta dritta sulla sedia e col petto in fuori, che aveva ricominciato a fissarlo. La sentiva. Ne percepiva il sorriso, cosí imbarazzante, cosí indecente.

– Sí, – disse. – Prima o poi.

Tornato in ufficio staccò Massaron dai suoi martelletti incastrati battendogli una mano sulla spalla e lo portò fuori dalla stanza, in corridoio e giú per le scale, quasi di corsa, fin sotto il portico monumentale della questura.

Laggiú aspettarono dietro una colonna, fingendo di guardare il bassorilievo di bombe, mitragliatrici e cannoni che avevano sopra la testa, perché erano arrivati troppo presto.

Quando Vera Gales uscí dal portone e si avviò verso l'angolo con piazza della Vittoria d'Etiopia, De Luca dette una spinta a Massaron, che capí subito, aspettò di vederla scomparire dietro il palazzo e poi si mosse, perché era grande e grosso come un armadio, la guardia scelta Massaron, con le mani da gigante e il cervello da bambino, ma quando pedinava qualcuno era un genio che sapeva scomparire dentro l'ombra di un vespasiano.

Non aveva voglia di tornare al chiuso. Aveva ancora sotto braccio la cartellina gialla del commissario capo Fratojanni, cosí guardò a sinistra, ai cumuli di macerie ammassati davanti alla Prefettura, e poi a destra, ai resti della torre angolare del palazzo del Comune, sventrata, di piú, sbriciolata da una bomba, e scelse quelli.

Andò a sedersi su una pila di mattoni rossi che sembrava fatta apposta, e aprí la cartellina. Una guardia in uniforme fece un passo deciso verso di lui, poi lo riconobbe, lo salutò con la mano alla visiera e si allontanò.

Il sole brillava sulla carta lucida delle fotografie di Herbert Gales. De Luca dovette stringere gli occhi per non farsi abbagliare. Rimpianse di non essere tornato in ufficio, dove aveva anche una lente di ingrandimento, mentre avvicinava il naso al volto dell'uomo che lo guardava da dietro gli occhiali, nella foto centrale.

Pettinato, rasato di fresco, un bel soprabito chiaro di buona fattura, una bella camicia dal colletto morbido, le punte abbottonate attorno a una cravatta che sembrava di seta. C'era anche una spilla, appuntata appena sotto il nodo.

De Luca inclinò la fotografia perché il sole ci battesse sopra in modo diverso, e strizzò le palpebre per metterla a fuoco meglio.

Era una chiave di violino, scura, forse d'oro quindi, o almeno dorata, con qualcosa di piú chiaro al centro, che avrebbe anche potuto essere un brillante, e allora sí, forse il resto era davvero d'oro. Piccolo, discreto, insomma, ma un gioiello.

De Luca cercò la scheda dell'Ufficio Stranieri tra i documenti della cartellina, la trovò, ma alla voce «mestiere» c'era scritto soltanto «benestante».

Fu in quel momento che si accorse di Massaron, che tornava verso la questura attraversando la piazza a passo di corsa. Lo chiamò, agitando un braccio, e lui cambiò direzione, ad angolo retto, senza neanche fermarsi.

– Che è successo? L'hai persa?

– Sí… cioè, no, non l'ho persa io… ora vi spiego.

Massaron si piegò in avanti, le mani sulle ginocchia, ansimando. Sudava come una fontana.

– Mi è scappata, – disse quando ci riuscí. – Cioè no scappata… insomma, l'ho seguita fino a dietro palazzo

Volpi, – indicò il quadrato razionalista in fondo alla piazza, – ma arrivata in via Rizzoli c'era una macchina che l'aspettava, per cui... – e allargò le braccia, lasciandole ricadere sui fianchi con uno schiocco doppio.

Una macchina.

– Una macchina?

– Una Topolino... com'è che lo chiamano il rosso per le Topolino?

– Amaranto.

– Ecco, sí. A benzina, credo... cioè senza il bombolone.

– Hai preso la targa?

Massaron annuí, poi chiuse gli occhi e la recitò, muovendo la testa a ogni lettera e numero. De Luca prese una penna da sotto la giacca, svitò il cappuccio con i denti e li scrisse sul bordo della cartellina.

– Dottore, dovevo correrglì dietro? – chiese Massaron, perché De Luca si era accigliato.

– No, no, ci mancherebbe. Sono io che non ci capisco piú niente... se mai ci ho capito qualcosa.

Una macchina. Per quella ragazzina. E neanche a prenderla lí sotto, ma piú in là, quasi fosse nascosta.

– Hai visto chi c'era al volante?

– Un uomo.

– Un uomo e poi?

– Che volete, commissario... sono arrivato che già partivano. Un uomo. Direi giovane, ma non ne sono sicuro. Non possiamo trovarli con la targa?

– Sí, certo, anzi... – De Luca si batté la stilografica sulle labbra. Non erano tante le auto che potevano girare in quei giorni, neanche a quell'ora, molto prima del coprifuoco. Ci voleva un permesso della Prefettura.

– Torna in ufficio, – disse a Massaron, poi strappò l'angolo di cartoncino col numero della targa, gli lasciò la cartellina e si avviò verso palazzo Caprara, che per quanto sfondato funzionava ancora.

Prese lo scalone di sinistra perché quello destro era ancora inagibile, fece l'errore di far scorrere le dita sul corrimano di pietra, riempiendosi della polvere dei calcinacci, e quando arrivò in cima sembrava anche lui uno degli operai del comune, tanto che dovette mostrare il tesserino da poliziotto a un usciere che stava a guardia del piano degli uffici, che lo lasciò avvicinare soltanto perché portava giacca e cravatta.

Il funzionario che rilasciava le autorizzazioni era un ometto rotondo, con i calzoni portati cosí in alto sulla pancia che la cintura gli stava quasi sul petto.

– Avete visto che confusione? Abbiamo ammassato tre uffici in una stanza sola, guardate che roba! Il Prefetto se ne è andato a stare a casa del cardinal Nasalli Rocca e noi qua, in mezzo a questo... come lo chiamate voi? Io dico bordello.

Spostò una pila di documenti da un registro con la copertina di cartone rigido e lo aprí sulle altre che stavano sulla scrivania, come un secondo piano. Aveva gli occhiali sulla testa, persi tra le onde bianche dei capelli, ma non aveva bisogno di tirarli giú, perché cosí in alto il registro gli arrivava sotto il naso.

De Luca ripeté la targa e l'ometto fece scorrere le pagine, arricciando il naso per la polvere.

– Eccolo qua, – disse. – Permesso rilasciato il ventisette c.m., corrente mese, – precisò, senza che ce ne fosse bisogno, – da questo ufficio a Morri Della Valentina Valentino, di Morri Della Valentina Romolo, nato a Bologna il...

– Il principe? – disse De Luca.

– No, il principe è Romolo, il titolare del permesso è Valentino, suo figlio.

– Il principe Morri? Quello delle Case Morri giú da via Riva di Reno?

– Sí, ma non l'hanno dato a lui il permesso di circolazione, è per il figlio, Valentino Morri Della Valentina.

– E con quale motivazione ha richiesto il premesso?

Il funzionario sospirò, seccato. Allargò le braccia finché poté per inglobare tutte le carte che stavano sul tavolo, e anche quelle sugli altri, pile di documenti coperti di polvere come se stessero lí da secoli.

– Benedetto figliolo, questo è solo un brogliaccio, se volete il dettaglio del documento passate alla fine della guerra.

Girò il registro a favore di De Luca perché potesse copiare i dati su un taccuino che aveva tirato fuori dalla giacca, il cappuccio della stilografica tra i denti.

Il principe Morri, le case dove stavano il Borsaro e l'uomo senza testa, la nipote dell'albanese senza corpo che saliva sull'auto del figlio del principe, troppe cose, tutte insieme, troppe cose da mettere in fila, chiarirle una per una, verificarle, con tutti gli elementi giusti.

De Luca se ne andò quasi senza salutare, perso nei suoi ragionamenti. Voleva tornare in ufficio a tracciare collegamenti disegnando frecce su un foglio bianco, e quando vide che Rassetto e Corradini erano tornati stava per dirgli che non gliene fregava niente dell'interrogatorio dell'operaio ferito dai bersaglieri, che se lo verbalizzassero loro che poi lui lo firmava, e adesso, per favore, tutti fuori dalle scatole.

Ma non disse nulla, perché c'era Rassetto che lo guardava col suo sorriso da lupo, la cornetta del telefono ancora in mano.

– Hanno appena chiamato i carabinieri di San Lazzaro, – disse. – Indovina un po'? Hanno trovato quel pervertito del Borsaro e il suo ragazzino.

– O il maresciallo è un uomo di poche parole, oppure ha un gran brutto senso dell'umorismo, – disse Rassetto con la voce spezzata, perché nonostante avesse ancora il sorriso da lupo un eccesso di saliva acida strozzava la gola anche a lui.

Il Borsaro e il ragazzino erano abbracciati stretti, e non si capiva dove cominciasse uno e dove finisse quell'altro, perché il fuoco li aveva cosí carbonizzati da fonderli insieme, in un'unica statua di legno nero. Un feto a due teste che si univano, fronte contro fronte, mostrando due mezze lune di denti bianchissimi in un grande sorriso senza labbra.

Rassetto usò la scusa dell'odore per voltarsi e sputare di lato il bolo acido che gli riempiva la bocca, mentre Corradini vomitava senza ritegno, mormorando *devo proprio cambiare mestiere*, tra uno sforzo e l'altro.

De Luca no. Nessun conato a rovesciargli lo stomaco per strizzargli la saliva fino in gola, neanche l'odore di carne bruciata era arrivato ad arricciargli le narici, fissava quel groviglio che sembrava scolpito nel carbone.

Erano arrivati tutti e quattro convinti di stringersi nella Balilla con Borsaro e ragazzino in manette, Massaron già pronto per un paio di cazzotti, casomai ce ne fosse stato bisogno. Ma quando avevano trovato un carabinierino giovane sulla strada ad aspettarli per guidarli su, tra i calanchi spelacchiati della valle fino a quella grotta di gesso che sembrava una bocca spalancata, avevano cominciato a guardarsi, perplessi, e Massaron si era fermato alla macchina, col forte sospetto che non sarebbe servito piú. Poi il carabinierino era rimasto fuori dalla grotta, bianco come un cencio, cosí spaventato che De Luca dubitava fosse ancora lí.

Immobile, irrigidito da quella febbre che invece di farlo fremere lo aveva congelato in una smania fredda che premeva tutta dentro, affondava i pugni nelle tasche dei calzoni del vestito color tabacco, come avesse voluto sfondarle, le dita cosí strette che le nocche dovevano essergli diventate bianche.

– Potrebbero essere chiunque, – disse Rassetto, che voleva far credere di essersi ripreso. – Quello a destra è un ragazzino, va bene, piú o meno di quella corporatura, e anche quell'altro, però...

De Luca si guardò attorno. Cercava un bastone ma non lo trovò, cosí si avvicinò al mucchio di carbone, quasi ci salí sopra per guardare meglio, e indicò a Rassetto la mezzaluna di sinistra. C'era un piccolo buco nero tra i denti bianchi in fila come pedoni su una scacchiera, il molare che Massaron gli aveva fatto sputare con un cazzotto, quando lo avevano arrestato, quella sera. Corradini ricominciò a vomitare, raschiando conati che dovevano bruciargli la gola.

– È Saccani Egisto detto il Borsaro, – disse De Luca, – e non c'è ragione per cui l'altro non sia Negroni Gianfranco detto Franchino.

Due caselle, due cerchietti col nome dentro che nella mappa mentale che si era costruito mentre correvano in macchina verso San Lazzaro stavano al centro di una selva di frecce peggio di un San Sebastiano, anche se a De Luca era venuto in mente piú il disegno di un cowboy ucciso dagli indiani in un racconto illustrato di Emilio Salgari.

Fuori dalla grotta il carabinierino c'era ancora, anzi, c'era anche il maresciallo, arrivato con un sidecar che lo aspettava poco piú sotto. Un omino piccolo e nervoso, con baffi bianchi dalle punte arricciate all'insú, le mani aggrappate alla tracolla della bandoliera come dovesse tenersi ancorato a qualcosa per non saltare via. Era toscano e aspirò la *c* di una bestemmia quando un soffio di vento portò fuori dalla grotta un alito pesante di cenere e carne bruciata.

– La grotta è tutta buchi, – spiegò, – che fanno l'effetto di un camino col tiraggio buono, meglio di un forno, per questo son bruciati cosí. Gli hanno dato fuoco con la benzina, concordate? – De Luca annuí, e il maresciallo anche. – Bene. E fortuna che avete fatto una descrizione cosí dettagliata che appena li abbiamo visti li abbiamo subito messi in relazione col vostro fonogramma, se no prima di capirlo, con tutta la confusione che c'è di questi tempi, che son tempi strani, concordate?
Concordava.
– Bene. E dovete ringraziare lui se li abbiamo trovati subito questa mattina che erano ancora caldi, praticamente appena sfornati.
Doveva essere una battuta, ma non rise nessuno. Il maresciallo aveva indicato il carabinierino, che arrossí, abbassando gli occhi, sotto lo sguardo interrogativo di De Luca.
– È per via delle formiche, – disse.
– Le formiche? – chiese De Luca e il maresciallo cominciò ad annuire con orgoglio.
– Il ragazzino, qui, prima di fare il militare da noi, studiava biologia all'Università, un genietto, davvero, e siccome anch'io, nel mio piccolo, sarei un po' un entomologo... digli un po' del Monte delle Formiche, vai.
– Il Santuario di Santa Maria di Zena, – disse il carabinierino con un entusiasmo che gli cancellò di colpo rossore e timidezza. Indicò un punto oltre le dune lunari della valle, ma De Luca non lo seguí. – Ogni anno, all'inizio di settembre, i maschi di una particolare varietà di formiche alate vengono qui a riprodursi e a morire. Da tutta Europa, fanno il loro volo nuziale e poi vanno a morire al Santuario. Non si sa perché.
– State scherzando? – disse De Luca.

– No, davvero! Myrmica scabrinodis! Giuro!

De Luca intendeva un'altra cosa, e il maresciallo se ne accorse. Frenò l'entusiasmo del carabinierino con uno sguardo, due dita ad arricciarsi un baffo e l'altra mano aggrappata alla bandoliera bianca.

– Non è che ci veniamo solo per studiare le formiche, – disse, – controlliamo le grotte casomai i comunisti ci avessero nascosto le armi.

Il maresciallo salutò con la mano alla visiera del berretto e si avviò verso il sidecar, facendo cenno al carabinierino di seguirlo.

– Un momento, – disse De Luca, – ve ne andate cosí?

– Sí. È roba vostra, no? Caso della questura. Io ho già fatto rapporto ai miei superiori, chiamate voi il giudice e ve li portate via. Noi abbiamo altro da fare, son tempi strani, può succedere di tutto, convenite, no? Bene.

C'era un appuntato sulla motocicletta del sidecar, che mise in moto con una calcata al pedale. Il maresciallo saltò dentro la carrozzina, agilissimo, mentre il carabinierino si sedeva dietro l'appuntato. Il maresciallo si sollevò in ginocchio sul sedile e alzò la voce per sovrastare il tossicchiare sordo della motocicletta.

– Se avete modo tornate qui verso l'8 di settembre e li vedrete arrivare. Nugoli di formiche, nere come nuvole di un temporale, tutte qua, a morire.

Poi toccò la spalla dell'appuntato, che ingranò la marcia con uno scatto e partí.

De Luca li guardò allontanarsi nella polvere di gesso.

Ma stiamo scherzando, pensò, poi lo ripeté a Rassetto, che sembrava avesse la stessa domanda nello sguardo.

– Ma stiamo scherzando?

Rassetto si strinse nelle spalle, i baffetti dritti sul sorriso.

– Ci mancavano anche i carabinieri entomologi. Che ti

devo dire, De Luca, sembra che di questa indagine freghi qualcosa soltanto a te.

C'erano due caselle nella sua mappa mentale, due cerchi circoscritti da un colpo rotondo di lapis violaceo, inumidito tra le labbra, uno sopra l'altro. Dentro quello piú in basso, idealmente, aveva scritto *Corpo Senza Testa* e in quello sopra *Testa Senza Corpo*, a cui aveva aggiunto *Herbert Gales*. Li aveva uniti con un tratto e da lí aveva fatto partire una freccia, dritta, fino a un'altra casella, quadrata questa volta, dentro cui aveva scritto CASE MORRI, in stampatello, e anche calcato, perché era il luogo in cui erano stati trovati sia il corpo che la testa.

A sinistra del quadrato, aveva messo altri due cerchi sovrapposti, *il Borsaro* e *Franchino*, uniti e collegati alle Case Morri da una freccia che finiva con la punta sulla parete della casella, corta, perché lo spazio mentale che si stendeva sul nero dei suoi occhi chiusi era infinito, ma già faceva fatica a visualizzarlo, il suo schema, e aveva ancora tante cose da aggiungere.

De Luca aprí gli occhi e sbatté le palpebre per abituarsi alla penombra fitta del rifugio. L'allarme lo aveva sorpreso mentre stava tornando a casa. Camminava sotto il portico lungo una fila di donne con la sporta che stavano ancora in coda davanti a un negozio nonostante mancasse poco piú di un'ora al coprifuoco, quando all'improvviso l'urlo della sirena aveva congelato l'aria. Cinque secondi di ululato elettrico, poi altri cinque di silenzio totale, irreale e sospeso, interminabile, e dopo un altro urlo.

Le donne erano rimaste ferme a guardarsi, indecise, perché il negozio distribuiva sapone e nella vetrina vuota ce n'era ancora una cassetta, poi passò un ciclista che scampanellava quasi piú forte della sirena, e dietro un vecchio Fiat carico di gente sul pianale, e poi ancora biciclette, in gruppo, come gregari in volata al Giro d'Italia, e allora cominciarono a correre via anche loro, inseguite dagli ululati.

De Luca ci mise un attimo in piú a seguire la gente verso il rifugio, perché aveva appena cominciato a disegnarsi in testa la sua mappa e vedere tutte quelle persone in fila gli aveva fatto venire in mente una cosa, qualcosa di importante, che la sirena aveva interrotto prima che avesse iniziato a definirsi. Cosí si era ritrovato giú, nel rifugio antiaereo ricavato dalla cantina di un palazzo, pieno di gente seduta sulle panche di legno che correvano lungo le pareti di mattoni scoperti, le donne con le borse strette al petto, gli uomini con il cappello in mano e i bambini che giocavano per terra, in mezzo.

– Tranquilli, è il solito falso allarme, tra poco passa, – aveva detto un vecchio con la tuta dell'Unione nazionale protezione antiaerea, ma gli tremava un po' la voce, perché di solito l'allarme arrivava a metà mattina, e invece cosí verso sera era strano e faceva paura.

A due angoli della stanza erano appese due lampadine oscurate che macchiavano il muro con una luce pallida. Una aveva sotto un signore in giacca e cravatta che cercava di leggere un giornale, tenuto aperto a braccia larghe per catturare la luce, cosí De Luca puntò sull'altra, approfittò di un movimento sulla panchina e ci si spinse sotto, tirando fuori il taccuino per disegnarla davvero, la sua mappa mentale del caso, visto che si stava complicando. Ma era impossibile, perché aveva accanto un donnone che lo schiacciava contro il muro, impedendogli di staccare i gomiti dai fianchi. Allora appoggiò il taccuino e la stilografica sulle ginocchia, sospirò, e riprese a disegnare dentro gli occhi chiusi.

Testa Senza Corpo e *Corpo Senza Testa*, da una parte, *il Borsaro* e *Franchino* dall'altra. Sopra CASE TORRI, che ci stava in mezzo, disegnò un altro cerchietto, *Valentino Morri*, senza Della Valentina perché era troppo lungo. Il padrone, o meglio il figlio del padrone, delle Case Morri attorno alle quali era iniziato tutto. Unito da una freccia a un altro cerchietto, *Vera Gales*, piú piccolo non perché fosse meno importante ma perché gli era venuto cosí pensando alla ragazza, che era piccolina. Salita sulla Topolino rossa del Conte.

Il donnone di fianco gli mise una mano su un braccio e glielo strinse, protettiva e materna.

– State tranquillo, – disse, – non bombardano davvero. Tanto ormai la guerra è finita, faremo pure la pace, no? – e De Luca pensò che doveva aver scambiato la sua espressione concentrata per paura. Annuí, mormorò *sí*, e ricominciò a pensare.

Nella parte sinistra del suo disegno c'erano Franchino e il Borsaro. De Luca fece partire una freccia verso l'alto e sulla punta disegnò un altro cerchio con dentro il nome del console Martina, e anche il suo grado, Console della Milizia, che era lungo ma serviva a lui per ricordarsi di andarci piano. Martina si era portato via sia la valigetta che il Borsaro, per cui De Luca sottolineò piú volte l'asta della freccia con il suo lapis mentale. E sotto *Franchino* aggiunse un altro nome, *Albertino*, che molto probabilmente l'aveva fatto scappare.

Ecco qua.

De Luca aprí gli occhi. All'altro capo della stanza il signore in giacca e cravatta stava mostrando un angolo del giornale al vecchio con la tuta dell'Unpa, che scuoteva la testa.

– Ma vi pare? – diceva il signore. – Vi pare?

– Che c'è? – chiese un ragazzo con un baschetto unto, le dita infilate nelle bretelle di una salopette da operaio.

– *Tre pitture speciali*, – lesse il signore, con il tono enfatico di una pubblicità alla radio, – *Antignis, protegge il legno dal fuoco*; *Oscurit, per oscuramento vetri*; *Mutinite, per mascheramento...* ma vi pare? Adesso c'è la vernice contro le bombe? Come si fa a lucrare cosí sulle tragedie?

– Pescicani, – disse il ragazzo, – che si fanno le budella d'oro sulla pelle della gente. Ah, ma adesso è finita, adesso tocca a noi, e quando...

Niente politica!, sibilò qualcuno dall'ombra, e con un tono cosí autoritario che si bloccarono tutti, di colpo.

– Siam mica piú nel fascismo... – mormorò il ragazzo, ma andò a sedersi da qualche parte.

De Luca chiuse gli occhi. Tutta quella confusione lo stava distraendo e non voleva perdersi proprio in quel momento perché quella cosa a cui stava pensando fuori, un attimo prima dell'allarme, era tornata da affacciarsi, ma solo un attimo, anche lei, e poi era sparita, annegata dalla voce del donnone che bisbigliava a un'altra donna, una signora elegante, con un cappellino con la penna, che si stringeva a sé stessa, rigida, come se avesse paura di sporcarsi.

– A me il latte non mi è mai mancato, anzi, son cosí di natura, son stata anche sul «Carlino», eravamo in quattro, *Nutrici Bolognesi, donne della massima produzione lattifera...* – enfatica, anche lei, come se leggesse dal giornale.

De Luca serrò le palpebre fino a riempire l'oscurità con una pioggia di lucine bianche. La cosa importante era scomparsa di nuovo, ma non voleva perdersi la mappa, cosí se la rivide davanti, quadrato in mezzo e cerchietti attorno, destra e sinistra, spillati da frecce in un reticolo di collegamenti che quasi si era chiuso da solo.

Con la punta violacea del suo lapis tracciò una croce sul

Borsaro e un'altra su Franchino, morti, pista chiusa, poi un'altra su Albertino, scomparso, e una sul console Martina, fuori dalla sua portata. Esitò con la mano a mezz'aria, sia idealmente che fisicamente, perché senza accorgersene ne aveva alzata una, la punta del lapis ferma sul cerchietto che chiudeva il conte Valentino, poi lo sbarrò, ma con una riga sola.

Vedremo.

Quella su Herbert Gales, invece, la tracciò completa, anche se non cosí decisa come le altre. Caso risolto, accanto ci scrisse anche *albanesi Kanun*, risolto, sí, ma non da lui, che qualche dubbio su quella spiegazione pur cosí completa, credibile e articolata, comunque ce l'aveva.

Restavano due cerchietti liberi.

Vera Gales, la ragazzina con le calze nere.

E il Corpo Senza Testa, su cui era inciampato all'inizio di tutta quella storia.

Sí, vabbè, pensò De Luca, ma poi, all'improvviso gli venne in mente la cosa importante a cui aveva cominciato a pensare, gli esplose nella testa come una bomba, proprio, con tutta la luce accecante di una bomba al fosforo.

Era stato il donnone a farla detonare.

Perché stava lasciando il suo indirizzo alla signora elegante, nel caso avesse avuto bisogno di latte per i bambini, anche grandi li prendeva al seno, nei limiti della decenza, s'intende, e latte sano, eh, senza problemi, *chiedete in giro c'è un sacco di gente che mi vuole perché si fida soltanto di me.*

Eccola là, l'idea.

De Luca spalancò gli occhi. Se non fosse stato cosí schiacciato tra carne di donna e mattoni sarebbe scattato in piedi per correre fuori dal rifugio, d'impulso. Cosí, invece, ebbe il tempo di pensare che per quel giorno ormai era tardi, che la farmacia di Lorenza adesso era chiusa e quindi tanto valeva aspettare, senza sfidare le bombe.

E allora rimase a fremere come un animale in gabbia, finché non arrivò l'urlo della sirena del cessato allarme, che fece accalcare tutti verso l'uscita mentre ancora ululava, perché l'ora del coprifuoco si stava avvicinando troppo.

Anche come animale in gabbia doveva essere parso piú spaventato che concentrato, perché prima di andarsene il donnone gli strinse un'altra volta il braccio, materna.

– Visto che non c'era niente da avere paura? Siamo poi ancora qui!

E gli sorrise, socchiudendo gli occhi con quella tenerezza che si ha verso i bambini.

«Il Resto del Carlino», venerdí 30 luglio 1943, XXI, Italia, impero e colonie cent. 30.
LA NUOVA CAMERA SARA' ELETTA ENTRO QUATTRO MESI DALLA FINE DELLA GUERRA. Tutti i partiti vietati per il periodo bellico - NUOVO INVITO A DIFFIDARE DELLE FALSE VOCI IN CIRCOLAZIONE. Tali voci, la cui origine è fin troppo identificabile, hanno avuto il potere di mettere, sia pure per un breve periodo, la cittadinanza in allarme e di distoglierla dalla serenità necessaria, da quel lavoro che è oggi il primo dovere di tutti gli italiani. FATTI E COMMENTI (lungo spazio bianco).

Cronaca di Bologna: (fotografia) come ieri l'ha colta l'obbiettivo fotografico la centralissima via Rizzoli, che rappresenta il polso della vita cittadina, dà una chiara visione del ritorno alla perfetta normalità della circolazione a Bologna.

Radio: ore 20:30, radio Famiglie.

Arrivò cosí presto che la farmacia era ancora chiusa. Non aveva fatto colazione e sarebbe voluto andare nel bar di fianco a prendere quello che piú assomigliava a un caffè, ma era ancora chiuso anche quello. Cosí si sedette sulla balaustra del portico, a far dondolare le gambe, lo sguardo perso su una scritta sul muro, a vernice rossa, *vogliamo pasta e olio, Badoglio e il re in cantina, il duce alla ghigliottina*, finché non vide Lorenza che arrivava in bicicletta.

– Una delle tre: o sei caduto dal letto o hai un gran mal di testa e ti serve un cachet o non resisti dalla voglia di vedermi.

– La terza che hai detto.

Lorenza rise, aprí il portone della farmacia e De Luca la aiutò a portare dentro la bicicletta. Si baciarono nel retro, poi Lorenza si infilò il camice sul vestitino stampato a fiori e lo abbottonò fino al collo, come faceva sempre.

– Davvero, perché sei qui?
– Dovrei fare due chiacchiere col tuo capo.
– Montuschi? Figurati, sarà già in Germania.
– No, intendevo il dottor Ravenna.
– Non è ancora arrivato. Di solito è sempre il primo, però oggi... avrà fatto il giro lungo, c'è via Rizzoli che è bloccata.
– Bloccata?

Lorenza si strinse nelle spalle. – C'era un autoblindo dei carabinieri in mezzo alla strada. Un tenente mi ha detto che aspettavano un corteo di donne, ma visto che io ero sola mi ha fatto passare. Sei geloso che parlo con gli ufficiali dei carabinieri?
– Molto.
– Torniamo al Lido domenica? Se mi dici di no ci vado col tenente, era carino.
– Sí, – disse De Luca, ma era distratto. La smania dell'attesa si era saldata alla voglia di bere qualcosa di forte e di caldo che gli faceva gorgogliare lo stomaco.
– Vieni con me a fare colazione?
– Non posso, sono da sola.
– Ti dispiace se ci vado io?
– Ma figurati, vai, vai...

Nel frattempo il caffè di fronte aveva aperto. Il *San Pietro* era un bel locale con due grandi vetrine all'angolo tra via Indipendenza e via Altabella, ma era frequentato soprattutto da intellettuali e artisti dell'alta società, e lavorava tardi, come gli spiegò il cameriere che stava ancora mettendo sotto pressione la grande Victoria che stava sul banco.

De Luca si sedette a un tavolino davanti a una delle vetrate, attirato dal fatto che il cameriere gli aveva confermato con un cenno muto della testa sí, avevano caffè-caffè, vista la clientela. Appoggiò la nuca al vetro, pronto anche a una lunga attesa, ma trasalí subito, perché qualcuno aveva bussato alla vetrata dietro il suo orecchio, anche se discretamente. Era il dottor Ravenna. De Luca gli fece cenno di entrare, ma il dottore scosse la testa, indicando qualcosa verso la porta che dava su via Indipendenza, ed era cosí insistente che De Luca andò a vedere. C'era un cartello, piccolo, elegante come il locale, con una cornicetta ondulata stampata attorno alla scritta *vietato l'ingresso agli ebrei*, in corsivo.

– Entrate lo stesso, – disse De Luca, sulla porta, – siete con me, ci penso io.

– Preferirei di no, – disse Ravenna, con le labbra strette. – Non mi sentirei a mio agio. Se venite da *Majani* vi offro una cioccolata vera.

De Luca sospirò. Lanciò un'occhiata all'aquila con le ali spiegate che stava sopra la caldaia a cilindro della Victoria, era una macchina a pompa, di quelle che facevano anche la cremina. Poi, però, pensò alla sua indagine e con un altro sospiro si chiuse la porta alle spalle e seguí il dottor Ravenna oltre la strada, alla palazzina liberty dal patio rotondo.

– Non so voi, ma a me questo posto mette allegria, – disse Ravenna, sedendosi a un tavolino. – Sarà per quel terrazzo fuori con la balaustra di ferro battuto, ma mi sembra di stare ancora a prima della guerra. Lorenza ha detto che mi volevate vedere.

Erano seduti anche lí davanti a una vetrina e De Luca lanciò un'occhiata oltre la strada, a quella del caffè *San Pietro*, dove il cameriere doveva aver finito di mettere sotto pressione la sua Victoria.

– Sí, ma non c'era tutta questa fretta. Sarei venuto io tra poco.

– Quando la questura chiama uno come me corre.

– Volevo farvi una domanda che riguarda la cura della sifilide.

Il dottore si tirò indietro, irrigidendosi contro lo schienale imbottito della poltroncina, poi si chinò sulla tovaglia bianca del tavolino.

– Domandate pure, – sussurrò, – solo non vorrei che mi metteste in imbarazzo con Lorenza, lavoriamo insieme da tanto tempo e non potrei...

De Luca corrugò la fronte per un momento, poi capí e gli sfuggí una risata.

– Ma no, cos'avete pensato? Non è per me!

– Per carità, signor commissario, siamo uomini di mondo. Però se questa persona a cui vi riferite, non voi, certo, ma se questa persona avesse contratto qualcosa di sessualmente trasmissibile dovrebbe informare la sua fidanzata, perché...

– Non avete capito. Non si tratta di nessuno. È un'informazione che riguarda un'indagine che sto conducendo.

Ravenna annuí, anche se sembrava ancora un po' sospettoso.

– Posso farvela prima io, una domanda?

– Non ho la sifilide.

– Ma no, certo. Volevo chiedervi se sapete quando abrogheranno le leggi razziali. Ormai il fascismo non c'è piú, no? Che senso avrebbe?

De Luca si strinse nelle spalle. – Non so cosa rispondervi. Non mi occupo di politica, sono solo un poliziotto.

Il dottore arricciò le labbra, deluso. Arrivò un cameriere e ordinarono due cioccolate, poi a De Luca venne in mente di chiedere se avevano il caffè, ce l'avevano, e cambiò ordinazione. Quando rimasero soli il dottore tornò a sporgersi sul tavolino.

– Domandate.

– So che avete alcuni tipi di clientela particolarmente

affezionata. Per esempio le prostitute vengono per il dottor Montuschi.

Ravenna esitò, ma il sorrisetto rassicurante di De Luca lo convinse.

– Sí. Ci sarebbe il medico dei casini, ma siccome molte di queste signore conoscono Montuschi per motivi professionali, nel senso dei casini e non della farmacia, si fidano piú di lui, anche se io considero questa fiducia mal riposta, e vengono da noi.

– Gli ebrei, invece, ci vengono perché si fidano di voi.

Il dottore tornò a irrigidirsi contro lo schienale.

– Non è un reato. Voglio dire, le leggi non comportano...

– Non intendo questo. E non me ne importerebbe comunque. Voglio solo sapere se tra i vostri clienti c'è una persona.

– Come si chiama?

– È quello che vorrei sapere da voi. È un uomo sui cinquant'anni, alto piú di uno e ottanta, settantacinque chili. Distinto, elegante, anche se un po' male in arnese. Un bel vestito, col panciotto, ma un po' liso.

– Zoppo?

– Sí! – disse De Luca, e gli scappò cosí forte che il cameriere trasalí e a momenti non si fece sfuggire il vassoio di mano.

– Sí, – ripeté piú piano, dopo che furono stati serviti. – Lo conoscete?

– Goldstein.

Sí, pensò De Luca, se lo gridò dentro, *sí, sí!*

– Goldstein... e poi?

– Non saprei... gli mettevo da parte la penicillina per la sifilide, appunto e scrivevo il cognome sul sacchetto, mi bastava quello. Non era un tipo molto loquace, a parte l'ultima volta che l'ho visto.

– Quando?

– Direi... la settimana scorsa, dieci giorni fa.
Sí.
– E cos'ha detto in quella occasione?
– Mi ha salutato. Ci ha tenuto a dirmi che nonostante le apparenze era un uomo di buone disponibilità finanziarie, diceva di avere piú di cinquantamila lire in una banca svizzera e che finalmente aveva trovato il modo di raggiungere il suo denaro.
– Nient'altro?
– Nient'altro.

Questa volta fu De Luca ad appoggiarsi allo schienale della poltroncina, ma solo per pensare. Prese la tazzina di caffè e ne bevve un sorso. Non era caffè vero, ma non se ne accorse.

– Sareste in grado di descrivermi la sua testa?
– La sua testa?
– Sí, insomma, il suo viso.
– Stempiato, capelli grigi, occhiali... non sono molto fisionomista. Aveva le guance, non so come dire... – fece un segno ai lati del volto, come volesse raccogliere qualcosa con le mani, – cadenti, ecco.
– Era di Bologna?
– Non saprei. Prima di qualche mese fa non l'avevo mai visto.
– Va bene, ma l'accento? Bolognese, emiliano, di qui, insomma?
– Tedesco.
– Tedesco?
– Io non sono un poliziotto, non ci avevo pensato, ma aveva un accento un po'... parlava italiano benissimo, ma un po', alla tedesca, ecco.

De Luca finí il caffè, che gli lasciò un sapore amaro in bocca, piú amaro del dovuto.

– In quanto israelita e sifilitico avreste dovuto registrarlo e segnalarlo in questura.

– È proprio in quanto sifilitico e israelita che veniva da me, – disse Ravenna. – Mi volete denunciare? – chiese, e aveva un tono piú amaro, anche quello, che spaventato, ma De Luca non si accorse neanche di quello.

Goldstein, forse tedesco. Ebreo.

Il dottore si era rabbuiato. Girava il cucchiaino dentro la cioccolata, a spirale, e quando arrivava al centro ricominciava nella direzione opposta.

– Davvero non sapete quando abrogheranno le leggi? Perché dovrò intraprendere un'azione legale, io non sono stato bravo come certi miei correligionari che per le loro attività hanno trovato un paravento ariano, come si dice, no? Io la farmacia l'ho dovuta cedere per un tozzo di pane, alla faccia degli ebrei che sarebbero bravi a fare gli affari. Ma sono stato costretto. Montuschi se l'è presa perché è un pezzo grosso del Fascio, e siccome sono anni che mi dicono che in quanto giudeo sono un nemico del fascismo, ecco che allora sono automaticamente un antifascista, e adesso che non ci sono piú... no?

– Non saprei, – disse De Luca, che aveva sentito soltanto l'ultima parte del discorso, ma adesso era il dottore che non lo stava ascoltando, perso nelle spirali dense e nere della sua cioccolata.

– E dire che ho fatto la Marcia su Roma. Ho dato le mie fedi nel '35, oro alla patria... e invece dello Sabbath facevo il Sabato Fascista, in camicia nera. Anche voi?

– Io sono un poliziotto, – disse De Luca. Il dottore annuí, sempre tra sé, leccò il cucchiaino senza toccare il resto della cioccolata, mormorò *buona*, e si alzò.

– Devo tornare al lavoro, – disse il dottore.

– Anch'io, – disse De Luca.

Fuori, sotto il patio rotondo, tra le colonne liberty, De Luca salutò il dottore, distrattamente, e se ne sarebbe andato verso la piazza, in direzione della questura, se Ravenna non avesse detto, *ve la saluto io, Lorenza*, un po' sorpreso.

– Ma no, ci mancherebbe.

Quando entrarono nella farmacia Lorenza era davanti al bancone, con una matita da trucco in mano, e sorrideva. Accanto a lei c'era una donna con un vestito cosí stretto che sembrava disegnato sulle curve prosperose, il seno strizzato in alto dai bottoni di un corpetto molto scollato, appena mascherato da un foulard.

– Una cliente di Montuschi, – sussurrò il dottore.

La donna sorrise a De Luca, fece due passi sui tacchi alti, verso l'uscita, poi si torse appena su un fianco, sporgendo in fuori il sedere, e si tirò su un lembo della gonna, scoprendo una gamba tesa come una Signorina Grandi Firme in un disegno di Boccasile.

– È dritta la riga? – chiese, ammiccante. Poi lasciò la gonna e uscí ancheggiando, mentre De Luca fissava le righe della cucitura delle calze che le ondeggiavano sulle gambe cicciotte, dalla coscia al tallone. Lorenza fece il gesto di spingergli su il mento per chiudergli la bocca, ma lui la stava guardando solo perché glielo aveva chiesto.

– Quella di sinistra un po' meno, – disse Lorenza. – Però sono stata brava, dài.

– In che senso? – chiese De Luca. Lorenza guardò il dottore e rise con lui.

– La Wanda sta in un terza categoria di Via delle Oche, – disse Ravenna, – non se lo può permettere un paio di calze vere, di questi tempi. È Setalina.

– In che senso? – ripeté De Luca.

– Che c'è, le cosce di quella ti hanno dato alla testa? Setalina, c'è la pubblicità sul giornale.

– È una tintura che si spennella direttamente sulle gambe e simula un paio di calze di seta, piú o meno scure a seconda della quantità, – disse Ravenna.

– La riga però bisogna farla, – aggiunse Lorenza, mostrando la matita. – La Wandona viene cosí spesso a curarsi la candida che ormai ho imparato e si fida solo di me.

De Luca strinse il braccio di Lorenza e la baciò su una guancia, perché sapeva che cosí, davanti al dottore, a farsi baciare sulle labbra si sarebbe vergognata. Strinse anche la mano al dottore, mormorò *grazie* e se ne andò.

Era quasi uscito, già in mezzo alla cortina di canne pensando *Goldstein, tedesco, ebreo,* quando una frase di Lorenza che parlava col dottore lo bloccò.

– Mi ha dato anche un consiglio, mi ha detto stia attenta d'estate, dottoressa, perché col caldo e il sudore stingono e se le toccano troppo le gambe poi si macchiano le mani.

De Luca si fermò, si girò con la bocca semiaperta che adesso sí, avrebbe potuto essere chiusa con la mano, e non riuscí a dire altro che *in che senso?*

– Pronto, commissario? Sí, sono Tirabassi. La mia vita si è fatta piú interessante da quando vi conosco, ma dopo gli ultimi due corpi bruciati mi aspettavo qualcosa di piú che una bustina di calze finte. Comunque sí, non sono un chimico ma posso confermarvi che il pigmento in commercio sotto il nome di Setalina che mi avete portato corrisponde alla sostanza trovata sotto le unghie dell'uomo senza testa. Buon lavoro, commissario, e alla prossima. Mi raccomando, mi avevate abituato bene.

– Pronto, commissario De Luca? Maresciallo Damiano, il piantone mi ha detto che mi cercavate. Sí, mi ha lasciato l'appunto, ho controllato, non esiste nessun israelita di nazionalità tedesca di nome Goldstein nell'elenco degli ebrei di Bologna e provincia, ne sono sicuro perché l'ho aggiornato da poco io personalmente. Altri Goldstein? Sí, due o tre, però voi avevate chiesto... va bene, controllo subito. Se mi permettete vi richiamo al telefono, sapete, ho una ferita di guerra che col caldo mi fa impazzire, se posso risparmiarmi la rampa di scale sono contento. Grazie tante, a tra poco.

– Pronto, De Luca? Ragazzo mio, ma non mi dici niente? Devo saperlo dal collega degli Affari Generali che hai risolto il caso della testa della chiusa? Sí, lo so, sei scrupoloso, vuoi verificare tutto, ve bene, ma fa il bravo, vieni dal tuo dirigente e aggiornami su tutto, siamo d'accordo? Ti aspetto, allora, ciao.

– Commissario De Luca? Maresciallo Damiano. Allora ci sono due Goldstein, uno è italiano, nato a Bologna, e l'altro è austriaco, non l'avevo visto prima perché avevo fatto confusione con quella cosa che Austria e Germania, vabbè, non importa. Ce n'era un terzo, un polacco, ma è espatriato in America l'anno scorso... l'austriaco? Dunque, fatemi controllare... arrivato a Bologna il 27 aprile 1943, proveniente da Parma, prima al castello di Montechiarugolo, poi internato libero, poi rilasciato senza obblighi. Sí, ce l'ho qui il carteggio, però... ah, salite voi che non avete problemi di gambe? Beato voi, commissario, grazie, vi aspetto.

– Interessante.
Curvo come un avvoltoio, le braccia larghe puntate sulle mani agli angoli della scrivania di Cesarella e la testa giú col collo ad angolo, come un avvoltoio, appunto, Fra-

tojanni osservava la mappa che De Luca aveva disegnato su un foglio con frecce e cerchietti tracciati con un lapis vero, veramente umettato tra le labbra.

– De Luca, ragazzo mio, da quando in qua facciamo gli schizzi? Se vuoi fare il progettista vai a disegnare radio per la Ducati, qua siamo in questura, noi scriviamo rapporti.

Lo aveva scritto un rapporto, quattro pagine battute a macchina con due dita che stavano in una cartellina accanto al disegno, sulla scrivania, che lo Scimmino non aveva neanche aperto.

Lo fece Fratojanni, dette una lunga scorsa, con gli occhiali sollevati sulla fronte e i fogli vicinissimi al volto, come avesse voluto annusarli, poi ripeté *interessante*. Fece un gesto circolare con la punta del dito sulla mappa, a mezz'aria.

– Manca giusto qualche collegamento per chiudere il cerchio, – disse.

– Ecco, appunto, – disse Cesarella, – mancano, per cui... – ma Fratojanni continuò come se non l'avesse nemmeno sentito.

– E il piú inquietante, per me, è proprio questo.

Batté il dito sui nomi sovrapposti di Gales e Goldstein, e Cesarella si sporse sulla scrivania per guardare.

– Tutti e due provenienti dal campo per internati civili di Montechiarugolo, vicino a Parma, – disse De Luca. Fratojanni annuí.

– Già era una coincidenza anomala che ci fossero nella stessa zona due corpi decapitati indipendentemente l'uno dall'altro...

– Anomala ma accettabile, – disse Cesarella.

– Ma che provengano anche dallo stesso posto e tutti e due internati civili, questo no, questo è davvero strano. Peccato, credevo di aver chiuso il caso della testa con un'indagine degna del famoso commissario De Luca e invece...

Fratojanni sospirò, deluso. Cesarella disse *e io ero già pronto a passare alla stampa la notizia che i nostri uffici*, ma era solo una pausa dovuta al sospiro, perché Fratojanni picchiò la punta del dito sul cerchietto di Goldstein, rivolto a De Luca.

– Avete chiesto ulteriori notizie a Parma, immagino. Tornerò alla carica con gli amici dell'Ufficio Stranieri perché rispondano tempestivamente e in modo esauriente.

– Nel frattempo ci sarebbe una cosa che potrei fare, – disse De Luca. Si era rivolto a Cesarella che si era lasciato andare nella poltrona e si lisciava il riporto per darsi un contegno, offeso.

– E cosa?

– Vorrei parlare con la ragazza. Se erano nello stesso campo, forse lo zio conosceva Goldstein e lei ne sa qualcosa.

– Magari aveva anche lui un conto aperto con gli albanesi e così il caso si chiude di nuovo. Che ne dice il collega?

Fratojanni era tornato a sedersi sul Chesterfield, immerso tra i bottoni che trapuntavano i sedili e lo schienale, le ginocchia ad angolo acuto per la seduta troppo bassa. Alzò la testa dai fogli che si era portato dietro e che continuava a studiare.

– Posso venire anch'io? – disse. – Se è vero quello che pensate allora sono stato preso in giro da quella ragazzina e la cosa mi fa davvero arrabbiare.

Non sembrava, arrabbiato, ma ormai De Luca aveva imparato a conoscerlo, e infatti stringeva troppo i fogli tra le dita.

– Avanti pure, – disse lo Scimmino, rannicchiato sulla poltrona, – fate con comodo.

– Come si procede? Praticamente ho fatto tutta la carriera in ufficio. Non ho portato neanche la pistola.

– Dobbiamo solo parlarci con la ragazza, mica arrestarla.

– Se scopro che mi ha preso in giro la arrestiamo eccome.

Dopo l'ultimo bombardamento Palazzo Faccetta Nera si era un po' svuotato. Il podestà lo aveva usato per gli sfollati, soprattutto quelli che venivano dal Nord, ma adesso che anche Bologna stava diventando *zona soggetta a sfollamento*, come scriveva «il Resto del Carlino», parecchie famiglie se ne erano andate in campagna. Però ne rimanevano tanti lo stesso, di accampati come potevano, e nonostante le ordinanze della Municipale c'erano sempre dei panni stesi alle finestre che coloravano la facciata a losanghe concentriche, fitte e ipnotiche, di taglio africano, che si affacciava su via Roma.

Chiesero di Vera Gales al capocaseggiato, che si strinse nelle spalle e allargò le braccia con un gesto che comprendeva tutto il palazzo, poi gliela descrissero e lui annuí, con un sorrisetto, *ah sí, Rita*, e Fratojanni mormorò *cominciamo bene*.

Salirono fino al terzo piano dentro una gabbia di vetro e di legno che sembrava un forno, e quando uscirono dall'ascensore De Luca si sentiva cosí bagnato di sudore che gli pareva di avere anche la giacca bianca del vestito incollata alla pelle.

Gli appartamenti sui pianerottoli erano tutti uguali, quattro stanze che si affacciavano su un lungo corridoio, con il bagno in fondo, e in ogni camera ci stava una famiglia, tranne l'ultima, dove c'era la ragazza. Glielo disse una signora in vestaglia quando bussarono alla prima porta, che stava già per lamentarsi, con il pugno chiuso alzato come per picchiare qualcuno, quando De Luca le mostrò la tessera, e allora si calmò di colpo, con un sorriso cattivo.

– Bene, era ora! È quella in fondo.

De Luca bussò ed entrò subito, senza aspettare. C'era una ventola che girava, appesa al soffitto della stanza, e Vera ci stava sotto, seduta su una poltroncina di vimini intrecciato. Portava una sottoveste molto corta, nera, con un orlo di pizzi su cui giocava con le dita, una gamba distesa e l'altra sollevata, il piede agganciato al bordo della poltroncina. Aveva ancora le calze ma piú chiare, di un grigio pesante, con il tallone e la punta piú scuri. De Luca le cercò i lividi sulla coscia e li vide, netti e violacei, su tutte e due le gambe, e questa volta lei non si accorse del suo sguardo perché teneva gli occhi chiusi, il volto sollevato verso il soffio d'aria che scendeva dalla ventola e le muoveva i capelli sulla fronte. Doveva aspettare qualcun altro, perché aprí gli occhi con un sorriso leggero sulle labbra da bambina, che sparí subito appena vide De Luca.

– Il caldo non autorizza a offendere la decenza, – disse Fratojanni. Vera guardò anche lui, che era comparso alle spalle di De Luca, alto, rigido e accigliato, e riprese il sorriso, e anche quello sguardo indecente che sembrava sfidarli. Sollevò la gamba che aveva a terra e la incrociò con l'altra, tenendola con una mano alla caviglia, come per coprirsi, e intanto tirava giú la sottoveste sulla coscia, in un gesto cosí sensuale, quello sí di sfida, che a De Luca contrasse lo stomaco in un turbamento sporco, di cui si vergognò.

C'era soltanto una sedia, nella stanza, oltre a un letto, un comodino e una toilette in ferro smaltato, con una bacinella e uno specchio. De Luca prese la sedia e la piazzò davanti alla ragazza, lasciando Fratojanni in piedi accanto alla porta chiusa, ma era il suo interrogatorio, quello, e poi voleva cancellare al piú presto quel turbamento che gli dava fastidio.

– Come ti chiami?
– Vera Gales.
– Qui però ti conoscono come Rita.
– È il mio secondo nome. Vera Rita Gales.

– E dove sei nata?
– A Malta.
– E quanti anni hai?
– Ventuno.
– E quindi sei nata il?
La ragazza perse il sorriso. Lo riprese subito, ma era piú incerto. Strinse di piú le gambe, tirando con la mano alla caviglia, e si vedeva che la lingua le si muoveva nervosa dietro ai denti, come per contare. De Luca lanciò un'occhiata compiaciuta a Fratojanni, che approvò con un cenno della testa e mormorò *bravo*.
– Mille novecento ventidue, – disse De Luca.
– Sí.
– Non ci credo.
Allungò una mano, a palmo in su, e fece un cenno con le dita, grattando l'aria. La ragazza sospirò e andò a frugare nella borsetta che stava sul comodino. Prese un passaporto che consegnò a De Luca, quasi lanciandoglielo nelle mani, e tornò a sedersi nella stessa posizione di prima, ma senza tirarsi giú la sottoveste, che la lasciò scoperta fino alle mutandine.
De Luca evitò di guardarla. Accavallò le gambe e studiò il documento. Era un passaporto Nansen, di quelli per i profughi e gli apolidi, un rettangolo di cartoncino piegato in due, con dentro una fotografia da cui la ragazza lo guardava con la stessa espressione di sfida con cui lo stava osservando adesso. Toccò le borchie che foravano i due angoli della fotografia, saggiò la consistenza del cartoncino sfregandolo tra le dita, e passò anche la punta di un indice sulla calligrafia svolazzante che ne indicava nome, luogo e data di nascita. Vera Gales, La Valletta (Malta), 16 dicembre 1926.
– A parte che Rita non c'è, e non avresti ancora dicias-

sette anni, se lo do ai colleghi dell'Ufficio Passaporti probabilmente mi direbbero che è falso.

De Luca si girò di nuovo e porse il documento a Fratojanni, che era impallidito.

– Gli avevo dato solo un'occhiata, – mormorò. – Sono un'idiota.

– Succede, – disse De Luca. La ragazza cambiò posizione. Accavallò le gambe e si appoggiò allo schienale, la schiena dritta e il seno sporto in fuori, come lui l'aveva vista la prima volta. Le era scivolata giú una spallina della sottoveste, ma De Luca neanche l'aveva notato.

– Come ti chiami davvero?
– Veronica.
– Veronica e poi?
– Karagiannis.
– Nata a Malta?
– A Cipro. È lo zio che mi ha fatto cambiare il nome. Se no sembrava strano e la gente faceva troppe domande su di noi.

– Era davvero tuo zio?

Veronica sorrise, o meglio, continuò a sorridere, ma c'era qualcosa di piú ambiguo, di ancora piú indecente, se possibile, nella piega delle sue labbra.

– Che idiota.

– Succede, – ripeté De Luca. – Al castello di Montechiarugolo ci sei stata per davvero. Con lo zio –. Non era una domanda. Falsificare un Nansen era una cosa, simulare un'intera detenzione era un'altra. – Apolidi, sudditi stranieri di un paese nemico sorpresi in Italia dalla guerra. Campo di concentramento e poi internati liberi a… dove, esattamente?

– Langhirano, – disse Veronica, e doveva esserci stata bene, perché aveva piegato appena il sorriso in una vaga ma sincera espressione di nostalgia.

– Quando eravate al campo, o anche in paese, tu e tuo zio avete conosciuto un signore che si chiamava Goldstein?
– No –. Troppo veloce.
– Un ebreo sulla cinquantina, alto, elegante, che zoppicava.
– No –. Troppo veloce.
– Uno che gli piacevano le donne.
– No –. Ancora piú veloce.

De Luca si voltò verso Fratojanni, che stringeva le labbra, le braccia conserte, strette anche quelle, furioso. *Che idiota*, mormorò tra i denti, e bloccò De Luca, che stava per ripetere *succede*, con un gesto della mano, deciso, addirittura violento, per uno come lui.

– Devo prendere una boccata d'aria, – disse, e uscí dalla stanza.

De Luca prese la sedia, la girò e ci montò a cavallo. Veronica drizzò ancora di piú la schiena, sporgendo il petto, la sua posizione da battaglia. Allungò una gamba, agganciando la sedia di De Luca con le dita del piede scalzo, ma lui non abbassò lo sguardo e lo tenne su di lei, sul suo volto, non sulla spalla scoperta dalla sottoveste che era arrivata quasi al seno, e restò cosí, immobile, anche quando Veronica spinse il piede in avanti, toccandogli la stoffa dei calzoni e provocandogli un'erezione cosí forte e improvvisa che gli fece male. Veronica se ne accorse e sorrise di piú.

– Tu la conosci la polizia, – disse De Luca, – è bastato fare il gesto che mi hai dato subito i documenti. Lo sai quanto possiamo essere carogne con una come te. Come minorenne posso farti mandare dalle suore, e se sono quelle che intendo io non ti piacerebbe.

La pala sul soffitto ronzava, schiacciandogli i capelli sulla testa, gli ghiacciava il sudore sulla schiena e avrebbe voluto spostarsi da là sotto, ma non poteva muoversi. Veronica aveva già segnato un punto.

– Come apolide eccetera eccetera posso farti rimandare a Montechiarugolo, anzi, guarda, anche alle Tremiti. Ti piace il mare? San Domino è perfetta, un'isola piccola piccola, in mezzo all'Adriatico.

Fermo, immobile. Il ronzio della pala, l'aria sulla testa, Veronica aveva teso di piú la gamba, abbassando il piede fin dove arrivava, poco, ma era già abbastanza. Sorrise, perché aveva segnato un secondo punto.

– Come mai conosci il conte Valentino?

Questa volta il punto lo segnò lui, perché a Veronica, per un attimo, si intorbidí il sorriso. Si irrigidí, perdendo il contatto con De Luca che ne approfittò per alzarsi e girare la sedia, tirandola piú indietro.

– Conosci il conte Valentino Morri della Valentina, no?

– No.

– Ti abbiamo visto salire sulla sua macchina, l'altro giorno, dopo la tua deposizione in questura. Una Topolino rossa.

Veronica non disse niente, e neanche De Luca. Solo il ronzio della pala. Normalmente il punto sarebbe stato di chi avesse mantenuto il silenzio piú a lungo, ma De Luca era il poliziotto, e aveva altre armi.

– Suore, campo di concentramento... oppure posso farti arrestare. Ti sbatto dentro per esercizio illecito della prostituzione.

– Non sono una puttana.

– Ah no?

De Luca puntò il dito sul comodino, dove c'era la borsetta. Per cercare il documento Veronica aveva tirato fuori un po' di cose, tra cui una scatolina bianca a strisce rosse.

– Me lo dici perché una brava ragazza minorenne dovrebbe tenersi nella borsetta i profilattici del cavalier Goldoni?

– Perché non sono una brava ragazza, – disse Veronica.

– E io sono un poliziotto, e lo sai quanto posso essere

stronzo, sei una ragazza mezza nuda, in una camera da sola, con un nome d'arte e una scatola di Hatú, basta e avanza per arrestarti come prostituta. Piú tutto il resto, sai come finisce?

Lo sapeva di sicuro, ma sembrava non averne paura, perché continuò a guardarlo, le palpebre socchiuse sugli occhi leggermente obliqui, il sorriso indecente, il seno in fuori, piccola, minuta e sensuale. Però in qualche modo doveva averla colpita, perché Veronica allungò di nuovo una gamba, verso di lui, ma non arrivò alla sedia e lasciò cadere il piede sul pavimento.

De Luca sorrise. Ormai poteva abbassare lo sguardo senza pericolo, e quando lo fece un brivido ghiacciato gli si arrampicò lungo la schiena, mangiandogli la pelle fino alla nuca.

Due cose. La prima era la macchia scura sul cavallo dei suoi calzoni bianchi. Uno sbaffo grigio, ma netto come un'impronta. L'altra era il piede che Veronica teneva appoggiato sul pavimento. Se non avesse evitato di guardarle le gambe da vicino probabilmente si sarebbe accorto subito che le dita non erano velate, ma dipinte.

– Cosa c'è? – chiese Veronica, che si era accorta del suo sguardo strano.

Non aveva notato l'alone sullo smalto bianco del catino. Il vasetto che ci stava dentro, con il pennello buttato accanto. De Luca si alzò e prese il vasetto.

Setalina, c'era scritto sul coperchio.

Setalina.

Veronica si era girata sulla sedia, appollaiata contro lo schienale per guardarlo. – Che c'è? – chiese, piú sorpresa che spaventata. – Che c'è?

– C'è che non ti arresto per prostituzione. Ti metto dentro per l'omicidio di Goldstein.

Il labbro di Veronica cominciò a tremare. De Luca non disse nulla perché lo sapeva che quello era proprio il momento di non fiatare, neanche una parola. L'aveva sparata grossa, perché era sicuro che la Setalina spalmata sulle gambe di Veronica fosse la stessa di quella sotto le unghie di Goldstein, ed era anche sicuro che Tirabassi gli avrebbe confermato che le dita dell'uomo erano compatibili con i lividi sulle cosce della ragazza, ma questo dimostrava soltanto che lei lo conosceva, e al massimo provava un rapporto sessuale un po' violento. E Veronica era sicuramente capace di tante cose, ma forse non di uccidere cosí un uomo come Goldstein.

Però era la cosa giusta da fare, sparala cosí grossa, glielo diceva il suo istinto da sbirro, e infatti Veronica aveva spalancato gli occhi socchiusi, con due lacrime da bambina sulle guance, e aveva aperto la bocca, finalmente, non schiusa per un sorriso o per sibilare una risposta, ma proprio aperta, per piangere di piú o per parlare, che era proprio quello che De Luca aspettava.

Fratojanni, che era appena entrato, fece un passo avanti e tirò uno schiaffone alla ragazza, cosí forte da farla cadere dalla sedia.

– Mi ha proprio preso per i fondelli questa... puttana, – disse sfregandosi sulla giacca il palmo della mano che gli bruciava. – E io che credevo di aver fatto un'indagine degna del commissario De Luca!

– Sono un cretino.

Sí, lo sei pensò De Luca. Pensava che Fratojanni avesse fatto un'indagine del cavolo, *no*, si disse, *del cazzo*, anzi, *proprio di merda*, bevendosi le dichiarazioni di una ragazzina inattendibile e sicuramente coinvolta, senza verificarle, solo per dimostrare di essere un poliziotto anche lui, anzi, piú bravo. E poi, come se non bastasse, aveva mandato a rotoli, *no, a puttane*, il suo interrogatorio, perché adesso Veronica se ne stava in silenzio a massaggiarsi il suo occhio rosso, singhiozzando ogni tanto come una bambina, e senza piú sorridere, ma chiusa come un riccio, le palpebre come due fessure e le labbra serrate. Vestita a pallini bianchi e blu, con ancora le sue gambe nere di Setalina, adesso sembrava proprio una donna, nonostante le ballerine.

Sí, pensò De Luca, *sei un cretino*. No, di piú, *uno stronzo*.

Ma non disse niente. Avevano parcheggiato la 1100 della Divisione Affari generali e riservati davanti ai portici ad architrave del palazzo, Fratojanni stava frugando nelle tasche in cerca delle chiavi e De Luca aspettava appoggiato a una colonna, immerso nei suoi pensieri. Veronica era in mezzo. Fratojanni aveva insistito perché De Luca la mettesse le manette, ma lui non le portava, e comunque non ce n'era bisogno, era solo un'altra prova di quanto fosse cretino. *No, di piú, uno...*

– Io lo conosco quello!

De Luca si staccò dalla colonna, perché indicavano lui. Quattro uomini, giovani, che si avvicinavano allargandosi dentro il portico. Quello piú avanti aveva una tuta da operaio, con un basco calcato sulla fronte e un fazzoletto rosso attorno al collo. Era lui che lo indicava.

– Lo conosco, quello... è un fascista!

Istintivamente De Luca si guardò l'asola della giacca, ma la cimice non c'era piú da un pezzo.

– Sí, sí... è un fascista! – disse un altro, grosso, con la camicia bianca aperta sul petto.

– Calma, ragazzi, – disse De Luca, – sono un poliziotto –. Portò una mano alla tasca dei calzoni per prendere il tesserino, ma si stavano avvicinando troppo, cosí fece un passo indietro e la infilò nella tasca della giacca, la mano, a toccare la pistola.

– È un fascista! È un porco di un fascista! – gridò un altro, e poi qualcosa in dialetto che De Luca non capí. Fratojanni si fece avanti, le chiavi della macchina puntate come un'arma.

– Polizia! Sono proibiti gli assembramenti di piú di tre persone! Circolare!

Quello piú vicino a lui, il ragazzo con la camicia bianca, gli sferrò un pugno in faccia che gli fece volare via le chiavi e gli occhiali, mandandolo a sbattere sul cofano della 1100. De Luca tirò fuori la pistola, ma uno dei quattro, un uomo tarchiato che stava dietro quello con la tuta da operaio e che teneva un braccio giú, lungo una gamba, dietro una coscia, uscí allo scoperto e colpí De Luca con un bastone. Lo prese sul gomito del braccio che reggeva la pistola, glielo irrigidí con una scossa elettrica che gli strappò un gemito acuto come un urlo.

Il quarto uomo, quello che stava piú indietro di tutti, attraversò il gruppo, di corsa, alzando il braccio, e tirò un fendente diretto alla testa di De Luca, che si salvò solo perché era riuscito ad alzare il braccio intorpidito e la pistola prima e poi il cappello avevano attutito il colpo, che non era quello di un semplice bastone, ma di una spranga di ferro.

Normalmente sarebbe svenuto, o sarebbe caduto a terra tramortito, col sangue che già cominciava a scendergli sulla fronte, ma c'era qualcosa che lo teneva su con una scarica di adrenalina che gli trillava dentro come una sveglia.

Paura.

Perché aveva capito benissimo, da come lo guardavano, ancora prima di quel colpo di spranga, che volevano ammazzarlo.

Aveva sempre la pistola, e anche se non sarebbe riuscito a premere il grilletto, perché non si sentiva piú la mano, il solo gesto di sollevarla li fermò tutti, per un attimo, dandogli il tempo di cominciare a correre.

Qualche metro piú in su, all'angolo, c'era il Palazzo del Gas. Sperava di trovare qualcuno, soldati o carabinieri davanti all'ingresso, ma non c'era nessuno. Allora continuò a correre lungo via Riva di Reno, ma non poteva farcela, perché sentiva dietro i passi degli uomini che volevano ucciderlo, veloci e cadenzati, mentre i suoi non li avvertiva neppure e non si era neanche accorto di aver perso la pistola.

Allora scartò di lato, verso il canale, attraversò la strada ma quello con la spranga lo aveva quasi raggiunto, ne sentiva il fiato sulla spalla, la mano che gli afferrava il colletto della giacca mentre si gettava verso la balaustra, cosí proteso in avanti che la giacca gli scivolò sulle braccia stese all'indietro e quello con la spranga riuscí soltanto a spaccargli la camicia sulla schiena con la punta di ferro prima che De Luca volasse oltre la balaustra e giú, nel canale.

Era luglio, l'aria era rovente, ma l'acqua fredda gli troncò il fiato, e quando arrivò sul fondo, perché cosí d'estate di acqua ce n'era abbastanza ma non proprio tanta, batté il sedere sul ciottolato del canale con un colpo cosí forte che tutto il fiato che aveva dentro gli uscí in un soffio schiumoso che gli bruciò i polmoni.

Ci mise un'eternità prima di cominciare a sbattere le braccia per tornare a galla, e intanto beveva e tossiva, senza capire perché ci volesse cosí tanto a fare alla rovescia quel tragitto che aveva fatto in un secondo.

Sentí il sole prima ancora di sentire l'aria sulla faccia, ma sentí anche che lo stavano afferrando per tirarlo fuori dall'acqua, mani che gli stringevano la carne e la camicia, che si infilavano sotto le ascelle, gli prendevano il collo, e allora cominciò a dibattersi, in preda al panico, a staccarsele di dosso, quelle mani, cercando di tornare sotto, terrorizzato che potessero strapparlo, strozzarlo, farlo a pezzi, pescarlo come un pesce e finirlo a bastonate, ma erano troppe e troppo forti.

Si ritrovò sul cemento bagnato e scivoloso di sapone a sbattersi sulla schiena come una carpa, in mezzo a piedi nudi di donna, trattenuto da mani di donna, mentre voci di donna ripetevano *stia fermo, signore stia fermo.*

Non riusciva a capire, e non lo capí finché non glielo dissero dopo, all'ospedale, che era caduto vicino a un gruppo di lavandaie che lavoravano in una barcaccia di cemento sotto la sponda del canale, e che gli avevano salvato la vita strizzandolo fuori dall'acqua proprio come si fa con i panni.

«Il Resto del Carlino», sabato 31 luglio 1943, XXI, Italia, impero e colonie cent. 30.
GLI SPAZI BIANCHI NEI GIORNALI. Il pubblico si ferma meravigliato e incuriosito a guardare i giornali che appaiono con degli spazi bianchi e brani scalpellati. Il pubblico non ha da meravigliarsi: questi spazi bianchi significano che il giornalismo è tornato alla sua funzione di informazione e di commento secondo una coscienza professionale. È compito del giornalista pensare, scrivere, informare; è compito dell'autorità di governo impedire che escano notizie e commenti che, a suo giudizio, non giovino in questo momento all'interesse pubblico. Ma, per questi spazi bianchi, nessuno deve quindi stupirsi e nessuno tendere a drammatizzare.
Cronaca di Bologna: NOTIZIE ANNONARIE. La razione di grassi per il mese d'agosto rimane cosí composta: olio 2 decilitri, burro g. 150 e grassi g. 50. 100 grammi di carne bovina ivi compreso il 25% di osso.
Radio: ore 13:10, Inni e Canti della Patria in armi.

Dopo essere stato dimesso dall'ospedale dove aveva passato la notte in osservazione, trascorse tutta la mattina all'archivio dell'Ovra, a vedere fotografie.

Prima ancora, al Maggiore, mentre il dottore gli disinfettava il taglio alla testa piú per l'acqua del canale che per la botta della spranga, c'era stato Cesarella che gli aveva detto due cose.

Muto come un pesce. Non parlare con nessuno di quello che era successo. Da Roma il nuovo capo della polizia aveva chiamato il questore di Bologna che aveva chiamato lui, e la parola d'ordine era: minimizzare. Lo Scimmino lo disse scandendo le sillabe con le mani, tre dita dritte e due a occhiello, pollice e indice, alla Mussolini. L'ultima cosa che volevano era che scoppiasse un bordello su un poliziotto aggredito dai comunisti per motivi politici proprio adesso che stavano dicendo che la situazione si era normalizzata in tutto il paese.

De Luca aprí la bocca per parlare, ma l'alcol sulla ferita fece effetto in quel momento, e comunque Cesarella non glielo permise.

«Non me ne frega niente se ti hanno scambiato per un altro o ti sei scopato la moglie di qualcuno o che Cristo ne so, uscirà al massimo un trafiletto sul "Carlino", senza nomi, e la storia muore lí».

L'altra cosa era: sparire. Non scandí le sillabe, lo soffiò tra le labbra, sulla punta delle dita, che lasciò a muovere nell'aria, leggere, come per disperderlo meglio.

«De Luca, ragazzo mio, per un po' non voglio che ti fai vedere in giro. Per cui o ti prendi una licenza e te ne vai dove ti pare, è anche agosto, o te ne stai chiuso in ufficio in quarantena, come Rassetto».

Bruciava, sotto i capelli. De Luca alzò una mano per grattarsi, istintivamente, ma il dottore fu pronto a fermarlo, perché sapeva che l'avrebbe fatto.

«Fratojanni?» chiese.

Cesarella rise e si mise una mano davanti alla faccia, le dita aperte come per trattenere una palla. «Ha un occhio cosí. Mi sa che la voglia di fare l'investigatore gli è passata».

«E la ragazza?»

«Sparita. Però vedi, ragazzo mio, per un po' te la devi far passare anche te, la voglia di indagare. Due opzioni: licenza o quarantena con Rassetto. Prima, però, vai all'Ovra a guardarti il loro casellario, che è piú completo del nostro. Perché non può essere che si aggredisce cosí uno dei nostri senza farla pagare a qualcuno».

Quello con la spranga, De Luca ce lo aveva bene in mente. Si era visto il suo volto davanti agli occhi, prima che gli tirasse la bastonata, e lo aveva colpito la tranquilla freddezza dei suoi lineamenti larghi e distesi. Puntava ad ammazzare, lo si capiva, e sembrava non gli importasse nient'altro che raggiungere il risultato, come se lo avesse fatto già altre volte. Routine. Routine da assassino.

Riccio, roseo, biondo, con gli occhi azzurri, solo una piccola cicatrice sulla guancia destra a contrastare quell'immagine da bambino troppo cresciuto. De Luca sapeva come fare per non ubriacarsi di facce come succedeva a tutti i testimoni, cosí si concentrò su quegli elementi, capelli, colore, occhi e cicatrice, sfogliando in fretta i cartellini dentro i cassetti che il maresciallo Jovine sfilava dallo schedario e gli metteva via via sul tavolo.

Foto segnaletiche di fronte, di tre quarti e di profilo di tutti i sovversivi, facinorosi, disfattisti o vociferatori, comunisti, socialisti, anarchici o comunque antifascisti, condannati, schedati, ammoniti o segnalati dall'Ovra di Bologna, ed erano tanti, ma tra quelle schede di cartoncino color panna il riccio con la cicatrice non c'era.

– Gradite un bicchier d'acqua, dottore? O vi faccio portare qualcosa dal bar di sotto, un vermuttino, un cinzanino, un bianchino, per noi ce l'hanno sempre. Però se mi permettete un consiglio, dottore, l'appuntato Cicirinella è di Napoli e sua mamma gli ha insegnato a fare il caffè come non l'avete mai sentito, che dite, ce lo prendiamo un caffettino?

– Sí, – disse De Luca, ma intanto il maresciallo Jovine aveva già gridato *Peppineddu, caffè!* con la sua voce roca da fumatore di nazionali. Era un palermitano flemmatico ed elegante, dai capelli ondulati lucidi di brillantina e gli occhi sempre un po' socchiusi sotto le *v* rovesciate delle sopracciglia, nere e marcate come quella piú stretta dei baffi. Teneva la testa un po' inclinata all'indietro, col pomo d'Adamo che gli sporgeva ad angolo retto dal collo, e portava senza sudare un doppiopetto grigio, perché c'erano tre ventilatori nell'ufficio che raffreddavano l'aria come prima di un temporale.

– Avete visto come stiamo bene, qua, dottore? Non ci lamentiamo, grazie a Dio, cosí eravamo e cosí siamo rimasti, eccezion fatta per qualche dettaglio.

Indicò col pollice alle sue spalle, alla macchia piú chiara sul muro dietro la scrivania, su cui avrebbe dovuto esserci il ritratto di Mussolini, appena sotto il crocifisso. Aveva una sigaretta tra le dita, ma ne tirò fuori un'altra dal pacchetto giallo che spuntava dalla tasca della giacca. Non la offrí a De Luca perché lo aveva già fatto prima, e il commissario gli aveva detto che non fumava.

– Perché noi mica facciamo politica, meschini, facciamo il nostro mestiere, noi, siamo poliziotti. Ci cambieranno nome, ma ancora qua staremo, perché di poliziotti come noi ne hanno bisogno tutti i governi. Ho ragione, dottore?

De Luca chiuse gli occhi, massaggiandosi le palpebre.

– Non sono dottore, – disse.

Il maresciallo Jovine si accese la sigaretta nuova con quella vecchia, che schiacciò dentro un portacenere sulla scrivania, aspirò una boccata e si tolse un briciolo di tabacco nero dal labbro.

– Lo so, lo so... siete un ventottista che è entrato in polizia in un momento in cui la laurea non era richiesta. Ottobre 1928, secondo scaglione del corso per aspiranti vice commissari aggiunti, volete che vi dica il punteggio che avete preso?

Sogghignò, gli occhi socchiusi e la testa all'indietro, soffiando fuori un anello bianco che subito si disperse nel turbine dei ventilatori, volando fuori dalle finestre aperte. Era per quello che non c'era odore di fumo nella stanza, che invece sembrava giallastra di nicotina, le scrivanie, gli schedari, i muri, perfino le macchie di umidità sul soffitto.

– Avete un faldone anche su di me? – chiese De Luca.

Sogghigno e testa all'indietro. Jovine si tolse un altro filo dal labbro, senza dire niente.

– Davvero? Be', insomma... deve essere piuttosto noioso, no?

– Che fate, i trucchetti con me, dottore? Comunque sí, è abbastanza noioso. Diciamo che siete uno che non si capisce se andate in vacanza al mare o in montagna.

De Luca avrebbe voluto chiedergli cosa significasse, ma arrivò l'appuntato Cicirinella con il caffè. Allargò le narici per cercare di rubarne l'odore, ma il vento meccanico glielo portò via e gli dispiacque di non averlo sentito prima, quando c'era la caffettiera che gorgogliava nell'altra stanza. L'appuntato ne versò una tazzina a De Luca e una a Jovine, che ci mise dentro quattro cucchiaini di zucchero, abbondanti.

Era un buon caffè, non c'era niente da dire. Ed era un caffè vero. Ma non riuscí a gustarselo, perché gli era venuta in mente una cosa. Nel suo schema, quello dei cerchi e delle frecce, c'era una casella che non aveva ancora affrontato.

– Non avete incartamenti solo sui poliziotti, immagino.

– Volete scherzare, dottore? Abbiamo incartamenti su tutti.

– Anche sul principe Morri?

Jovine leccò il cucchiaino, poi si allentò la cravatta e si slacciò i bottoni del doppiopetto. Allungò le gambe, con un sospiro rilassato, e per un attimo De Luca pensò che si sarebbe tolto anche le scarpe.

– Come lo trovate il caffè?

– Ottimo. I miei complimenti a Cicirinella.

Peppineddu, bravo! gridò il maresciallo, poi si portò la tazzina alle labbra e succhiò un sorso di caffè bollente.

– Dovreste fare richiesta all'Ufficio Politico della questura che a sua volta fa richiesta alla Divisione Polizia Politica che fa richiesta a noi e viceversa, Ovra, Pol Pol, Upi e poi voi.

– Io dicevo cosí, tra colleghi.

Il maresciallo Jovine era uno a cui piaceva mostrarsi informato su tutto. De Luca lo aveva capito quando gli aveva recitato il suo curriculum. Non poteva conoscerlo a memoria, doveva averlo letto quando aveva saputo che sarebbe andato da loro, se lo immagina, se la sentiva la sua voce roca che gridava *Peppineddu! Il faldone di questo De Luca!*

E infatti il maresciallo sorrise mentre aspirava un altro sorso di caffè, e tirò ancora piú indietro la testa mentre il pomo d'Adamo gli andava su e giú nel collo.

– Poi però ve lo chiedo io un favore, che dite?

– Se posso.

– Ce l'abbiamo un faldone sul principe, ma è noioso anche quello.

– Perché?

– Perché la famiglia Morri Della Valentina, che una volta possedeva mezza Bologna e via via sempre meno ma ancora abbastanza, si è sempre fatta gli affari suoi, e cosí il principe Romolo, meschino. Amico dei fascisti, amico dei Savoia, ha pure un cugino prete tra gli antifascisti, credo nella Democrazia Cristiana, amico vuol dire che dà soldi a tutti, ma non si è mai occupato di politica. È uno anche lui che non si sa se va in vacanza al mare o in montagna.

Cosí era quello che voleva dire. De Luca si strinse nelle spalle, pensando piú a sé stesso che al principe. Il maresciallo aveva finito il caffè. Grattò lo zucchero col cucchiaino.

– Per il resto, le solite cose da principi, meschino, parco macchine, vestiti di sartoria, buona cucina, a borsa nera naturalmente, belle donne.

– A me interessava di piú suo figlio, – disse De Luca. Il maresciallo tirò fuori un'altra sigaretta dal pacchetto e la batté sul piano della scrivania, per compattarne il tabacco. La accese come quella di prima, strizzando gli occhi per il fumo.

– Ecco, quello è piú divertente. Il principino Valentino è un piccolo debosciato ma si porta dietro un mistero che neanche noi siamo riusciti a svelare.

– Credevo che l'Ovra sapesse tutto.

Il maresciallo strinse le labbra in una smorfia ambigua.

– Quasi tutto. Abbiamo a libro paga una domestica del principe e un amico abbastanza vicino, ma non essendoci un vero interesse politico i capi dicono che non vale la pena sforzarsi.

– Se ci fosse un mistero io mi sforzerei.

– Dottore, che fate, ancora i giochetti con me, meschino? – Il maresciallo si chinò in avanti, appoggiandosi sulle gambe accavallate, e abbassò la voce, piú per atteggiamento, che per altro.

– Il principino era andato a studiare in collegio a Londra, prima della guerra, naturalmente, ma deve aver fatto un casino perché l'hanno cacciato via. Allora il principe l'ha messo in Svizzera, ma anche lí, sciò, sciò. Lo so cosa pensate, dottore, ma no, non è un pederasta, gli abbiamo anche mandato sotto un ragazzotto che lavora per noi ma no, sembra che gli piacciano le femmine, anche se, meschino, non è sposato né fidanzato.

De Luca stava pensando a tante cose, ma sí, aveva considerato anche quello.

– So che ultimamente si accompagna a una ragazzina minorenne...

– Può essere, ma noi è da un po' che abbiamo sospeso la sorveglianza, sapete, non essendoci interesse politico neppure sul principino.

– Anche lui è uno che non si sa dove va in vacanza?

– No, il principino è fascista, fascistissimo. È molto amico di un gerarca con cui condivide lo stesso vizio.

Il maresciallo Jovine si passò un dito sotto il naso, allargando le narici, e aspirò, anche, forte, perché il concetto fosse chiaro.

– Cocaina? – chiese De Luca, comunque, e il maresciallo annuí, lisciandosi i baffi spettinati dal gesto.

– Me lo fate voi, il favore, adesso?

– Un'ultima domanda. E chi sarebbe questo gerarca amico suo che ha lo stesso vizio?

– Il console Martina, sapete, quello della Milizia Annonaria, meschino. Adesso mi dicono che è scappato.

– Avete un faldone anche su di lui?

Il maresciallo Jovine si alzò e sfilò un cassetto dallo schedario delle fotografie. Lo appoggiò sul tavolo, davanti a De Luca e tirò fuori un cartoncino. Lo tenne tra le dita, rigirandolo tra i polpastrelli.

– Un po' di tempo fa abbiamo arrestato due fratelli, due carbonai che in osteria avevano alzato il gomito, meschini, sapete come succede, cantavano quelle canzonette della fronda, *Vento, portalo via con te* e *Un'ora sola ti vorrei*, robetta da Offese al Duce, una notte in guardina e ammonizione, quello piú giovane però rompeva i coglioni, ma tanto, meschino, ma tanto, e cosí... – Il maresciallo tagliò l'aria con la scheda, come fosse un bastone, poi ricominciò a girarla tra le dita. – Abbiamo un brigadiere che ha questa brutta abitudine di picchiare forte sulla schiena, meschino, ci sarà anche da voi qualcuno con la mano un po' pesante, no?

Peppineddu! Il faldone di Martina!, gridò il maresciallo,

poi mise la scheda davanti a De Luca, che non ebbe neanche bisogno di guardare le fotografie, perché anche tra le dita del maresciallo aveva visto che ritraevano una persona completamente diversa dal riccio con la cicatrice.

– Questo è il fratello che è rimasto, e visto che non avete riconosciuto nessuno magari potreste riconoscere lui e farci un favore, perché il professor Boni ha scritto *paralisi cardiaca conseguente a tubercolosi*, ma di questi tempi non si sa mai, e avessimo dalla nostra che è una famiglia di violenti sentimenti antinazionali, no?

– Non posso, – disse De Luca.

– È un favore tra colleghi, no? Siamo tutti poliziotti, no, meschini?

– Non posso, – ripeté De Luca.

Jovine lo guardò da sotto le palpebre, a lungo, poi gridò *Peppineddu! Niente faldone!*

– Allora qui abbiamo finito, – disse abbottonandosi il doppiopetto. – Mi dispiace che non abbiamo potuto esserci piú utili a vicenda come si usa tra colleghi. Però lo volete un parere, dottore? Ve lo do gratuitamente, non vi preoccupate. Ecco, siccome non credo che abbiate mai dato l'olio di ricino o schiaffeggiato qualcuno, o davvero quelli che vi volevano ammazzare vi hanno scambiato per un altro, meschino, o ce l'avevano con voi per i motivi che fanno ammazzare i poliziotti. Perché avete rotto, o state rompendo i coglioni. Statemi bene, dottore.

E sorrise mentre gli tendeva la mano, non piú nel saluto romano ma dritta, la *v* dei baffi stretta su quello che da sornione era diventato un sorriso cattivo.

O in licenza, aveva detto lo Scimmino, o in quarantena con Rassetto. De Luca, che in vacanza praticamente non c'era andato mai, scelse la seconda.

Ma era davvero una quarantena. Massaron li andava a prendere la mattina, con la macchina, e li riportava a casa la sera, poco dopo l'ora del coprifuoco, con i documenti pronti sul cruscotto nel caso avessero incontrato una pattuglia, ma anche la pistola pronta in grembo, sotto un giornale.

Il lavoro in ufficio era una cosa da passacarte per cui sarebbe stata sufficiente una persona, e loro erano in due, Rassetto addirittura inferiore di grado. De Luca aveva un sacco di tempo per pensare ed era stato quello che lo aveva convinto a mollare l'idea della licenza, magari da qualche parte con Lorenza, o anche solo a casa con lei. Ma nello spazio di poche ore anche lavorare si era rivelato una trappola.

Aveva cominciato dallo schema della sua indagine, al quale aveva aggiunto un'altra freccia che aveva collegato Valentino Morri Della Valentina al console.

Cocaina.

Cominciava ad avere un'idea su quello che poteva contenere quella valigetta recuperata in fretta e furia dal console Martina, che allo stesso modo si era dato da fare per portarsi via anche il Borsaro.

Cocaina.

– Sarebbe stato bello chiederlo a quel fetente, – disse Rassetto, che seguiva i ragionamenti ad alta voce di De Luca, – se non lo avessero trasformato in un carboncino, lui e il suo amichetto.

– Sarebbe bello chiederlo al console Martina.

– Se non fosse un vigliacco che si è cagato in mano al primo squillo di tromba del re. Avessimo fatto cosí alla Marcia su Roma sai come finiva subito la rivoluzione fascista?

De Luca, però, non lo ascoltava. Seguiva i propri pensieri che saltavano veloci da un collegamento all'altro, le case Morri in cui stava il Borsaro, che era un esperto di contrabbando, che aveva una valigetta che interessava al console Martina, che era un cocainomane amico del principino, il cui padre possedeva le case Morri.

Sembrava il Gioco dell'Oca, saltava da una casella all'altra per ritrovarsi sempre al punto di partenza, senza poterci fare niente.

– Ma io me ne frego, perché torneremo, – disse Rassetto, e per fortuna era la fine naturale del suo discorso se no De Luca lo avrebbe interrotto.

– Da dove viene la cocaina?

– Da Milano. Te lo ricordi, il Riccardino.

– Me lo ricordo sí, l'ho arrestato io due anni fa.

Riccardino era il cognome. Faceva il rappresentante di biancheria intima da donna per una ditta milanese, ma era una copertura per un traffico di stupefacenti che riforniva la Bologna bene. A venderlo era stata la soffiata anonima di un dottore che si procurava la morfina con le ricette false, a cui il Riccardino faceva concorrenza. De Luca aveva arrestato il rappresentante, poi era risalito alla fonte e aveva arrestato anche il dottore.

De Luca si abbassò le bretelle. Il ventilatore si era rotto, e a starsene chiusi in quella stanza sembrava che facessero caldo anche quelle. Cominciò ad arrotolarsi le maniche della camicia.

– Te lo ricordi il collega di Milano che si occupa di stupefacenti?

– Biondo, – disse Rassetto, che aveva una memoria di ferro. – Commissario Biondo.

– Ecco, il dottor Biondo diceva che, a parte le ricette false che sono cosa spicciola, il grosso della morfina e della cocaina viene dalla Svizzera, dove ci sono leggi meno restrittive, giusto?

– Giusto.

– Prima della guerra era piú facile, adesso è piú difficile, ma a fargli passare il confine nelle ceste degli spalloni sono alcune famiglie siciliane che stanno a Milano, giusto?
– Giusto.
– Si compra da loro, insomma. E ti ricordi cosa diceva che ci vogliono, il collega di Milano?
Rassetto sorrise e sfregò assieme i polpastrelli delle prime due dita. – I piccioli, – mormorò, strascicando le parole per imitare l'accento siciliano. – Tanti, taaanti piccioli.
– Ecco, allora secondo me il Borsaro va a prendere la cocaina a Milano con la copertura e i soldi del console e del principino, che poi la smerciano nei loro ambienti.
– Ci sta, – disse Rassetto dopo un attimo di riflessione. – E gli altri due? Il giudeo senza testa e l'albanese senza corpo, cosa c'entrano? E la ragazzina maltese?
Non lo so, pensò De Luca, e lo disse, tra i denti: – Non lo so.
Ecco perché era una trappola la quarantena in ufficio. Di piú, era una gabbia. Insopportabile adesso che gli sembrava di stare andando finalmente da qualche parte.
Cosí si tirò su le bretelle, si alzò e prese la giacca dallo schienale della sedia.
– Andiamo.
– Dove?
– Dal principe Romolo Morri Della Valentina. Sarebbe meglio suo figlio, ma non saprei dove trovarlo e per cominciare può essere piú utile parlare con suo padre.
Per un momento a Rassetto sparí il sorriso da lupo.
– Sei matto? Se lo Scimmino ci becca siamo morti.
– Siamo poliziotti, no?
Rassetto infilò i pollici dietro le bretelle, allargando le gambe sotto la scrivania.

– No. Tu sei il famoso commissario De Luca, la pupilla del capo, io soltanto un questurino. E se a me mi cacciano dalla polizia, io sí che sono morto, ma per davvero.

Palazzo Della Valentina stava a metà di via Santo Stefano, poco prima della piazza, un portone di legno massiccio incassato sotto il portico, sfregiato da quelli che sembravano segni di schegge. Ce n'erano altri che butteravano l'intonaco del muro esterno, ma solo quello del palazzo, perché il resto della via era intatto e pulito, come se fosse esplosa una bomba sola, proprio lí davanti, e basta.

Anche dentro era la stessa cosa. Tutte le volte che entrava in un vecchio palazzo del centro di Bologna, De Luca si stupiva di trovarci un giardino nascosto dietro il portone, una piccola foresta, anche, un cuore verde insospettabile da fuori, in mezzo al grigio rossastro delle pietre e dei mattoni.

Quello, invece, sembrava bombardato, una sola, piccola bomba che aveva scavato buchi nella ghiaia dei vialetti, arruffato i cespugli e azzoppato le panchine di ferro battuto, spaccando parecchi dei vetri del loggiato. Anche il grande tiglio che ci stava in mezzo era curvo come fosse stato ferito.

Ma bastava guardarli un po' meglio per capire che quei tagli e quei buchi, vecchi e profondi come cicatrici, non erano ferite di schegge, ma i segni del tempo. Il palazzo dei Principi Della Valentina non era stato colpito dalle bombe di fine luglio, era soltanto in decadenza.

Dietro il tiglio, poi, cambiava tutto, radicalmente. Niente piú erbacce tra la ghiaia, rami o pezzi di calcinacci, l'ultima parte del giardino diventava un orto. Curato, squadrato, diviso in settori da pietre bianche messe in fila come i sassi di Pollicino.

In quello dei pomodori c'era un uomo in ginocchio. Grosso e massiccio, con un fazzoletto annodato agli angoli sulla testa calva, De Luca ne vide solo la schiena finché non fu abbastanza vicino da farlo voltare. Portava un grembiule da giardiniere e aveva un paio di baffi cosí folti che gli coprivano il labbro di sopra, girandogli attorno a quello inferiore come due corna rovesciate.

– Cerco il principe Della Valentina, – disse De Luca.
– E chi saresti?
– Commissario De Luca, polizia criminale.

C'era un odore forte e sgradevole, che prendeva alla gola. De Luca arricciò il naso quando se ne accorse.

– È merda di cavallo, – disse l'uomo. – Fa bene ai pomodori –. Ne aveva un secchio pieno, che ricominciò a spargere con una paletta, schiacciandolo sulla terra smossa.

– Non avete capito, – disse De Luca, – sono un funzionario di polizia e devo parlare col principe. Andatelo a chiamare, per favore.

Normalmente avrebbe usato il *tu*, e non avrebbe aggiunto *per favore*, perché si era arrabbiato quando l'uomo gli aveva voltato le spalle come se non fosse mai esistito, ma anche se i baffi erano ancora neri si capiva che aveva una certa età e c'era qualcosa, comunque, in lui, che non tornava.

E infatti l'uomo disse *sono io il principe*, piantò la paletta nel secchio e si alzò, pulendosi le mani sul grembiule.
– Che volete?

– Scusatemi. Vi ho visto cosí e ho pensato...
– È il mio hobby, – disse il principe. – Si dovrebbe dire *passatempo*, ma i tempi sono cambiati, no? Si possono usare le parole straniere, anche se inglesi, che dite?

– Sí, – disse De Luca, istintivamente. Poi sempre d'istinto prese il secchio e la paletta che il principe gli porgeva.

– Datemi una mano, spargetela là, sulle zucchine. Io ho da fare qui.

De Luca si guardò attorno, senza sapere cosa fare, ma il principe gli indicò il settore di fianco, da cui spuntavano file di piccoli fiori gialli. Ci entrò, affondando nella terra scura e, anche se cercò di farlo in punta di piedi, si era già sporcato l'orlo dei calzoni.

– Ho cominciato con l'orto di guerra. Non me ne fregava niente, l'ho fatto solo perché Monzoni, sapete, il Federale, ha insistito tanto, cosí mi hanno fatto scavare un buco, ci abbiamo messo un po' di insalata ed è venuto il fotografo del «Carlino», *anche il principe con fervente zelo fascista*, poi però mi sono appassionato. C'è una filosofia profonda, nella verdura, davvero. Non la spalmate quella merda?

De Luca si piegò, rigido e gambe larghe. Versò un paio di palettate, indeciso se reagire all'assurdità di quella situazione o assecondarla. Decise di assecondarla.

– Sono venuto per parlare di quello che è successo un paio di settimane fa in una delle vostre case.

– Quale? Ne ho ancora tante in giro.

– Oltre via Riva di Reno, alla chiusa. Un casolare.

– Sí? Boh. E cosa sarebbe successo nel mio casolare?

– Abbiamo trovato il corpo di un uomo senza testa.

– Già, è vero. Mi riguarda? Sono case abbandonate, chiunque può farci quello che vuole.

– Nel casolare vicino, sempre vostro, abbiamo trovato un magazzino di generi alimentari. Un ammasso, come si dice. Illegale.

– Potrei darvi la stessa risposta ma preferisco essere sincero. Ho prestato il casolare al Borsaro in cambio di rifornimenti vari, caffè, burro, prosciutto. La verdura no perché a quella ci penso io.

– Nient'altro?

– Siete proprio un detective. Sigarette Macedonia, la mia passione assieme al Toscano, ma quello me lo procura ancora il mio tabaccaio. Volete denunciarmi per aver comprato a borsa nera?

– No. Ma vorrei farvi qualche domanda. Seria, però, e con risposte serie.

Forse era arrivato il momento di tornare indietro e cambiare scelta, e infatti il principe studiò lo sguardo di De Luca, duro, da poliziotto, poi annuí.

– Spalatemi la merda anche sui radicini e andiamo dentro. Vi offro un cognac del Borsaro e risponderò a tutte le vostre domande.

La biblioteca del principe aveva una stanza segreta. Dietro un'anta della libreria c'era un salottino con tre poltrone disposte attorno a un tavolino, su un tappeto. Molto intimo, una nicchia abbracciata da altri scaffali di legno che però erano quasi vuoti, a parte qualche vecchio volume caduto sul fianco, e anche il tappeto era sdrucito, sfilacciato negli angoli. A rispondere alla chiamata del principe, che aveva suonato un campanello, era venuta una signora anziana con il grembiule da cuoca, e a giudicare dal silenzio che si percepiva lungo i corridoi doveva essere l'unica altra persona, assieme a loro, nel palazzo.

De Luca sedeva in una poltroncina dalle molle in disordine, con in mano un bicchiere panciuto preso da un vassoio. Ne aveva uno anche il principe, che ne odorava il contenuto spingendo il naso oltre l'orlo di vetro. De Luca non ci provò neanche, convinto che l'odore di merda di cavallo che si erano portati dietro sovrastasse tutto.

Il principe si era tolto il grembiule da giardiniere ma aveva tenuto in testa il fazzoletto con i quattro nodi. Non era una dimenticanza, perché ogni tanto lo usava per strofinarsi la testa calva, asciugandola dal sudore. La stanzetta segreta, per quanto spalancata, era un forno.

– C'è chi preferisce il cognac francese, chi lo spagnolo, io sono per il Baralis che fanno ad Acqui Terme.

Girò la bottiglia a favore dell'etichetta e cercò di imitare il gentiluomo che c'era disegnato sopra, spaparanzato sulla poltrona, con le gambe accavallate e il bicchiere in mano, pure lo stesso sorriso.

De Luca si mosse sulla sedia, impaziente, anche perché il principe aveva mezzo sigaro toscano tra le dita, ancora spento, ma aveva paura che l'accendesse.

– Vorrei farvi qualche domanda su vostro figlio, – disse.

Il principe si strinse nelle spalle. Piegò un baffo con il pollice, verso la bocca, e cominciò a succhiarne la punta.

– Mio figlio è un debosciato.

C'era un cassetto nel tavolino. Il principe lo aprí e tirò fuori un pacchetto di fiammiferi.

– Io credo che sia qualcosa di piú, – disse De Luca, deciso. – Io credo che stia finanziando un traffico di stupefacenti.

Al principe sfuggí un sorriso, che si trasformò in una risata che finí in un colpo di tosse. Continuò a ridacchiare anche mentre stringeva le labbra attorno al sigaro, aspirando per accenderlo.

– Perché state ridendo?

Il principe soffiò sulla punta rossa del Toscano, poi tirò un altro paio di boccate. L'odore forte del tabacco, quello pesante del cavallo e anche quello aspro del sudore si fusero insieme come aveva temuto De Luca, che però aveva altro a cui pensare.

– Perché ridete?

– Sapete come va con le vecchie famiglie nobili, commissario, ci sono generazioni che vivono senza lavorare con quello che ereditano, poi ci sono quelle che fanno i debiti perché non c'è piú niente da ereditare, e alla fine arriva quella che deve mettersi a lavorare perché ha ereditato soltanto i debiti.

– E voi siete quella generazione?

– Ma no, che dite! Magari i miei nipoti. O i nipoti dei miei nipoti, grazie a Dio. Ma io ho fatto una cosa.

L'aria della stanza era diventata irrespirabile, ma De Luca aveva davvero altro a cui pensare. Si fece anche avanti, appoggiando i gomiti sulle ginocchia, immerso nella nuvola di fumo del principe.

– Tempo fa sono andato dal mio medico e mi sono fatto calcolare quanti anni mi restavano da vivere. Data l'età, la salute, gli stravizi presenti e passati, tutto –. Gli brillavano gli occhi per la soddisfazione, ancora piú accesi della punta del Toscano. – Poi sono andato dal mio commercialista e mi sono fatto calcolare l'ammontare del mio patrimonio, le case, i poderi, le rendite, tutto, anche le auto e la collezione di incunaboli del Quattrocento, – indicò gli scaffali vuoti che aveva alle spalle, quelli coi pochi volumi abbattuti, – anche una penna d'oro che mi regalò sua Maestà, tutto. E poi, – brace negli occhi e sulla punta del sigaro, – ho diviso i soldi per gli anni, per vedere quanto avrei dovuto spendere ogni mese per arrivare alla fine senza neanche una lira da lasciare a mio figlio.

Adesso De Luca lo sentiva l'odore aspro del sigaro, e anche tutto il resto, denso e pesante, ma non gli importava.

– Perché? – chiese.

– Perché avrei potuto diseredarlo, ma non mi fido. Valentino ha buone amicizie, poi magari avrebbe impugnato il testamento. Invece cosí è meglio. Ci sono quasi riuscito, sapete? La guerra mi ha un po' trattenuto, ma appena torniamo alla normalità finisco gli ultimi soldi e posso morire in pace. Sapete quanti anni ho?

– No, io intendevo, perché... perché ce l'avete cosí con vostro figlio.

– Perché è un debosciato, – disse il principe.

La signora col grembiule da cuoca bussò all'anta della libreria. Si avvicinò al principe e gli parlò rapidamente all'orecchio. Il principe scosse la testa e la signora se ne andò.

– Posso aprire la finestra? – chiese De Luca. Non riusciva a respirare e gli bruciavano gli occhi, ma non era solo per quello. Aveva visto che mentre sussurrava al principe la signora aveva ammiccato verso la finestrella sulla parete.

Il principe annuí, e De Luca andò ad aprirla, la spalancò, sollevandosi sulle punte dei piedi per guardare fuori, il piú in basso possibile.

Oltre lo spiovente del portico si vedeva la strada, e ferma dall'altra parte c'era una Topolino color amaranto.

– Credo che il principino sia qui fuori, – disse De Luca.

– Lo so. Ogni tanto viene perché vuole parlarmi, ma io non lo faccio entrare. Un finanziatore, dite, – e ridacchiò ancora, – non sarebbe in grado di finanziare neanche quella macchinetta ridicola che ha.

– Ma perché lo odiate tanto?

– Perché è un debosciato, – ripeté il principe, e da come aveva strascicato la *s* De Luca si accorse che la bottiglia di cognac era quasi finita.

La signora bussò di nuovo sul legno della libreria, discreta ma insistente.

– Non lo voglio vedere, – ringhiò il principe, ma la signora fece di no con la testa e indicò De Luca.

– Cercano lui, – disse.

– Me?

– Sí, voi. Al telefono. Potete prendere la chiamata da qui.

C'era un vecchio apparecchio a candela su uno scaffale dietro la poltrona del principe. La signora staccò la cornetta dalla forcella laterale, la portò all'orecchio per verificare che funzionasse e la passò a De Luca che stava per ripetere *me?*, incredulo, e invece prese in mano lo stelo del telefono per avvicinare il cono del microfono alla bocca.

– Pronto?

– Pronto, De Luca, ragazzo mio, ma come? Io ti dico di rimanere chiuso qui in quarantena e tu mi vai a rompere i coglioni ai principi?

Lo Scimmino parlava piano, ma De Luca lo conosceva abbastanza da capire che invece era arrabbiato, e molto.

– Ma come...

– Come l'ho saputo che sei lí, ragazzo mio? Me l'ha detto un uccellino. O meglio, me l'ha detto un collega dell'Ovra che a sua volta gliel'ha detto un uccellino suo.

De Luca alzò lo sguardo per cercare la signora ma non c'era piú. Si chiese come avesse fatto a dimenticarsene, il maresciallo Jovine glielo aveva anche detto che avevano una spia a casa del principe, una domestica, addirittura.

– Ho mandato Massaron a prenderti con la macchina, ragazzo mio. Adesso te ne vieni qui di corsa e poi facciamo i conti.

Scese senza neanche salutare il principe, che russava ubriaco sulla poltroncina, succhiandosi i baffi, un gomito sul bracciolo e una mano sulla testa, le dita aperte sul fazzoletto da contadino. Il mozzicone del Toscano era caduto sul tappeto e aveva fatto un buco, ma ce n'erano altri, e ormai era quasi spento.

Fuori dal portone, uscito sotto il portico, De Luca vide la Topolino amaranto ferma poco piú avanti. Aveva la capote abbassata e dentro c'era un uomo che teneva la testa all'indietro, appoggiata al sedile, col braccio fuori a dondolare contro la portiera. De Luca non riusciva a vederlo, cosí da dietro, soltanto una chierica di capelli rossi in cima alla testa, la manica della giacca di lino bianco, l'orologio d'oro che gli luccicava al polso, sotto il sole.

Era dall'altra parte della strada, cosí attraversò, rapido, e si mosse cauto sotto il portico, coperto dalle colonne. Non sapeva cosa avrebbe fatto quando lo avesse raggiunto, né cosa gli avrebbe chiesto, ma voleva parlargli, guardarlo in faccia, qualunque cosa.

Era arrivato cosí vicino da sentirlo tamburellare con le dita sulla portiera, fischiettando una canzonetta tra i denti, con le labbra socchiuse, quando l'auto di Massaron imboccò la strada, alle sue spalle.

De Luca fece appena in tempo a vedere il petto dell'uomo riflesso nello specchietto retrovisore, la cravatta fantasia e la camicia gialla, sotto la giacca aperta, quando il clacson della Balilla risuonò forte e feroce come un allarme aereo.

– Commissario! – gridò Massaron, sporgendosi dal finestrino.

Il principino Valentino Morri Della Valentina si voltò sul sedile. Per un attimo il suo sguardo incrociò quello di De Luca, poi il principino si girò di scatto, mise in moto, grattando per ingranare la marcia, e mentre De Luca si lanciava in avanti, istintivamente, con la mano protesa ad afferrare neanche lui sapeva cosa, si allontanò rombando lungo via Santo Stefano.

De Luca rimase a guardare la macchia amaranto che spariva nella piazza, mordendosi un labbro fino a farlo sanguinare.

Perché adesso avrebbe saputo cosa chiedergli, ed era una cosa importante.

Inquadrato nello specchietto retrovisore, riflesso da quella angolazione, sulla cravatta fantasia del principino De Luca aveva visto una spilla d'oro.

A forma di chiave di violino.
Con un brillantino al centro.

Rassetto aveva ragione, era il cocco del capo. Un altro sarebbe stato punito duramente, perché lo Scimmino gliele aveva ripetute quelle due parole, *sparire* e *minimizzare*, questa volta senza scandire le sillabe alla Mussolini ma con un sibilo, nella voce, che sembrava quello di un serpente e faceva paura.

Ma De Luca era il cocco del capo, e invece di essere sospeso, spedito a dare la caccia ai ladri che rubavano durante gli allarmi o denunciato, si ritrovò costretto ad andarsene in licenza. Ma davvero.

– Sparire, – disse ancora lo Scimmino, e questa volta scandí le sillabe con le dita a cerchio, spingendo anche in avanti la mascella, come il Duce.

La famiglia di Lorenza aveva una casa sui colli di Bologna. Una villetta non ancora occupata dagli sfollati, incassata tra gli alberi, con un terrazzo naturale da cui si vedeva San Luca, a sinistra, e sotto, racchiusa in un catino di vapore caldo che la sfocava come un miraggio, quasi tutta Bologna.

Di notte, a parte qualche puntino luminoso sfuggito all'oscuramento, la città spariva nel buio, giusto una macchia appena un po' piú chiara, ma di giorno, a vedersela cosí davanti agli occhi, a De Luca sembrava di impazzire.

Laggiú, tra i tetti rossi e le strade che li solcavano dritte e decise come rughe, c'erano la ragazzina maltese, il principino con la spilla a chiave di violino dell'albanese senza corpo, magari anche il console Martina, nascosto in qualche buco, e lui, invece, lontano, a stringere i denti divorato da quella febbre che lo mangiava da dentro.

– Bello, eh? – diceva Lorenza, stringendosi a lui sotto

il pergolato di foglie d'edera, e allora De Luca si scuoteva e diceva *sí, sí*, e per un momento non era una bugia.

Il primo giorno lo aveva passato al telefono, perché anche se piccola la villetta del Filosofo e della Poetessa era una casa da ricchi e aveva una linea, con un bell'apparecchio di bachelite nera dalla base pesante e quadrata, di tipo moderno, con la cornetta sulle forcelle sopra il disco con le lettere e i numeri.

Cosí aveva chiamato l'ufficio, aveva trovato Corradini e gli aveva chiesto di prendere l'elenco dei consumatori di stupefacenti segnalati alla questura, perché gli era venuta un'idea.

No, non tutti, solo quelli che facevano uso di cocaina.

No, non tutti neanche di quelli, solo i ricchi e i benestanti, quelli della Bologna bene.

No, non tutti tutti, solo gli informatori. Ce ne dovevano essere un paio. Il segretario dell'Opera nazionale Balilla era scappato dopo il 25 luglio, va bene, ma il figlio del professore?

Ecco, quello.

Bruciato da quella smania che avrebbe spento andandoci lui a camminare per le strade, a salire scale e a bussare alle porte, aveva richiamato ancora e poi ancora e ancora, finché non si era seduto ad aspettare accanto al tavolino sul quale stava il telefono, lasciandolo sguarnito soltanto il tempo di andare a mangiare sotto la pergola, perché Lorenza continuava a dirgli che era in tavola.

Poi, finalmente, lo squillo.

Sí, il figlio del professore aveva accettato di collaborare, anche se *accettare* non era proprio il verbo giusto.

Sí, continuava a fare uso di cocaina.

Sí, faceva fatica a trovarla e sí, costava tanto come al solito, forse qualcosina di piú.

Bene, pensò De Luca, appoggiando la cornetta sulle forcelle.

Regole del mercato, la legge della domanda e dell'offerta. Se la cocaina non si trovava piú facilmente e non si era abbassato il prezzo voleva dire che la valigetta del console Martina, che viste le dimensioni doveva contenerne parecchia, non era arrivata sulla piazza. Per cui o l'aveva smerciata in un'altra città o la teneva ancora con sé.

Chiamò di nuovo Corradini, coinvolse anche Rassetto e si divisero i numeri delle questure, prendendosi ognuno quelle in cui contava degli amici, per velocizzare il lavoro. Ci misero tutto il giorno e gran parte di quello dopo, e non raggiunsero certo tutte le questure d'Italia, ma quelle utili sí.

Nessuna variazione sensibile nell'offerta della cocaina.

Molto probabilmente, il console Martina, la valigetta ce l'aveva ancora.

Con De Luca e Lorenza, alla villetta, c'erano anche il Filosofo e la Poetessa. Lui era un bell'uomo alto, con una corta barba bianca che contrastava col volto abbronzato e rugoso, che sembrava cotto dal sole come quello di un contadino nonostante le giornate passate al chiuso, sui libri. Lei, con i suoi capelli corti alla maschietta, snella e androgina nei calzoni e nelle camicie di lino di lui, sembrava ancora piú giovane della figlia, e non solo perché l'aveva avuta molto presto. Sempre scalza, si muoveva e si sedeva morbida e flessuosa in un modo che sarebbe stato affettato e presuntuoso come la macchietta di un'intellettuale da avanspettacolo, se non fosse stato, invece, completamente naturale.

In quel momento, per esempio, sedeva su una poltroncina di vimini sotto il pergolato, una gamba sollevata a dondolare su un bracciolo e il gomito sull'altro, il mento appoggiato al dorso della mano in una torsione da studio fotografico nella quale sembrava perfettamente a suo agio. Teneva una piccola Eva bianchissima tra il medio e l'anulare, ruotava il polso per ogni boccata e poi tornava a guardare De Luca che raccontava la sua indagine al Filosofo.

Erano in tanti attorno alla tavola sotto il pergolato, davanti alla città che sembrava incendiarsi per la luce del tramonto. Quella sera, a cena, erano arrivati anche Maria, Giovannino, che era in divisa da bersagliere perché era stato richiamato, anche se destinato subito a una caserma in città, e il Ciccione, e si erano portati dietro un amico dei genitori di Lorenza, un tipo magrissimo, immerso in una giacca troppo grande. Si era presentato a De Luca come Armando, stringendogli la mano senza forza, e nonostante il volto così segnato da rendere impossibile attribuirgli un'età, aveva gli occhi di un giovane.

Avevano cenato presto, con due polli portati dal Ciccione, poi Lorenza si era alzata per sparecchiare e aveva fatto cenno a Maria di aiutarla.

– Dài, tocca alle donne lavare i piatti.

– Io sono una donna e non mi alzo, – aveva detto la Poetessa.

– Tu sei mia madre e saresti esentata comunque.

– Io invece sono un uomo e vi aiuto, – aveva detto il Ciccione. Allora il Filosofo aveva chiesto a De Luca della sua indagine e lui si era lasciato prendere dal racconto, aggiungendo le sue ipotesi sulla valigetta con gli angoli di metallo del console Martina.

Poi la Poetessa aveva tirato una boccata dalla sua Eva, e soffiando fuori il fumo aveva detto, *a me sembra che questa roba non interessi a nessuno.*

– A me interessa, invece, – disse il Filosofo, – non essere scortese, gliel'ho chiesto io.

– Non intendevo quello. È un giallo, ci appassiona tutti, è ovvio. Volevo dire ai tuoi capi –. Gli aveva sempre dato del tu, la Poetessa, dal primo giorno che le era stato presentato. – Come si chiamano... il giudice, il questore, quello là, lo Scimmiotto, a me sembra che dei tuoi morti e dei tuoi traffici a loro non gliene freghi proprio niente. Mi sbaglio?

La Poetessa sorrise, interrogativa, il mento sul dorso della mano in una di quelle sue posizioni cosí contorte e naturali che De Luca si era obbligato da tempo a non trovare sensuali, nonostante lo fossero.

– No, cioè non penso... è che stanno succedendo tante cose e abbiamo sempre tanto da fare, ma...

– Ecco, appunto. C'è la guerra, ci sono le bombe, i morti al fronte, i morti in casa, morti dappertutto, due in piú o due in meno, che differenza fa?

– Intanto sono quattro...

– Sí, va bene, e quelli dell'ultimo bombardamento piú di centosessanta, e magari altrettanti in Russia e in Sicilia, o anche di piú. Che senso ha dare la caccia agli assassini in un mondo di assassini?

Guardavano tutti De Luca, che si sentiva in imbarazzo come per un esame. E in effetti lo era, il Filosofo lo osservava di lato, accarezzandosi la barba, lo studente di legge teneva le braccia sul tavolo come su un banco dell'Università, Armando, soprattutto, curvo sulla sedia ma attento, con quegli occhi che lo fissavano dalle orbite incavate. La Poetessa sorrideva, sensuale e provocante.

– Non è una domanda che devo pormi io, – disse De Luca. – Io sono un poliziotto. Difendo la legge.

– Ecco, – disse Armando. Non aveva ancora parlato, mai per tutta la sera, ma la voce gli uscí netta e senza intoppi. – La legge. Sapete da dove vengo io, signor commissario?

Sí, lo sapeva. Lorenza glielo aveva detto quando Armando era andato in bagno a rinfrescarsi, veniva da Roma, tornava a Milano dalla famiglia, e si era fermato a Bologna per spezzare il viaggio, ma glielo aveva detto sottovoce e si era interrotta quando lui era tornato, per cui sospettava che non fosse tutto lí.

– Vengo da Santa Maria della Pietà. Lo sapete cos'è? È un manicomio. Sono stato internato dalla polizia come *psicoastenico a costituzione paranoide*, ma in realtà è perché parlavo male di Mussolini e della guerra. Hanno detto che il pacifismo indica una debolezza del pensiero critico. Non riuscivano a mettermi dentro come antifascista, mi hanno rinchiuso come matto. Infermo di mente per mania politica. Sono uno dei matti del duce, e non siamo mica pochi, sapete come funziona, no?

Sí, sapeva anche quello.

– Io non l'ho mai fatto.

– Non è questo il punto. È che io sono finito dentro per cose che adesso invece potrei scrivere sul giornale. Ieri erano Offese al duce, il confino o il manicomio come antitaliano, oggi sono un editoriale patriottico del «Corriere della Sera»!

Ansimava. La voce sempre netta e acuta, ma senza fiato. La luce aveva cominciato a scendere rapidamente, e nell'aria cosí grigia le guance scavate e le orbite profonde di Armando facevano assomigliare il suo volto sempre di piú a un teschio.

– Un omicidio è un omicidio comunque, e va punito sempre, – disse De Luca. – Su questo la legge non cambia.

– Ah sí? – disse Armando, con un sorriso scarno e cattivo, da teschio, appunto. – Avrei un paio di amici che sarebbero stati felici di saperlo, ma dicono che si siano impiccati alle sbarre della cella.

Non sorrideva piú nessuno, neanche la Poetessa, che sembrava essersi pentita della sua provocazione.

– Che è successo? – disse Lorenza. Aveva un vassoio pieno di bicchieri puliti, il Ciccione stappò una delle bottiglie che portava e iniziò a versare il vino che Maria cominciò a distribuire. La Poetessa prese il pacchetto di sigarette e lo porse ad Arturo, che prima di sfilarne una seguí col dito lo svolazzo della marca impresso sul cartoncino bianco.

– Occhio a fumare cosí, poi passa quell'aereo... come lo chiamano, Pluto, Pippo? Pippo, ecco, vede la luce e ci tira una bomba.

– Io sono un poliziotto, – disse De Luca. Fissava la città oltre la terrazza, sempre piú nera, e praticamente parlava a sé stesso, ma con un tono cosí deciso che gli altri si fermarono ad ascoltarlo. – L'avrò detto un milione di volte, in questi giorni, ma lo ripeto. Sono un poliziotto. Sono entrato nella PS che c'era il fascismo, sempre alle dipendenze di un ministro degli Interni fascista, seguendo il testo Unico del 1931 e il Codice Rocco, leggi dello Stato che finora era quello fascista. Servo lo Stato, – marcò sulla s, lo Stato, – è il mio mestiere, che resta lo stesso anche quando lo Stato cambia.

– Perché, cambierà qualcosa? – disse il Filosofo. – Per me non cambia niente. E infatti hanno messo un militare al governo, mica un filosofo.

– Cambierà, cambierà, – disse Giovannino, – o lo cambiamo noi –. Voleva essere serio, ma il bicchiere gli aveva lasciato un cerchio rosso attorno alle labbra, come un bambino, che fece ridere gli altri, anche De Luca, che non ne poteva piú di quella tensione. Armando sorrise, ma piú freddo.

– Chiacchiere da salotto, – disse, – chiacchiere da intellettuali, come è giusto, perché è quello che siamo tutti. Quasi tutti –. Guardò De Luca, che non capí se si riferiva a lui o a sé stesso. O a tutti e due. – Mussolini non c'è piú, il fascismo non c'è piú, possiamo darci del lei e stringerci la mano senza che nessuno ci sgridi... io sono anche uscito dal manicomio, posso scrivere un editoriale sul giornale. Basta cambiare cosí poco perché non cambi niente. Adesso dico una cosa, signor commissario, dico che per cambiare davvero tutto ci vuole un bagno di sangue e a volte anche quello non basta. Però visto come cambiano le cose, soltanto un mese fa mi avreste dovuto arrestare.

– Anche adesso, – disse De Luca. Voleva essere una battuta, e stava per rimarcarlo visto che cosí al buio l'espressione del suo viso non si era vista, ma il Ciccione stappò la seconda bottiglia, che aveva il sughero piú duro e che gli scivolò tra le dita con un colpo secco come quello di uno sparo.

Trasalirono tutti, *e dài!* disse il filosofo, e Giovannino colpí il Ciccione con uno schiaffo sul collo, sotto la nuca, che schioccò anche piú forte, mentre Maria rideva e *ci hai fatto morire!* disse la Poetessa.

Armando, invece, era rimasto immobile, senza saltare sulla sedia come gli altri, il sorriso congelato sulle labbra da uno sforzo che gli faceva tremare le labbra.

Poi cominciò a battere i denti, con un gemito lungo e sottile, come un miagolio, affondò il volto tra le mani e scoppiò a piangere.

C'era un po' di luna, da qualche parte, che permetteva di distinguere la sagoma del monastero di San Luca, lontana, i bordi bluastri delle nuvole e il profilo morbido di Lorenza che gli stava seduta sulle ginocchia, la fronte appoggiata alla tempia e le dita che lo accarezzavano tra i capelli, sulla nuca. Tutto il resto, i tetti, le strade o le Due Torri, si poteva soltanto indovinare a memoria, perso nel catino nero della città immersa nel ronzio assordante dei grilli.

– La mamma non voleva offenderti.
– Non sono offeso. Erano chiacchiere da salotto, no?
– Nessuno pensa che tu abbia fatto qualcosa di male. Io non lo penso.
– Lo so.

Sentiva il fiato caldo di Lorenza sulla bocca. Sapeva di vino.

– Fai il tuo mestiere.
– Sí.

De Luca inclinò la testa per baciarla, ma lei si mosse con lui, la fronte sulla tempia, le labbra vicinissime, il fiato caldo di vino ma ancora distante, voleva mantenere lo spazio per parlare.

– Papà dice che c'è qualcos'altro. Quando racconti le tue cose ci metti una foga, una smania, ti brillano gli occhi come... lui dice che ci vede *il Senso della Verità e della Giustizia*, lo dice da filosofo, è per questo che gli piaci cosí.

– Grazie.

Provò a baciarla ma lei si allontanò ancora. Staccò la testa, anche, un po'.

– La mamma, però, dice che non è vero. Dice che è perché sei un egoista. No, anzi, un egocentrico. Ossessionato da un pensiero fisso, arrivare fino in fondo, capire, scoprire, a qualunque costo... cosí ti puoi dimenticare di tutto il resto, le difficoltà quotidiane, le responsabilità di una vita normale, anche la politica.

– E fortuna che non voleva offendermi, – disse De Luca. Lorenza lo strinse e lo baciò. Tornò ad appoggiargli la fronte alla tempia, e questa volta le labbra si sfioravano.

– Io non sono una persona egocentrica. La mamma dice che sono una ragazza da mille lire al mese... te la ricordi la canzone?

La canticchiò sulla bocca di De Luca, *se potessi avere mille lire al mese,* un filo di voce che gli scivolava sulle labbra e si perdeva nel ronzio stridente dei grilli. Era dolcissima, e De Luca la strinse piú forte.

– Io voglio una persona normale, non un egocentrico disposto a sacrificarmi per concetti filosofici o ossessioni. Non voglio un superuomo, voglio un ragioniere. Voglio uno che fa il suo mestiere, soltanto quello, e che per il resto ama me, solo me. Me.

– Sí, – disse De Luca.

– E allora dimmelo. Non l'hai mai fatto.

– Ma non è vero, io...

– È vero, invece, una donna ci sta attenta a certe cose. Dimmelo. Adesso.

I grilli, le nuvole, l'aria fresca dei colli e la città invisibile, De Luca non era mai stato particolarmente romantico ma pensò che se davvero non l'aveva fatto prima allora quello era proprio il momento giusto.

Staccò la testa da Lorenza, avvicinò la bocca al suo orecchio e le sussurrò *ti amo.*

Tutte le mattine il Filosofo si faceva portare il giornale da Bologna.

De Luca si alzò tardi e quando si sedette sotto la pergola a bere il suo caffè trovò «il Resto del Carlino» sul tavolo. Era aperto sulla cronaca locale, l'orario dei negozi alimentari, bombe inesplose da disinnescare, i guasti alla rete telefonica, colonne strette e fitte di caratteri marcati, che non guardava neanche, distratto dalla visione della città. Cercava le Due Torri che la sera prima non era riuscito a vedere.

Poi un alito di vento dei colli sfogliò il giornale, riportandolo sulla prima pagina.

De Luca abbassò lo sguardo sul titolo che correva lungo tutte le colonne e rimase a fissarlo cosí a lungo che quando si decise a berlo, il suo caffè, era diventato freddo.

«Il Resto del Carlino», giovedí 5 agosto 1943, XXI, Italia, impero e colonie cent. 30.
LO STATO COLPISCE COLORO CHE SI SONO ARRICCHITI APPROFITTANDO DELLE CARICHE RICOPERTE NEL FASCISMO. Il provvedimento del Governo Badoglio relativo alle rapide fortune accumulate dagli uomini politici risponde pienamente alla volontà del paese che attendeva questo intervento riparatore.
Radio: ore 22:25, i cori della Montagna.

– De Luca, ragazzo mio, vuoi dare la caccia ai gerarchi ladri? Ma quella è una cosa detta cosí, per accontentare la gente, figurati se lo fanno davvero. Vabbè, se è l'unico modo che non mi combini guai, perché te a startene fermo e buono proprio non ci riesci, eh? Scusa, ma non eri in licenza? Sarà contenta la tua fidanzata... sí, dài, va bene, cosí ci teniamo pronti casomai questa roba partisse davvero, e figurati. Un ufficio, una squadra e una macchina? Sei matto, ragazzo mio, una bicicletta e un applicato, magari un ragioniere che ti aiuta a fare i conti. Ciao e buon lavoro, ragazzo mio, vai.

L'ufficio era piccolo, un forno in un sottoscala della questura, con una finestra troppo alta da cui non veniva un filo d'aria, ma almeno aveva il telefono.
L'applicato era un vecchietto al limite della pensione, anche se cosí dimesso, con i lapis blu e rossi nel taschino e i manicotti sulle braccia per proteggere la camicia, sembrava che l'avesse già raggiunta da un pezzo e se lo fossero dimenticato. Ma era bravo, bravissimo, e per fortuna,

perché in effetti De Luca non era un granché con i conti, sapeva cosa cercare ma non dove e come.

Il ragionier Pini, invece, impiegato civile applicato alla questura, lo capiva al volo, anche se non sembrava. Ascoltava De Luca tenendo gli occhiali sollevati sulla fronte, come se dovesse metterlo a fuoco, masticando una mentina che gli durava tutta la giornata, lo lasciava ripetere e ripetere le stesse cose, poi, all'improvviso, alzava una mano per interromperlo, diceva *ho capito*, infilava un foglio nella macchina da scrivere e faceva una lista dei documenti da richiedere. Batteva velocissimo.

Prima di cominciare, sulla base anche delle informazioni dell'Upi, De Luca aveva compilato una lista di nomi su cui indagare, stando attento a non infilarci qualche intoccabile che avrebbe potuto fermare tutto fin da subito, era servita soprattutto a questa la consulenza dell'Ufficio Politico.

Quello del console Amedeo Martina, era il primo.

Sarà contenta la sua fidanzata.

In realtà Lorenza non aveva detto nulla. De Luca le aveva raccontato di essere stato richiamato al lavoro dalla questura per un affare urgente, non certo che fosse stata una sua iniziativa, e dal momento che rientrava alla villetta tutte le sere, come aveva cominciato a fare mezza Bologna, che si svuotava all'ora del coprifuoco per paura delle bombe, si vedevano anche più del solito. E regolarmente, come una coppia che lavora, perché Lorenza, che si sentiva in colpa a lasciare da solo il povero Ravenna, aveva ricominciato ad andare in farmacia.

All'inizio, per un paio di volte, Cesarella lo aveva fatto accompagnare da Massaron, con la macchina, ma era un servizio che cominciava a costare e visto che con l'avanzare d'agosto in città sembrava non succedesse piú niente, aveva lasciato che De Luca si muovesse da solo.

Basta che ci stai un po' attento, ragazzo mio.

E lui ci stava, attento, perché era d'accordo col collega dell'Ovra, chi aveva cercato di ucciderlo non lo aveva fatto per motivi politici, e poteva riprovarci ancora. Per questo teneva sempre la pistola in tasca e faceva lunghi giri guardandosi alle spalle, per essere sicuro che nessuno lo seguisse. Anche dormire fuori casa, in un posto diverso dal solito, era d'aiuto.

Tutte le mattine, lui e Lorenza scendevano dai colli in bicicletta, fianco a fianco, come due adolescenti fidanzati, si separavano a porta San Mamolo e si rivedevano lí poco prima del tramonto.

Andata in discesa, con la catena che ronzava, e ritorno in salita, spingendo sui pedali.

Cena e a nanna presto.

Come un ragioniere.

De Luca avrebbe fatto diversamente. Avrebbe lavorato giorno e notte, senza mangiare e senza dormire se non lo stretto necessario, come sempre, in giro a bussare a porte anche all'alba, ma questo era davvero un lavoro da ragioniere, bisognava andare a cercarsi le cose in uffici che facevano orario d'ufficio, appunto, quando lo facevano, attendere accanto al telefono di essere richiamati, mollare tutto all'allarme aereo delle dieci e mezza, sempre a vuoto, e chiudere baracca in tempo utile per il coprifuoco.

E poi erano in due, e anche se il ragionier Pini era andato a prendere una macchina calcolatrice dal suo vecchio ufficio in Prefettura, chiuso perché bombardato, ed era capace di passare ore a battere sui tasti gialli e neri della sua Numeria senza neanche andare in gabinetto, nonostante l'età, restavano comunque in due, uno e mezzo viste le scarse capacità di De Luca, con tanti nomi su cui indagare, anche se a lui ne interessava uno solo.

Per questo, se a prendere il Mostro della Balduina ci aveva messo una settimana, tre giorni ad arrestare gli Assassini di via dell'Impero e una sola notte a scoprire gli Amanti Diabolici di Villabianca, a risolvere il caso del Corpo Senza Testa e della Testa Senza Corpo, ci impiegò quasi un mese.

Voleva dimostrare, no anzi, capire, no invece, dimostrare proprio, perché ne era convinto, che il console della Milizia Volontaria di Sicurezza Nazionale Amedeo Martina si fosse arricchito illecitamente e avesse poi investito i suoi soldi in un traffico di cocaina. Dalle trenta alle cinquantamila lire, calcolando che la valigetta poteva contenere tra i dieci e i quindici chili di cocaina al costo corrente di circa tremila lire al chilo.

Agli inizi di ogni settimana, De Luca da una parte dell'unico tavolo dell'ufficio e il ragionier Pini dall'altra, facevano il riassunto di quello che avevano scoperto, De Luca con un taccuino in mano su cui prendeva appunti, il ragioniere con tutti i registri e i faldoni aperti davanti, l'uno sull'altro, che non guardava mai perché li sapeva a memoria.

Sí, il console si era arricchito illecitamente, e anche parecchio. Figlio di contadini, era entrato nella Milizia del partito, dove era rimasto fermo al grado di caposquadra finché un gerarca di Taranto di cui suo padre era stato mezzadro l'aveva preso sotto la sua protezione e l'aveva portato in Etiopia, nella guerra del '36.

Il console non era un guerriero, e infatti, a differenza di quasi tutti gli altri nel suo battaglione di Camicie Nere, non aveva rimediato neanche un'onorificenza. Lí, però, in fureria, dove si era imboscato, aveva imparato a giocare con le entrate e le uscite della Sussistenza, e il ragionier Pini aveva gli occhi che gli luccicavano di ammirazione mentre spiegava a De Luca come facesse a far sparire intere partite di scarpe, sigarette e scatolette di carne, di cui aveva beneficiato sicuramente anche il gerarca, che al ritorno si era comprato una villa sul Golfo, dove si era ritirato.

Il console, invece, aveva continuato a passare da un posto all'altro, Genova, Pavia, Torino, Firenze, Napoli, e sempre in Amministrazione, un grado dopo l'altro, capomanipolo, centurione, seniore, console, finché non era arrivato a Bologna, poco dopo l'inizio della guerra, responsabile della Reparto Annonario della M.V.S.N.

Il ragioniere aveva battuto una mano sulla pila dei documenti che provavano i furti del console, che col passare degli anni erano diventati piú evidenti, coperti soltanto da un senso sempre piú sfacciato di impunità, e qui l'ammirazione negli occhi del ragioniere aveva lasciato il posto a uno sguardo di pietoso compatimento.

Però c'era qualcosa che non tornava.

Perché per quanto si fosse arricchito, il console Martina, non era ricco.

Girava con l'Aprilia della Milizia, viveva in caserma, e per quanto vestisse sempre in divisa si serviva da un sarto di Bologna che non era certo tra i migliori.

Perché? Perché rubare senza godersi i soldi?

Ci sono persone che fanno cose perché non possono farne a meno, e nel dirlo il ragioniere si era lisciato i copri maniche, ma avrebbe anche potuto accarezzare la sua Numeria, però il console non sembrava uno cosí, uno che fa le cose per passione.

Come noi, aveva aggiunto, ma senza dirlo, solo con gli occhi.

E infatti in quel momento si era sentita la sirena del solito allarme aereo, ma nessuno dei due si era mosso.

– Sei assente, – gli diceva Lorenza, seduta sulle sue ginocchia sotto il pergolato, dopo cena.
– Ma no, – rispondeva De Luca, e la baciava.

Per un po' avevano dato la caccia a beni nascosti, proprietà intestate a un prestanome, conti correnti da qualche parte, qualunque cosa servisse a nascondere i soldi.
Il ragionier Pini gli dava la caccia da ragioniere, appunto, scavando tra le carte, perché De Luca, invece, aveva avuto un'intuizione, roba da poliziotto, era andato in giro per uffici, al piano di sopra, aveva investito un paio di bottiglie procurate dal Ciccione, una all'Ufficio Politico e l'altra alla squadra che si occupava di gioco d'azzardo, e lí aveva capito dove finivano tutti i soldi del console.
Cavalli, scopone, poker, canasta, teresina, tre sette, anche i dadi, il console Martina era un giocatore tremendo, sia dal punto di vista del vizio che della sfortuna. Scommetteva, puntava, giocava e perdeva sempre. Accumulava debiti, e quando la pressione diventava troppa si faceva trasferire da un'altra parte e ricominciava da capo.
Confermato da un ex compagno di corso della questura di Torino, da un altro collega molto gentile di quella di Firenze e pure da quelli di Bologna, che l'avevano beccato in una bisca clandestina soltanto qualche mese fa.
Ma allora, se neanche il console aveva una lira, come il principino, chi ce li aveva messi i soldi per la cocaina?

– Sei assente.
– Ma no.

Già che c'era fece un salto al Servizio Intercettazioni, dove c'era un maresciallo con barba e baffi arricciati come un re delle carte Modiano, che gli disse che aveva fatto bene, neanche immaginava quanto parlasse la gente al telefono, soprattutto adesso che credevano che via il fascismo via anche i controlli, figurati, i suoi ragazzi con le cuffie continuavano a infilare gli spinotti nei centralini, come una volta.

– Certe conversazioni però io non gliele ho date neanche allora, all'Ovra, – sorrise il maresciallo Donati, che il ritratto di Mussolini ce l'aveva ancora nel bidone della carta straccia, – perché vabbè che siamo poliziotti, però le nostre idee ce le abbiamo anche noi, no?

Cosí prese il numero del console, che era muto da quando era scappato ma il commissario aveva ragione, meglio non trascurare niente.

Poi il ragionier Pini aveva scoperto una cosa.

Tra i documenti che avevano raccolto c'erano due sporte di vimini, di quelle per la spesa, piene di carte che De Luca era andato a sequestrare alla Casa del Fascio di via Manzoni, direttamente dall'ufficio del console, ancora vuoto e abbandonato come tutti gli altri. Se le era portate in ufficio attaccate al manubrio della bicicletta, da una parte e dall'altra, per bilanciarsi, e il ragioniere aveva continuato a esaminarle, una per una, finché non si era imbattuto in una richiesta di rimborso.

Un supplemento cabina singola che il console si era dovuto pagare in un viaggio su una nave postale della Marina Militare che andava in Albania. Motivazione della trasferta: politica. *Portare il saluto e il conforto dell'Italia intera ai combattenti d'Oltremare attraverso un vecchio camerata del battaglione C.N. colà stanziato.*

Al ragioniere era sembrato strano che uno come il console Martina rischiasse il siluramento solo per andare a salutare i camerati del suo vecchio battaglione, cosí aveva cercato di approfondire.

Anche i ragionieri, aveva spiegato a De Luca, hanno amici e compagni di corso, e infatti un suo collega della Prefettura di Bologna, ormai in pensione, aveva un figlio che lavorava al Sottosegretariato per gli Affari Albanesi, che gli aveva risposto subito, nei limiti della posta militare, naturalmente, e infatti la lettera vistata per censura era arrivata soltanto adesso.

Il console Martina era stato per qualche giorno col suo battaglione, dove aveva anche tenuto un discorso, poi si era spostato a Tirana.

Lí, il 22 marzo 1943, aveva esercitato i poteri attribuitigli da una procura legale per ritirare i soldi depositati su un conto corrente.

Trentamila cinquecento quaranta lire.

Il ragionier Pini non aveva certo il senso della suspense, e si era tenuto per ultimo il nome di chi aveva firmato la procura a estinguere il conto soltanto perché stava in fondo al documento, ma De Luca già lo aveva capito quando aveva nominato Tirana.

Herbert Gales.

– Sí, davvero, sei assente.
– Scusami.

De Luca fece due piú due.

Prima fisicamente, grattando sul taccuino con il pennino della stilografica numeri che il ragionier Pini aveva già calcolato a memoria, da un pezzo. La possibile cubatura della valigetta, il prezzo medio della cocaina sul mercato all'ingrosso, i soldi ritirati dal conto di Gales, e i conti sí, tornavano.

Dopo mentalmente, accarezzandosi il mento umido di sudore, lo sguardo perso tra le crepe del soffitto, e quei conti no, non tornavano.

Dalla fine di marzo il console Martina aveva a disposizione piú di trentamila lire, ma o le aveva tenute sotto il materasso, o ci aveva tenuto la valigetta che fino a ora, lo dicevano i suoi informatori, non era stata immessa sul mercato.

Poi gli venne in mente una cosa.

Corse di nuovo di sopra, all'Ufficio Gioco d'Azzardo, dove il collega si aspettava un'altra bottiglia, anche solo di grappa, ma vabbè, faceva lo stesso.

– Sai quel casino di via Dell'Orso, quello carino, anche, la *Manolita*, ecco. Oddio, giocare si gioca sempre un po', nei bordelli, ma questi ci andavano giú pesante, roba da bisca d'alto bordo, e infatti quando abbiamo fatto irruzione c'erano un sacco di soldi sul tavolo. Quelli che erano rimasti, naturalmente, perché appena abbiamo bussato, *aprite, polizia*, c'è stato un fuggi fuggi che il brigadiere Dinaccio è anche caduto e si è rotto un dito. Comunque, c'era questo tipo sotto il tavolo che piangeva, figurati, appena abbiamo visto i documenti, era un console della Milizia, un pezzo grosso, conosciuto, mica lo mettevamo dentro, no? Ma lui piangeva per i soldi. A verbale non c'è, naturalmente, ma è successo alla fine di marzo, il 25. Sí, piangeva per i soldi, il coglione. Quanto? Diceva piú di trentamila lire. Ti rendi conto? Piú di trentamila!

– Scusami.

Sapeva cosa cercare e dove trovarlo.
Aveva avuto un'altra intuizione, di quelle da poliziotto,

facendo un'operazione da ragioniere. Aveva sommato una testa senza corpo e un corpo senza testa, o meglio, li aveva sovrapposti e gli era venuto in mente cosa potevano avere in comune. L'intuizione da poliziotto era arrivata pensando al console, perché è una deformazione mentale da sbirri pensare che le persone, i sospettati, i delinquenti, fanno sempre le stesse cose.

E infatti tra le carte sequestrate alla Casa del Fascio c'erano altre richieste di rimborso, tutte relative a giorni che andavano dal 20 al 23 luglio 1943.

Un rimborso chilometrico per auto propria, Bologna-Como, Como-Milano, Milano-Bologna, e quello per un soggiorno di tre notti a pensione completa all'albergo *Eden* di Maslianico, provincia di Como, per il console Martina e tre collaboratori non meglio indicati. C'era anche la richiesta di rimborso per i pasti consumati lungo il tragitto di andata e quello di ritorno, colazione al sacco per quattro persone.

Motivazione: politica.

In quei giorni i telefoni funzionavano a singhiozzo, cosí De Luca mandò un telegramma alla polizia di frontiera con la Svizzera, ed ebbe la risposta in un paio di giorni, perché in tempo di guerra i passaggi non erano molti e dovevano anche essere autorizzati.

Tra i nomi forniti da De Luca ce ne erano due che avevano attraversato la frontiera a Maslianico il 21 luglio, per rientrare in Italia il 22. Il telegrafista si era sbagliato a scriverne uno ma non era importante.

Della Valentina Morri Valentino et Saccani Egisto.

Il principino e il Borsaro.

De Luca non aveva amici o compagni di corso nella polizia cantonale, e neanche il ragionier Piva tra i funzionari delle banche svizzere, ma De Luca era ugualmente sicuro

che fosse là che il principino e il Borsaro erano andati a prelevare cinquantamila lire da un conto corrente.
Con una procura legale.
Firmata da Eli Goldstein.

«Il Resto del Carlino», giovedí 2 settembre 1943, XXI, Italia, impero e colonie cent. 30.
IL PAPA CONDANNA I RESPONSABILI DELLA GUERRA E BENEDICE COLORO CHE AFFRETTERANNO LA PACE.
Cronaca di Bologna: Un lettore ci segnala come a Casalecchio e Ceretolo ci siano delle ville che dispongono di molti locali abitati da pochissime persone che occupano un numero ristretto di vani, mentre ci sono molte persone che non riescono a sfollare perché non trovano abitazioni - SPACCIO DI BASSA MACELLERIA. Per domani venerdí è invitato ad acquistare la carne il turno 3° dalle 9 alle 11.
Radio: ore 13:25, teatro per bambini.

– Mi dicano. Li ascolto.

Il giudice Del Gobbo non aveva mai usato il *voi*, neanche quando gli facevano notare, discretamente, che uno nella sua posizione avrebbe dovuto rispettare le direttive politiche del Partito, che lo richiedevano, ma neanche quando parlava con meridionali o romagnoli che si davano del *voi* per tradizione, indipendentemente dalle direttive e da prima ancora che esistesse, un Partito.

Del resto, non usava neanche il *lei* e quando si rivolgeva a qualcuno a cui non potesse dare semplicemente del *tu* ricorreva alla terza persona, *l'Eccellenza vorrà cortesemente spiegarmi*.

E infatti aveva detto *li ascolto* perché sedute sul divanetto davanti a lui c'erano tre persone, lo Scimmino, Fratojanni e De Luca, e quando Cesarella aveva indicato lui, il giudice si era appoggiato sullo schienale della sua poltrona, le mani ben curate aperte sui braccioli, aveva accavallato le gambe e aveva aggiunto *il commissario vorrà spiegarmi*, senza *cortesemente*, perché De Luca non era abbastanza.

Non stavano in procura, nell'ufficio del giudice istruttore Mariano Del Gobbo, ma al *Grand Hotel Baglioni*, in una saletta privata, perché quando De Luca aveva cominciato a raccontare la sua storia a Cesarella, lo Scimmino si era spaventato. Aveva voluto parlare subito con un magistrato, ma in maniera informale, magari a casa, e Fratojanni, chiamato come consulente politico, aveva approvato.

Meno formalità, meno responsabilità.

Il giudice Del Gobbo era ricco, e aveva una bella casa in via Ugo Bassi, che però era stata danneggiata dal bombardamento. Cosí era *sfollato*, ma al *Baglioni*, dove aveva preso una camera. Se doveva morire schiacciato da una bomba, di notte, diceva, tanto valeva farlo in un letto del miglior albergo della città.

– Il console della Milizia Volontaria di Sicurezza Nazionale Amedeo Martina e il principino Valentino Morri Della Valentina hanno convinto con l'inganno due persone a cedergli ingenti somme di denaro per acquistare cocaina, e poi le hanno uccise e fatte a pezzi.

Se l'era preparata, la frase. Ne aveva studiate molte nel tragitto tra la questura e il *Baglioni*, piú lunghe, piú corte, piú o meno esaurienti, ma poi aveva ripiegato su quella. Abbastanza accattivante, con quei due omicidi, per un giudice curioso come Del Gobbo, ma chiara fin da subito sul peso specifico dei protagonisti, per non perdere tempo ad andare avanti inutilmente.

Era la frase giusta, perché il giudice si raddrizzò sulla poltrona e disse: – Prego.

– Il primo uomo si chiamava Herbert Gales, cittadino britannico di origine albanese. Approfittando della sua condizione di ex internato civile si sono fatti firmare una delega per ritirare i suoi soldi dalla banca, cosa che il console Martina ha fatto a Tirana, in Albania, il...

De Luca aveva una cartella sulle ginocchia e stava per frugarci dentro, ma il giudice gli fece cenno con la mano che non importava, andasse avanti.

– Nel frattempo Herbert Gales è stato ucciso mediante strangolamento, fatto a pezzi e sepolto in un campo di proprietà della famiglia Morri Della Valentina, ma alcuni cani randagi ne hanno disseppellito la testa che in seguito io ho ritrovato.

Stava dilungandosi troppo, e tortuosamente, lo capí da come il giudice aveva corrugato la fronte. Cosí tossí nel pugno chiuso, per fare una pausa e dargli il tempo di tornare a concentrarsi.

– Il commissario vorrebbe un bicchier d'acqua? – chiese il giudice, poi batté le mani e arrivò un cameriere. De Luca strinse i denti, impaziente, perché non voleva che passasse troppo tempo. E poi ormai era lanciato e non avrebbe potuto piú fare a meno di parlare.

– Ma c'è un imprevisto. Il console Martina è un giocatore incallito, e appena ritorna a Bologna dall'Albania si infila in una bisca clandestina e perde tutti i soldi di Gales, circa trentamila lire.

Il giudice rise, seguito dopo un attimo da Cesarella e poi da Fratojanni, che si limitò a scuotere la testa, sogghignando. Non era la reazione che De Luca si aspettava ed era anche pericolosa, perché avrebbe potuto mandare tutto in vacca, ma non si fermò e andò avanti lo stesso.

– C'è bisogno di altri soldi, cosí convincono un'altra persona a darglieli. È un ebreo apolide, Eli Goldstein, anche lui internato libero, che vive in ristrettezze perché non può accedere ai suoi soldi, conservati in una banca svizzera, a Ginevra. Firma anche lui una procura e siccome non si fidano piú a mandare da solo il console a prendere il denaro, questa volta lo accompagna tutta la banda, composta dal principino, un noto borsaro nero e un'altra persona.

Era indeciso se con gli altri tre ci fosse andato Franchino o la ragazza, il ragazzino col Borsaro o Veronica col principino, ma lo avrebbe appurato in seguito, e non era certo il caso di citarli adesso.

– Il principino e il Borsaro passano la frontiera a Maslianico e ritirano circa cinquantamila lire mentre gli altri due aspettano in albergo, poi vanno a Milano, dove grazie ai contatti del Borsaro, esperto di traffici illeciti e contrabbando, acquistano una quantità di cocaina che va dai dieci ai quindici chili.

Il giudice fischiò. Cesarella aveva già notato il suo interessamento e aveva cominciato ad annuire da un po', ammiccando a De Luca con aria di approvazione. Fratojanni si era tolto gli occhiali e ne puliva le lenti con un fazzoletto, sorridendo ammirato.

– Subito dopo uccidono anche Goldstein, con la complicità di una ragazza già amica del Gales. Stanno per farlo a pezzi e gli hanno già tagliato la testa quando vengono interrotti.

– Da cosa? – chiese il giudice.

De Luca non aveva intenzione di fare una pausa a effetto, gli si era davvero seccata la gola. Si versò un bicchiere d'acqua dall'ampolla che il cameriere aveva lasciato su un tavolino, piú in fretta che poté, ma il giudice chiese ancora, impaziente, *interrotti da cosa?*

– Dal bombardamento del 24 luglio. Ricordate? Non c'eravamo abituati e alle prime bombe vere tutta la città è scappata, terrorizzata. Non posso esserne certo, ma immagino lo abbia fatto anche chi era intento a depezzare il povero Goldstein. Nella fretta si sono portati via le prime cose utili a evitarne l'identificazione. La giacca e, appunto, la testa.

Adesso c'era tempo. Il giudice Del Gobbo rifletteva, accarezzandosi la barbetta, curatissima come le mani, e De Luca poté versarsi un altro bicchiere d'acqua, che bevve con calma, gustandola, perché era piena di ghiaccio, e ancora fredda. Cesarella e Fratojanni, invece, fissavano il giudice, in attesa.

– Due domande, – disse Del Gobbo, all'improvviso. – Sono certo che il commissario avrà molti indizi, se non prove, a corroborare questa storia cosí avvincente e suggestiva.

Il fermacravatta di Gales, la Setalina sotto le unghie di Goldstein, tutti i riscontri dei movimenti bancari e dei viaggi, nella cartellina c'era anche il suo disegno con i cerchi e le frecce. De Luca ci batté sopra una mano, come per confermare. Fratojanni si sporse oltre Cesarella, che stava in mezzo sul divano, prese la cartella dalle ginocchia di De Luca e cominciò a sfogliare i documenti. Ogni tanto alzava la testa e la scuoteva guardando De Luca con sincera ammirazione.

– Due domande a cui il commissario vorrà cortesemente rispondermi.

Cortesemente. Doveva essere ammirato anche lui.

– La prima è: dove si trova la valigetta con la cocaina? Ce l'ha il console?

– No, non credo. Nessuno si fida piú di lui e sono convinto che se l'avesse avuta se la sarebbe già giocata. Io credo che la stia conservando il principino.

– E qui viene la seconda domanda. Il commissario cosa immagina che dovrei fare?

– Volevo sottolineare un momento la delicatezza della situazione, – disse Cesarella. – Perché se il console Martina è un fascista fuggitivo ed è pure oggetto di una indagine per illeciti arricchimenti, che, detto per inciso, era l'unica da me formalmente autorizzata, il principino Della Valentina, invece, è il rampollo di una famiglia nobile, molto, ma molto vicina alla Corona, e di questi tempi...

– Mandato di cattura per il console e il principino, – disse De Luca, deciso, contando sulle dita, – e per la ragazza. Mandati di perquisizione di tutti i luoghi nelle disponibilità dei Della Valentina, compresa la casa del principe Romolo.

– Ecco, – disse Cesarella, – è proprio quello che stavo...

– Accordato per il console e la ragazza, – disse il giudice. – Per il resto mi riservo di decidere dopo la visione di un rapporto dettagliato che vorrei avere al piú presto. Nel frattempo invito il dottor Cesarella ad agevolare in ogni modo le indagini del suo commissario.

Si alzarono tutti, tranne Fratojanni, che continuava a scuotere la testa sulla cartellina aperta sulle ginocchia.

– Ma vi rendete conto? Questo cretino si faceva rimborsare le spese mentre andava a comprare una valigia di cocaina!

– Non è il primo ladrone che si attacca agli spiccioli, – disse il giudice, – e non sarà neanche l'ultimo. Buon lavoro, signori, attendo notizie.

– La Tasca. O il Fuoco.

Era gergo da sbirri e De Luca lo conosceva bene. La Tasca era un vecchio trucco dei tempi di Giolitti, quando i delegati di polizia infilavano un coltello a serramanico nelle tasche dei socialisti, cosí potevano arrestarli per porto abusivo di arma proibita, e infatti socialisti, anarchici e poi comunisti ai comizi ci andavano con le tasche delle giacche cucite. Il Fuoco consisteva nell'appiccare un piccolo incendio in un luogo per il quale non si aveva un mandato, in modo da far irruzione e poterlo perquisire. Esisteva anche la variante il Fuoco e la Tasca insieme, entrare in un posto con una scusa e metterci dentro quello che si voleva trovare.

Stavano tutti e due appoggiati al bancone dell'*Osteria del Sole*, lui e Corradini, con un paio di bicchieri di vino come scusa per tenere d'occhio il portoncino della casa davanti. De Luca il suo non l'aveva toccato, Corradini invece era già al secondo, a digiuno, e per questo parlava a voce alta.

– Quando sua eccellenza il principino esce gli facciamo sbattere contro un ragazzotto che gli infila qualcosa in tasca. In fondo alla strada becca noi che gliela troviamo e finiamo la perquisizione a casa. Se no gli mettiamo un volantino antifascista sotto la porta e andiamo su con la scusa di cercarne altri. Cioè, no antifascista, volevo dire antibadogliano.

Non c'era piú nessuno nel locale. Oltre ai discorsi di Corradini, lui e De Luca sembravano cosí questurini, con giacca, cravatta e cappello, che gli avventori dell'osteria avevano finito in fretta i loro bicchieri e se ne erano andati, lasciandoli soli a fissare la vetrina che dava sulla strada.

– Se no passiamo direttamente al Menefrego. Entriamo e basta. Siamo la polizia, no? Abbiamo sempre fatto cosí. E non ditemi che erano cose di una volta e che non c'è piú il regime, siamo sotto legge marziale!

– Sono trucchi che valgono con operai, popolani, noti facinorosi o delinquenti, – disse De Luca, – non con i principi. Se rimediamo un buco nell'acqua salta tutta l'indagine.

– E allora che ci facciamo qui?

– Facciamo i poliziotti. Aspettiamo che il principino esca e lo seguiamo.

Corradini si strinse nelle spalle. Batté il dito sul bicchiere per farselo riempire dalla signora che stava dietro al bancone, appoggiata al muro con le braccia conserte, poi tornò a guardare fuori.

Il numero 13 di vicolo dei Ranocchi era un portoncino di legno scrostato su una fila di casette nude, senza portico, piú adatte a un nascondiglio che alla dimora di un principe, per quanto a corto di soldi. E infatti De Luca era convinto che fosse lí che il principino Valentino teneva la valigetta con la cocaina, ed era sicuro che se avesse avuto la possibilità di entrarci avrebbe chiuso il caso, definitivamente. E invece stavano fuori, ad aspettare, anche se De Luca cominciava a prendere in considerazione la Variante Silenziosa del Menefrego, come la chiamava Rassetto. Aspettare che il principino fosse uscito per entrare nell'appartamento di nascosto, e una volta trovata la valigetta decidere cosa fare. Che Della Valentina fosse in casa lo sapevano dalla Topolino amaranto arrampicata sul marciapiede all'angolo tra il vicolo e via Degli Orefici.

Poi, quando Corradini era arrivato alla fine del terzo bicchiere, ecco la ragazza.

Se non si fosse fermata proprio davanti al portoncino, forse non l'avrebbero riconosciuta, perché era completamente diversa. Senza calze nere, senza pois bianchi e blu da donna, con i capelli ricci raccolti sulla nuca e non stirati ai lati del volto, da diva, sembrava davvero una bambina che tornasse a casa da scuola. Soltanto le ballerine erano le stesse.

Se avesse tirato dritto lungo il vicolo non se ne sarebbero neanche accorti, perché li aveva visti prima lei, tutti e due cosí sbirri nell'osteria vuota, ma si era fermata per la sorpresa, indecisa se fare un passo avanti o uno indietro, e cosí l'avevano notata.

– È lei! – disse De Luca, e si lanciò fuori, seguito da Corradini, che aveva già messo una monetina da cinque centesimi sul banco a ogni bevuta, per essere pronto, ma che comunque se ne sarebbe fregato.

Intanto Veronica si era decisa per il passo indietro, aveva piroettato sulle punte come una ballerina e aveva cominciato a correre. Svoltò l'angolo, schizzando in mezzo ai banchi vuoti delle vecchie pescherie, e se avesse chiesto aiuto forse, a vedere due energumeni che correvano dietro una bambina, le donne che stavano litigandosi l'ultimo pezzo di baccalà sarebbero intervenute, ma De Luca aveva già gridato *ferma! polizia!*

Era velocissima, cosí piccola e leggera, e riuscí a farsi tutta la strada fino all'imbocco su via Drapperie, prima che Corradini riuscisse ad afferrarla per le spalle e a schiacciarla contro il muro davanti, trascinato dallo slancio. Il contraccolpo li rintronò tutti e due, ma Veronica si divincolò da sotto le sue braccia e saltò via. Corradini ringhiò una bestemmia, la afferrò per la crocchia dei capelli, raccolse al volo la ballerina che la ragazza aveva perso e le tirò una ciabattata sul sedere, dall'alto verso il basso, che le strappò un urlo.

Fermo, disse De Luca a Corradini, *polizia*, a due militari in libera uscita che si stavano avvicinando, e *sei in arresto* a Veronica, ma era l'ultimo fiato che gli era rimasto dalla corsa, poi si piegò con le mani sulle ginocchia ad aspirare aria con la bocca spalancata.

– Dov'è la valigetta? – chiese appena riuscí a parlare.

Veronica piangeva, silenziosamente, compressa dalle mani di Corradini che le teneva le spalle piccole. Occhi bassi e labbra serrate, smosse appena dai singhiozzi.

– Non ce l'ho con te, non mi interessi, – disse De Luca. – Potrei anche lasciarti andare ma devi dirmi dov'è la valigetta con la droga. A casa del principino? – E indicò alle sue spalle, verso vicolo dei Ranocchi. – È laggiú?

La ragazza alzò gli occhi, che nel volto libero dai capelli sembravano ancora piú vicini al suo naso alla greca, smise di piangere e sorrise. Occhi cattivi e labbra cattive, il piede nudo sul ginocchio come una cicogna, appoggiata all'indietro, contro Corradini, che doveva spingerla per staccarsela di dosso. C'era un forno lungo la strada, un paio di porte prima, da cui erano usciti un uomo e una donna, anziani, con una forma di pane nero che usciva da un sacchettino di carta. Li stavano guardando, incuriositi e preoccupati, cosí De Luca fece un cenno a Corradini, che mollò un attimo la ragazza per lanciargli un paio di manette, riprendendola subito.

– Allora ti arresto per gli omicidi di Herbert Gales ed Eli Goldstein. A cui aggiungo la complicità in quelli del Borsaro e di Franchino. Ti faccio prendere l'ergastolo, che significa che te ne stai in galera per tutta la vita, non esci neanche da vecchia.

Fece tintinnare le catenelle, e questo bastò a far scappare la coppia con il pane. Veronica, invece, diventò ancora piú cattiva, occhi e labbra cosí stretti da sembrare due fessure.

– Vuoi che ti dica dello zio? – Molle, da bambina, con la *z* ronzante. – Valentino lo ha strozzato con una corda, – fece il gesto con le mani, tirando anche fuori la lingua all'angolo della bocca, – mentre stavamo insieme in quella casa vecchia, e poi lo ha fatto a pezzi. Gli piace fare certe cose, mi ha detto che gli è sempre piaciuto far male, anche quando era piccolo. Se vuoi te lo dico, tanto poi dico che non è vero, dico che mi avete picchiata.

Corradini la spinse avanti, perché a forza di appoggiarsi era arrivata a schiacciarlo contro il muro. De Luca lo guardò perché sembrava che fosse sul punto di colpire la ragazza con uno scapaccione, ed era vero, perché aveva già alzato la mano, ma si fermò.

– Oppure vuoi che ti dica dell'ebreo? L'ho portato io nella casa vecchia, Vale gli è arrivato dietro e ha strozzato anche lui, – ancora la lingua, ma dall'altra parte, – aveva le mani sulle mie gambe e ha stretto cosí forte che mi ha lasciato i segni. Poi abbiamo avuto paura delle bombe e siamo scappati.

In quel momento, come se l'avesse chiamato, l'urlo della sirena squarciò l'aria. Il volto di Veronica si intorpidí, piú per la sorpresa che per le mani di Corradini che le avevano stretto le spalle piú forte, d'istinto. Cercò di riprendere il sorriso cattivo, fissa su De Luca che invece aveva fatto un salto, ma arrivò prima il secondo urlo dell'antiaerea, e al terzo la sua espressione era già passata da sorpresa a smarrita e poi spaventata.

– Ohi! – disse Corradini, e fece per muoversi, ma De Luca alzò una mano.

– Dov'è la valigetta?

Corradini guardò il cielo, in cui ancora risuonava l'ultimo ululato. Non uno solo, avvertimento generico, aereo di passaggio, ma tre, quello buono, *qual bòn*, come dicevano i bolognesi, una formazione di bombardieri che puntava sulla città.

– Commissario... non è un falso allarme, arrivano davvero!

– Dov'è la valigetta?

– Dobbiamo andare, è quello buono! – *L'è qual bòn*, l'aveva detto anche in dialetto, Corradini, perché il silenzio in cui sembrava essere piombata tutta la città, cosí pieno, irreale e pesante, come quello in campagna dopo un tuono, faceva schizzare i nervi sotto la pelle.

– Non si muove nessuno. Dimmi dov'è la valigetta!

Anche Veronica aveva paura. Sembrava che le labbra le avessero fatto un nodo e gli occhi le si fossero stretti ancora di piú al naso, ma non diceva niente.

Poi arrivò davvero il tuono. Uno di quelli che crescono da lontano e si avvicinano, sempre piú forti, sempre piú rotondi, un temporale che correva veloce sopra le loro teste, tanto che alzarono tutti il naso, anche De Luca, che avrebbe voluto insistere con la sua domanda, ma l'aria attorno a lui stava vibrando cosí forte che gli sembrava di perdere l'equilibrio.

Tutti i cani di tutta la città cominciarono a ululare, tutti insieme.

Il primo tonfo, ancora lontano, li fece sobbalzare tutti, però immobili, schiacciati sulle gambe flesse perché i sampietrini della strada avevano fatto come un salto sotto i loro piedi, anche se appena percettibile. I fischi che graffiarono l'aria come unghiate profonde su una lavagna li bloccarono ancora di piú, congelati in un terrore assoluto. Poi, un palazzo in fondo alla strada esplose con uno schianto che riempí di polvere tutta la via, come una folata di vento.

Corradini urlò e mollò la ragazza, che schizzò via. De Luca le si lanciò dietro, piú per istinto che per altro, mentre un secondo schianto faceva tremare la terra, ma questa volta per davvero.

Veronica passò quasi tra le gambe di un uomo col grembiule da fornaio che stava uscendo dalla porta aperta piú vicina e si infilò dentro. De Luca la seguí, batté le palpebre per adattare la vista alla penombra del forno deserto e vide che Veronica stava saltando dietro al bancone. La raggiunse e si accucciò sopra di lei, che tremava come un leprotto, non piú per prenderla, quello era stato l'istinto iniziale, ma per portarla via.

– Andiamo, dài! – gridò, anche se non riuscí a sentire la sua voce coperta da un'esplosione vicinissima, fuori sulla strada, che fece scoppiare la vetrata del forno, lanciando schegge che andarono a schiantarsi contro il muro sopra di loro.

De Luca strinse Veronica, coprendola, ma l'istinto della ragazza era piú selvatico ed efficiente del suo, perché si divincolò sotto di lui e scivolò fuori dal bancone, correndo quasi a quattro zampe. Imboccò un'altra porta che dava piú all'interno, scardinata dallo spostamento d'aria, e De Luca la seguí su una scala, che fece per metà su un'anca, attaccato al corrimano per non perdere del tutto l'equilibrio.

Era un piccolo scantinato quasi vuoto, soltanto alcune ceste di vimini in un angolo e un mucchio di sacchi di farina accatastati al centro. Svelta come un topo, ancora quasi a quattro zampe, Veronica si infilò sotto le ceste e De Luca la raggiunse.

Lí dentro, rannicchiati contro i mattoni nudi del muro, in un buio fresco e umido da cantina, sembrava che il bombardamento fosse piú lontano e loro piú sicuri, come in un rifugio. Veronica si stringeva tra le braccia di De Luca, che la teneva forte, anche perché col passare del tempo la sentiva tendersi verso la porta, pronta a scappare appena fosse stato possibile.

– Dov'è la valigetta? – le disse nell'orecchio che aveva sulla bocca, scricchiolante di polvere.

– Quale valigetta? – disse lei, che tremava ancora, ma molto meno.

– Non fare la stupida. Quella che siete andati a prendere a Milano.

– Non sono mai stata a Milano.

Uno scoppio piú vicino gli fece incassare la testa, a tutti e due, De Luca tra le spalle e lei contro il suo petto. Si strinsero piú forte, anche perché lui aveva sentito di nuovo quella tensione, come il guizzo improvviso di un pesce, verso la porta. Si accorse che Veronica aveva preso qualcosa, una sagoma spigolosa che nel buio sembrava quella di un sasso, cosí la scosse. Nella fuga aveva perso le catenelle di Corradini, ma le afferrò i polsi, stringendoli forte.

In quel momento, uno schianto sopra le loro teste fece tremare tutto il palazzo, fino alla cantina. Una botta sorda che arrivava dall'alto, poi un'altra che scendeva verso di loro, e alla fine l'ultima, che sfondò il soffitto dello scantinato inondandolo di polvere e di luce, mentre una sagoma gonfia e nera invadeva il loro spazio, saturandolo di ferro e macerie.

Veronica urlò, e De Luca strinse le palpebre cosí forte che gli ci volle un po' di tempo prima che le scintille rosse smettessero di ballargli davanti agli occhi.

Una bomba.

Aveva sfondato i piani del palazzo e si era piantata col muso in mezzo ai sacchi di farina.

Inesplosa.

Veronica smise di urlare e con un guizzo saltò fuori dalle ceste, tenuta da De Luca per i fianchi come una ballerina. Toccò il dorso della bomba con una mano e la ritirò come se scottasse.

– È nella macchina! – urlò, cosí forte che sul momento De Luca non capí cosa avesse detto.

– La valigetta è nella macchina! La Topolino rossa! È nel baule!

– Nella macchina? – disse De Luca, frastornato, e lo ripeté, a nessuno se non a sé stesso, perché Veronica era già schizzata via nella penombra luminosa di polvere e farina, lasciandolo solo con la bomba.

Schizzò fuori anche De Luca, un attimo dopo essersi reso conto della situazione. Le sirene stavano suonando la fine dell'allarme, ma la strada era ancora vuota, tagliata a metà dalle macerie di un palazzo che era crollato. Sembrava ci fosse la nebbia, cosí densa e ruvida che bruciava negli occhi e faceva tossire.

De Luca si accorse di Corradini dalla tosse, appunto, lo vide emergere dalla nuvola nera del fumo di un incendio, barcollava, senza giacca e senza cravatta, cosí bianco di calcinacci da sembrare un fantasma. Lo prese per un braccio, tirandolo forte e disse *andiamo*, perché aveva una cosa sola in testa, De Luca, che non era il pericolo dei muri che potevano crollare da un momento all'altro, non era Corradini sotto choc, neanche la morte che aveva visto in faccia con quella bomba inesplosa, era la valigetta piena di cocaina che stava chiusa nel baule della Topolino amaranto parcheggiata nel vicolo.

Cosí cominciò a correre lungo via Degli Orefici, tirando Corradini per la manica come un bambino, arrivò all'angolo e lí si fermò di colpo.

La Topolino era in mezzo alla strada, schiacciata e storta come una lucertola calpestata. Doveva essere stato lo spostamento d'aria perché nonostante fosse impossibile stabilirne il colore, non era bruciata, soltanto strizzata da una forza sovrumana che le aveva staccato il cofano e lo aveva piantato indietro, dentro il baule scardinato, che cosí sembrava una bocca aperta con la lingua fuori, protesa in un urlo muto.

La valigetta non era lí. De Luca la cercò con lo sguardo e trovò quello che ne restava. Strappata in due come la bustina di un goldone, aveva sparso il suo contenuto per tutta la strada, mischiato e perso tra vetri, intonaco e polvere di mattone.

– Venite ad aiutarci!

C'erano i due militari in libera uscita che stavano scavando con le mani tra le macerie di una casa che era scivolata su sé stessa, in avanti, come un castello di sabbia scavato sotto da un'onda. Anche loro sembravano due fantasmi bianchi di calcinacci, a cui si aggiunse Corradini, che si era scosso e lanciava lontano pezzi di macerie con una furia forsennata.

De Luca era rimasto immobile, quasi fosse lui, adesso, sotto choc. Fissava i pezzi accartocciati della valigetta e non si era accorto che il palazzo crollato nel vicolo dei Ranocchi era proprio il numero 13.

Poi uno dei due militari bestemmiò forte, De Luca si voltò e questa volta non ebbe bisogno di vedere il fermacravatta a forma di chiave di violino per capire che quel corpo insanguinato che spuntava tra le schegge di legno e i mattoni rotti era il principe Valentino Morri Della Valentina.

Qualche giorno dopo i carabinieri della stazione di Peschiera del Garda arrestarono il console Martina.

Lo aveva riconosciuto un appuntato che passava per caso in bicicletta, verso sera, aveva notato questo omino pensoso, seduto su una panchina del porticciolo, che sembrava ipnotizzato dai riflessi del sole del tramonto sull'acqua del lago, ma allo stesso tempo fremeva, come avesse qualcosa dentro che non voleva stare fermo.

L'appuntato si era fatto l'idea che volesse togliersi la vita buttandosi dal molo, era già successo una volta, così gli aveva chiesto i documenti.

In realtà, a parte il tremito, l'uomo era tranquillissimo, si era messo a ridere quando l'appuntato gli aveva espresso i suoi sospetti, stava solo prendendo una boccata d'aria prima di andare a cena nella pensioncina in cui soggiornava, e continuò a sorridere mostrando una carta di identità nuova di zecca, con lo stesso sorriso nella fotografia e un nome qualunque.

Ma era proprio dalla fotografia che l'appuntato lo aveva

riconosciuto, o meglio, proprio da quel sorriso, identico a quello della foto segnaletica appesa al muro della stazione. Capelli neri lisciati all'indietro e naso a becco come un corvo.

Adesso l'ex console della Milizia Amedeo Martina era nella caserma di Peschiera, in attesa di essere trasferito a Verona e da lí a Bologna.

Ma c'era un problema.

Da informazioni prese, aveva precisato il maresciallo della stazione quando De Luca lo aveva chiamato dopo il fonogramma che informava la questura dell'arresto, il suddetto ex console frequentava non assiduamente ma con una significativa intensità una certa villa in un certo paese sul lago. Il maresciallo lo aveva detto senza specificare, come se De Luca avesse dovuto sapere cosa significava, e quasi si stupí di doverlo precisare: il distaccamento dell'ufficio che faceva da collegamento tra le truppe germaniche in zona e quelle italiane. I tedeschi insomma.

Sí, certo, è ovvio che siamo in Italia e comandiamo noi, mica loro, ma da Verona gli avevano detto di aspettare finché raccoglievano ulteriori informazioni e cosí stavano facendo, che stesse tranquillo, il commissario, lo sapevano che il soggetto era accusato di quattro omicidi, lo tenevano sotto chiave, non scappava.

Gli disse la stessa cosa anche Cesarella, quando De Luca gli piombò nell'ufficio con in mano il fonogramma dei carabinieri, e praticamente con le stesse parole.

– Ovvio che siamo in Italia, ragazzo mio, comandiamo noi, mica i tedeschi, però che fretta c'è? Aspettiamo ulteriori informazioni, tanto il console sta in guardina, no?

– Possiamo chiedere di accelerare il trasferimento.

– E perché mai? Il tuo caso è praticamente chiuso. Il principino è morto, la droga non c'è piú e il console sta al fresco. Cosa vuoi, il nome sul giornale?

– Ma no...

– E allora? Passa tutto al magistrato e buonasera. Che ci pensi lui a incastrare il console, visto che a far pagare il principino, pace all'anima sua, ci ha pesato il Signore con una bomba alleata. Dài retta a me, ragazzo mio, mettiti l'animo in pace.

Ci provò. In ufficio, seduto davanti al ventilatore con le mani allacciate dietro la nuca e i piedi sulla scrivania, cercò di pensare che lo Scimmino aveva ragione, era arrivato in fondo alla sua indagine, aveva scoperto tutto quello che era successo e tutte le persone coinvolte, aveva fatto il suo dovere, il suo mestiere, la sua ossessione, va bene, aveva fatto il poliziotto e adesso basta.

Non era piú affare suo.

E gli era anche costato. Non vedeva Lorenza da giorni, e quando si era ricordato di chiamarla, dopo il bombardamento, l'aveva sentita arrabbiata, perché lei aveva telefonato subito, in questura, per sapere come stava, ma non lo aveva trovato, ed era rimasta in ansia fino a sera, quando aveva chiamato lui.

E poi Corradini, che si era fatto trasferire a un'altra squadra, e quando era passato a salutare a lui non aveva stretto la mano e gli aveva ringhiato *mi hai quasi fatto ammazzare*, tra i denti, con il *tu*.

Basta, quindi. Non era piú affare suo.

E allora perché continuava a pensarci? Perché voleva mettergliele lui, le manette al console, di persona, guardandolo in faccia?

No. O meglio, non solo.

C'era qualcosa che non tornava.

Un particolare che aveva continuato a frullargli dentro, anche dopo che aveva digerito tutto, la morte del principino, la droga sparsa per tutto il vicolo, l'odore acido del metallo della bomba che avrebbe potuto farlo a pezzi, e che non aveva raccontato a Lorenza, tutte le emozioni che a un certo punto gli erano esplose dentro e lo avevano fatto correre in bagno, a vomitare.

Quello che gli era tornato fuori era il volto della ragazzina. No, non il volto, gli occhi, quegli occhi neri e vicini che quando mentiva restavano opachi e indifferenti, o brillavano di soddisfazione, cattivi, e che invece quando lui le aveva chiesto della droga che erano andati a prendere a Milano, si erano accesi di vera, genuina e naturale sorpresa.

Non sono mai stata a Milano.

Doveva essere la verità, e allora i conti non tornavano. Perché a riflettere sui viaggi documentati dal console, De Luca si era convinto che ci fosse andata Veronica, con loro. Intanto perché il principino avrebbe potuto imporre un accompagnatore con piú autorevolezza del Borsaro, e poi perché qualcuno sarebbe dovuto rimanere a guardia del magazzino nel casolare, e di solito toccava a Franchino.

Lo avrebbe chiesto al console, quando fosse arrivato a Bologna, tanto per mettersi l'animo in pace.

Ma poi, riflettendo, gli era venuta in mente anche un'altra cosa, che forse non tornava.

Quando aveva descritto la valigetta con i bordi rinforzati portata via dal miliziano dal casolare, Massaron l'aveva chiamata *una borsa*. Poi aveva detto valigetta, e quando De Luca glielo aveva chiesto aveva continuato a chiamarla cosí, descrivendo con le mani una specie di ventiquattrore, marrone, probabilmente di pelle, e delle dimensioni calcolate assieme al ragionier Pini.

Però all'inizio aveva detto *una borsa*.

Cosí De Luca slacciò le mani da dietro la testa, si raddrizzò sulla sedia e chiamò Massaron, che questa volta era quasi riuscito a battere una riga senza incastrare i martelletti della macchina da scrivere.

Una valigetta o una borsa?

Tra le qualità della guardia scelta Massaron non c'era la memoria, almeno non quella visiva. De Luca sapeva come trattare i testimoni oculari, cosí gli fece una serie di domande e alla fine si convinse, non del tutto ma ragionevolmente, che invece di una ventiquattrore avrebbe potuto essere una borsa, come quelle da medico, sempre con i rinforzi metallici agli angoli, ma con la base piú larga. E con una capacità, nel caso di una borsa a soffietto, di almeno il doppio della valigetta strappata in due che aveva visto nel vicolo.

Si maledisse per non averla raccolta, ma era anche lui scosso dal bombardamento, poi tirò fuori la stilografica e graffiò qualche numero su un foglio di carta.

Cinquantamila lire diviso il prezzo corrente, sí, potevano essere dai venti ai trenta chili di cocaina, il doppio di quello che aveva pensato.

Avrebbe chiesto anche quello al console.

Tanto per mettersi l'animo in pace.

Fratojanni bussò alla porta.

– Disturbo?

– Prego, – disse De Luca, ma il commissario capo restò sulla porta.

– Il dottor Cesarella mi ha detto dell'arresto di Martina, ormai sono diventato il suo consulente politico, diciamo cosí. Ho riflettuto molto e mi è venuta un'idea che vorrei esporvi.

De Luca accennò un gesto con la mano, verso la scrivania, che sembrava volesse dire che era occupato, e Fratojanni sorrise, stringendosi nelle spalle con un'aria cosí indifesa che faceva tenerezza.

- Lo so, - disse, - finora non ho fatto una gran bella figura. Non sono un investigatore, ormai l'ho capito e ci ho messo una pietra sopra. Però sono certo che quello che ho pensato lo troverete perlomeno interessante. Volete?
- Va bene, - disse De Luca.
- Posso invitarvi a cena? Oggi ho saltato il pranzo e ho una certa fame. Però andiamo subito, io la sera mangio presto. Volete?

Era una trattoria in una traversa di via Righi, piccolina, quattro tavoli con le tovaglie a quadretti e le sedie impagliate, una vetrina sulla strada, coperta da una tenda, e una finestrella sul canale. Ma c'era la musica, e anche un odore di pesce arrosto che faceva gorgogliare lo stomaco.
- Sono i due motivi per cui vengo qui tutti i giovedí sera, - disse Fratojanni. - La musica, - e indicò una Ducati a forma di cesto che stava su una colonna in un angolo, come un vaso di fiori, - e la spigola, - e indicò la cucina che si intravedeva dietro una cortina di cannucce di legno. - La musica c'è sempre, va bene, la spigola invece solo il giovedí. Per questo la signora Maria apre solo ai clienti che conosce.

E infatti avevano bussato alla vetrata, una signora col grembiule e un fazzoletto annodato sui capelli gli aveva aperto e poi aveva richiuso la porta. Dentro, assieme a loro, c'era soltanto una coppia, un uomo e una donna anziani, benvestiti, benestanti, buongustai, che neanche li guardarono, impegnati a finire il loro piatti.
- Sarebbe fuori razionamento, - disse Fratojanni sedendosi all'ultimo tavolo, incastrato con le spalle contro il muro per lasciare a De Luca il posto piú comodo, - però vabbè che siamo tutori della legge, ma se non ci concediamo qualche piccola trasgressione...

La signora portò due piatti con dentro le due metà di

una spigola al forno. Mise quella con la testa davanti a Fratojanni che la cambiò con quella di De Luca, che avrebbe voluto rifiutare ma aveva l'acquolina in bocca che lo strozzava. Sul tavolo c'era già una mezzetta di vino bianco e schiumoso, che Fratojanni versò nei bicchieri. Alzò il suo e lo batté contro quello di De Luca, senza nessun brindisi in particolare.

Non sembrava avesse fretta di raccontare la sua idea e De Luca non ne aveva di ascoltarla. Era digiuno anche lui dalla mattina, e anche se nei giorni precedenti Lorenza lo aveva messo all'ingrasso era un po' che non si sedeva a tavola per davvero. Un pesce poi, e cosí, era una rarità.

– Deve costare un occhio della testa, – disse De Luca.

– Normalmente sí. Però… posso confessarvi un segreto? A parte che vi ho detto che siete ospite mio, neanch'io pago. La signora Maria mi gratifica della sua riconoscenza perché ho sparso la voce che vengo qui ogni tanto, e cosí i colleghi evitano di fare spiacevoli controlli.

Fratojanni si strinse nelle spalle, sorridendo di nuovo con quell'aria tenera, quasi da bambino, poi tornò a concentrarsi sulla sua spigola, attento a togliere le spine.

– Che danno sarà? Veniamo in quattro cinque, non credo che metteremo in crisi l'approvvigionamento per cosí poco, no?

No, pensò De Luca, anche se un po' si sentiva in colpa. Ma in quel momento la radio stava trasmettendo una versione strumentale di *Mille lire al mese*, e a lui venne in mente Lorenza, dolcissima, e provò una nostalgia cosí struggente che stava per chiedere se c'era un telefono, per chiamarla e dirle che saliva da lei, alla villa sui colli. Coincidenza, quando la canzone finí l'orchestra della radio attaccò *Il valzer di ogni bambina*, e la nostalgia si fece ancora piú forte.

Il ricordo di Lorenza che ballava stretta a lui, la pace

solitaria di quella trattoria, anche il sapore leggermente abbrustolito della spigola, De Luca alzò il bicchiere, in un brindisi muto, di silenziosa riconoscenza, e Fratojanni si affrettò a ricambiare.

– Adesso vi racconto quello che ho pensato, – disse accoppiando le posate sul bordo del piatto, sopra la lisca di pesce perfettamente pulita. – Ho pensato che prima o poi ci saresti arrivato comunque a capire che facevo parte anch'io della banda.

De Luca stava vuotando il suo bicchiere e sul momento pensò di non aver sentito bene.

– Prego? – disse.

– Siete bravo, quindi o ve lo dirà Martina quando arriverà a Bologna, per pararsi, diciamo cosí, il sedere, o lo capirete da solo. Sono un complice del console e del principino Della Valentina.

Ancora non ci credeva di aver sentito la cosa giusta. La musica, la spigola, la pace, quel sorriso tenero da bambino che si scusa, cosí innocuo.

– Siete il quarto uomo, – disse.

– Il quarto... oh, sí, intendete a Milano. C'era anche il Borsaro, che io però non considero proprio parte della banda, era uno che forniva i suoi servigi, diciamo cosí, di tecnico di contrabbando. E i suoi contatti.

De Luca mise una mano nella tasca della giacca, a stringere la pistola. Fratojanni bevve un sorso di vino e se lo rigirò in bocca, come per sciacquarsi i denti, ma discretamente, senza fare rumore.

– Non so se posso vantarmene, ma il cuore dell'idea è venuto a me. Quei due avevano bisogno di soldi, anch'io ne avevo, o meglio non il bisogno ma il desiderio di possederne, sapete come sono le nostre pensioni, e con la guerra, poi, insomma, mi capite. La droga sembrava un buon affare, Della Valentina conosceva questo borsaro nero che aveva amici a Milano, Martina offriva protezione, io ho trovato i soldi. Sapevate che stavo all'Ufficio Stranieri a Parma, no? Ho scelto le persone giuste, le ho mandate qui, e il resto è storia, almeno per voi.

– Perché me lo dite? – De Luca stringeva la pistola cosí forte che dovette controllarsi per non farsi partire un colpo nella tasca. Fratojanni scrollò di nuovo le spalle. Scolò la mezzetta di vino dividendola nei due bicchieri.

– Perché ci sareste arrivato da solo, ve l'ho detto. Avevo trovato una cosí bella storia, cosí originale da risultare credibile, il rito Kanun, pensavo ve ne sareste innamorato, e invece... dovevo immaginarlo, siete il famoso commissario De Luca.

Fratojanni scosse la testa, sospirando. Dalla radio arrivava la voce morbida di Rabagliati che cantava *vieni, c'è una strada nel bosco*.

– E dire che sarebbe andato tutto bene, – mormorò, sinceramente dispiaciuto. – Se non fosse stato per tre cose. La caduta di Mussolini, quell'imbecille di Martina e la sagacia del famoso commissario. Oh, sí, dimenticavo, anche il bombardamento del 24 luglio.

Era entrato qualcuno. Non aveva sentito bussare e neanche la signora che apriva la porta, ma c'era un'altra persona nella trattoria. De Luca la vide con la coda dell'occhio, una sagoma scura e tarchiata, poi si girò a guardare, torcendosi sulla sedia, perché aveva riconosciuto l'uomo riccio con la cicatrice che aveva cercato di ucciderlo con la spranga.

Fece per tirare fuori la pistola ma Fratojanni lo toccò sul braccio con la punta delle dita con un gesto cosí tranquillo e naturale che lo fermò. Il riccio si sedette al posto lasciato dai due signori, voltandogli le spalle.

– È come per la spigola. Una noi e una la coppia che c'era prima. Due pesci, che male abbiamo fatto? Un apolide e un internato. A chi interessa? Non posso negare che non lo avremmo fatto ancora, ma fidatevi, avrei scelto tutta gente cosí. Ebrei, profughi, rifugiati, internati, due o tre, massimo quattro, non di piú. A chi interessa? Chi ne sente la mancanza? Scompare tanta gente, tutti i giorni, siamo in guerra, avete letto il giornale, oggi, a Napoli c'è stato il novantanovesimo bombardamento, non contano piú neanche i morti.

– Basta, – disse De Luca. – Basta cosí. Ora venite con me tutti e due, perché vi arresto.

Un movimento alle sue spalle. Il riccio era sempre là, seduto, sempre di schiena, lo vedeva all'angolo dell'occhio, ma in qualche modo si era mosso. Fratojanni, invece, si era appoggiato con le spalle al muro, completamente rilassato.

– Vi chiedo solo di riflettere. Dormiteci sopra questa notte e ne riparliamo domani mattina. Che fretta c'è? Nessuno scappa. Avete sentito il vostro capo, come lo chiamate, lo Scimmino, no? Il caso ormai è chiuso.

– E il resto della cocaina?

Ecco, all'improvviso l'espressione tenera da bambino era scomparsa. Dietro le lenti gli occhi di Fratojanni si erano intorbiditi come quelli di Veronica, sembravano anche piú vicini, proprio come i suoi, e per un momento De Luca pensò che forse si era sbagliato, forse la ragazzina non era l'amante del principino, perché non era lui la persona a cui assomigliava di piú.

In quel momento la musica sfumò rapidamente. Non se ne sarebbero accorti, anche perché la voce che uscí dall'altoparlante della Ducati voleva essere stentorea ma senza riuscirci, piú impostata che autorevole, ma il volume era abbastanza alto per imporsi.

Il Governo italiano, riconosciuta l'impossibilità di continuare l'impari lotta...
– È il maresciallo Badoglio, – disse Fratojanni.
Ha chiesto un armistizio al generale Eisenhower, comandante in capo delle forze angloamericane. La richiesta è stata accolta.
Dalla cucina arrivò un fragore di piatti che cadevano.
– La guerra è finita! – urlò qualcuno, e la signora Maria uscí tra le cannucce con le mani sulla testa.
De Luca si alzò di scatto, tirando fuori la pistola. Si alzò anche il riccio, ma De Luca fu piú svelto a colpirlo in faccia con la canna della Beretta, strappandogli un urlo e sicuramente un'altra cicatrice.
Fratojanni non si mosse, allargò solo un po' le braccia, molto lentamente, lasciandole aperte a mezz'aria, e senza dire niente restò a guardare De Luca che usciva, lo sguardo torbido dietro le lenti e gli occhi che sembravano cosí vicini.

De Luca arrivò in via Righi con la pistola ancora in mano, ma la mise subito in tasca, perché c'era gente che usciva dai portoni sotto i portici, che si affacciava alle finestre, che arrivava da via Della Moline. Vociavano, piú che gridare, ma era un brusio che cresceva, eccitato, e le parole che si sentivano di piú erano *guerra* e *finita*.
Aveva messo la pistola in tasca ma ci infilò subito anche la mano, perché aveva visto il riccio con la cicatrice all'angolo della traversa, quasi dietro una colonna del portico. Teneva anche lui una mano in tasca e nell'altra aveva un fazzoletto, che premeva sulla guancia insanguinata.
De Luca si guardò attorno ma non c'erano soldati, poliziotti o carabinieri, neanche un vigile urbano, soltanto uomini, donne e ragazzi che si muovevano verso via Indipendenza. Li seguí, confondendosi tra la folla, la mano

stretta sulla pistola e lo sguardo sul riccio, che invece indietreggiò fino a sparire dietro l'angolo.

Dov'era finito? De Luca se lo chiese mentre risaliva la strada con l'intenzione di arrivare fino in piazza Vittorio Emanuele, vedere se ci fosse stato qualcuno a cui chiedere aiuto, o arrivare anche in questura, ma si fermò subito quando se lo vide davanti, in mezzo alla via, fermo tra la gente che scendeva come un sasso in mezzo alla corrente di un fiume, a gambe larghe come il pistolero di un film di cowboy e con la mano in tasca. Sorrideva cattivo, fissando De Luca che si era fermato anche lui, ma meno convinto. Il riccio poteva averci un coltello, in tasca, ma anche una pistola, e De Luca non la voleva una sparatoria da far west, primo perché erano in mezzo alla folla e secondo perché il riccio aveva lo sguardo da assassino e sicuramente tirava meglio e piú dritto di lui.

De Luca fece un passo indietro, scivolò tra la gente, si infilò in un gruppo che cantava *Bandiera rossa*, col pugno alzato, e scese con loro in direzione opposta, la testa girata su una spalla per guardare il riccio, che si era mosso per seguirlo.

Andavano tutti verso il monumento equestre a Garibaldi e si schiacciavano lí sotto, a sentire un uomo in maniche di camicia che si era arrampicato sul basamento, fino in cima, e parlava abbracciato a una gamba del cavallo. C'era tantissima gente, centinaia di persone, in una folla che si gonfiava e arrivava a schiacciarsi sotto i portici dell'Arena del Sole, dall'altra parte della strada, e cresceva, alimentata da un corteo che arrivava dalla piazza.

In mezzo a quelle teste, spalle, schiene e braccia che lo premevano, De Luca non vedeva piú il riccio. Aveva paura di trovarselo dietro all'improvviso, un rapido colpo di pistola alla nuca o una coltellata nelle reni, silenziosa, e l'immagine lo congelò in un terrore profondo, da cui si scosse con uno scatto violento, che fece barcollare la gente che aveva vicino. Ne approfittò per raggiungere la statua e arrampicarsi sul basamento di pietra, giusto lo zoccolo del primo gradino, in bilico assieme ad altra gente, tirato su da una donna che rideva e che l'aveva baciato su una guancia, di slancio.

Lassú era sicuramente un bersaglio migliore, ma almeno aveva le spalle coperte e poteva scrutare in mezzo alla folla, cercando il riccio. Lo trovò molto vicino al punto in cui stava prima, in mezzo a un gruppo di operai in tuta da lavoro e da come lo guardava, feroce e deluso, era sicuro che non gli avrebbe sparato, perché si capiva che se avesse tirato fuori una pistola, in quel momento di esultanza, probabilmente lo avrebbero fatto a pezzi.

Però non poteva rimanerci per sempre, attaccato a quella pietra liscia come un naufrago a uno scoglio, rischiando di cadere da un momento all'altro trascinato da altra gente che voleva salire e dalla donna, che lo abbracciava felice gridando *è finita, è finita!* E intanto il riccio era scomparso di nuovo.

Casa sua era a pochi passi, appena piú in su.

De Luca si lasciò scivolare giú dal basamento mentre l'uomo finiva di parlare e la folla esplodeva in un applauso che sembrava un boato. Cominciarono tutti a cantare, alcuni *Bandiera rossa*, altri *Fratelli d'Italia*, e neppure quelli che intonavano la stessa canzone avevano iniziato allo stesso tempo. De Luca si gettò nella folla, nuotando in quel mare di voci assordanti e distorte che sembravano sommergerlo, e quando trovò un buco si gettò sotto il portico e cominciò a correre.

Arrivato al portone si schiacciò con le spalle contro il muro, tirò fuori la pistola e grattò dentro la tasca dei calzoni in cerca delle chiavi. Poi si infilò dentro, chiudendo il portone con un calcio e salí le scale senza quasi sentire i gradini sotto i piedi.

Davanti alla sua porta si fermò, perché gli era venuta un'idea. Ascoltò per sentire se la porta di sotto si era aperta, se qualcuno saliva per le scale, la pistola puntata sul vuoto, ma non c'era niente. Allora staccò la cornetta del telefono attaccato alla parete del corridoio e girò la rotella con un dito della mano che teneva la pistola, per chiamare la questura.

Non rispose nessuno. Provò ancora ma niente.

Al terzo tentativo rispose una voce giovane, un piantone, sicuramente.

– Commissario De Luca, sono in pericolo, dovete mandare qualcuno a prendermi a casa mia con una macchina.

– Ma volete scherzare? – disse la voce, e riattaccò.

Aveva messo una sedia contro la porta, inclinata sotto la maniglia. Si era seduto sul letto, le spalle sollevate contro il muro, e teneva la pistola tra le gambe, impugnata a due mani. Faceva caldo, ma non osava aprire la finestra, non sapeva neanche lui perché, e non aveva acceso la luce, neanche quella sul comodino. Gli sembrava che cosí, nella penombra sempre piú fitta del sole che stava calando, potesse sentire meglio i rumori di fuori, sul pianerottolo. Anche se era impossibile distinguere qualcosa da quel ronzio di fondo che veniva dalla strada, forte e chiassoso come quello di una festa, cosa che era appunto.

Ma stava scemando, e anche rapidamente, tanto che De Luca riuscí a sentire il trillo del telefono nel corridoio.

– La questura, – disse a sé stesso, e saltò su dal letto, ma si bloccò. Rimase un po' accanto alla porta, come volesse annusarla, indeciso, finché gli squilli non cessarono. Allora si fece prendere dalla smania, aprí la porta e si gettò verso l'apparecchio appeso al muro, ricordandosi solo allora di guardarsi attorno, puntando la pistola, ma per fortuna il corridoio era vuoto. Guardò anche oltre l'angolo del muro, sulla prima rampa di scale, ma anche lí niente.

Lo squillo del telefono alle sue spalle gli avrebbe fatto partire un colpo, se la pistola non gli fosse caduta di mano. Ne attutí la caduta con un piede e la riprese al volo.

– Pronto?
– Pronto, sei tu?

Non era la questura, era Lorenza. Parlava veloce, con un tono piú alto del normale, eccitata e anche un po' ubriaca, probabilmente.

– Oddio, amore, hai sentito? È finita! C'è l'armistizio, Badoglio ha detto cessino tutte le ostilità, è finita la guerra!
– Sí, sí, ho sentito...
– Vieni qui, vieni da me, ti prego! Voglio stare con te, festeggiare questo momento, la mamma ha paura ma chi se ne importa, papà è ubriaco, dovresti vederlo, e lo sono anch'io, vieni, per favore, ti prego, vieni!
– Non posso, – disse De Luca. Gli sarebbe piaciuto, ma non voleva, e non solo per la paura di uscire. Seduto sul letto con la pistola in mano aveva pensato a tante cose e aveva deciso di farne una.

Ma non subito, non col buio che stava arrivando e che sí, gli faceva paura.

Domani, alle prime luci del giorno.

– Non posso, sai la situazione, sono un poliziotto, siamo tutti... non ti preoccupare, appena finito vengo. Te lo prometto. Sí, te lo giuro. Ti amo anch'io, ciao.

Mise la cornetta sulle forcelle e tornò in camera camminando all'indietro, la pistola puntata.

Non provò neanche a richiamare la questura.

Per quello che avrebbe dovuto fare la mattina stava bene dove stava.

A svegliarlo fu un rumore strano.
Era il ricordo di qualcosa che lo aveva strappato dal sonno, solo il ricordo, perché adesso non c'era piú.
Un ansimare roco come quello di un cane, un cane enorme e massiccio. Un sogno, forse, perché era evidente dalla bocca impastata e dal collo intorpidito che si era addormentato, anche se non voleva.
Guardò la porta, chiusa con la sedia, riprese la pistola e alzò gli occhi sulla finestra, perché adesso lo aveva sentito ancora, quel rumore affannato e ruvido, il ringhio di un cane enorme, ma un cane di metallo.
Veniva da fuori, dalla strada.
Ormai era buio, ma c'era la luna che rischiarava il cielo grigio. De Luca si alzò dal letto e aprí la finestra, senza piú pensare al riccio, si sporse per guardare a sinistra, e lo vide, il cane, enorme e di ferro.
Era un carro armato che scendeva lungo via Indipendenza, verso la stazione, nero, con una croce dai bordi bianchi che ancora si vedeva sulla fiancata.
Un carro armato tedesco.
Dietro di lui arrivava un camioncino militare, deciso ma senza fretta. Sul cassone scoperto c'erano dei soldati. Soldati tedeschi, seduti agli angoli, con i fucili in spalla.
In mezzo, De Luca si sporse per guardare meglio, c'erano altri soldati, ma disarmati, le mani tra le ginocchia e le spalle curve, vestiti di una divisa piú chiara.
Soldati italiani.

«Il Resto del Carlino», giovedí 9 settembre 1943, XXI, Italia, impero e colonie cent. 30.

L'ARMISTIZIO TRA L'ITALIA E LE FORZE ANGLOSASSONI - L'ULTIMO BOLLETTINO DI GUERRA - LA POPOLAZIONE DIA PROVA DI CONSAPEVOLEZZA E DISCIPLINA.

Cronaca di Bologna: LA DISTRIBUZIONE DEI TABACCHI. Fino alla metà della prossima settimana i bolognesi non avranno la possibilità di fumare.

Radio: ore 13:25, trasmissione dalla Germania.

Il *Baglioni* era a due passi, appena oltre la strada, praticamente in linea retta.

Nonostante fosse giorno già da qualche ora, via Indipendenza era vuota e De Luca rimase a osservarla per un pezzo, nascosto dietro il portoncino socchiuso del suo palazzo.

Se il riccio fosse rimasto in agguato tutta la notte avrebbe potuto spargargli da dietro una colonna, oppure poteva essere fermo nel vicolo, in bicicletta, passargli dietro mentre attraversava la strada e tirargli nella schiena.

Poi pensò che stava diventando paranoico, e nonostante stringesse sempre la pistola nella tasca, uscí sotto il portico e attraversò la strada, deciso ma senza correre.

Quando entrò nell'androne dell'hotel percepí un movimento alle sue spalle e si irrigidí.

Era un'auto, che si era fermata davanti all'albergo.

De Luca proseguí senza avere il coraggio di voltarsi, la schiena che gli faceva male per la tensione dei muscoli che lo faceva camminare come una marionetta, le mascelle serrate dalla paura. Arrivò al bancone, dove c'era un giovane elegante, in giacca e cravatta, che guardava incuriosito alle sue spalle e solo allora si voltò.

Inquadrata dal portone e illuminata dal sole sulla strada come per una fotografia c'era una Mercedes nera con una bandierina rossa all'angolo del cofano.

Delle due persone che ne erano scese, e che avanzavano nell'androne, in controluce, si vedevano solo le sagome scure, una piú avanti, alta e sottile e l'altra un passo indietro, piú bassa. Bisognava solo aspettare che si avvicinassero, ma già si capiva dalla forma del berretto che erano soldati, e infatti erano due tedeschi in uniforme, un tenente, quello alto, e un maresciallo quello piú indietro.

Il tenente guardava De Luca, che solo dopo si accorse che era perché anche lui lo stava fissando allo stesso modo, con incuriosita insistenza, tanto che si sentí in dovere di presentarsi.

– Commissario De Luca, polizia.

– Tenente Kenda, molto piacere, – disse l'ufficiale, tendendogli la mano. Parlava un italiano perfetto, con appena un accenno di cadenza veneta. – Che tipo di poliziotto?

– Polizia criminale.

– E siete bravo?

– Non saprei... spero di sí.

– Lo spero anch'io. Abbiamo bisogno di gente brava.

Il tenente sorrise, con un lieve cenno della testa, e si voltò verso il giovane elegante dietro il bancone, come se De Luca non esistesse piú.

– Abbiamo bisogno di tutte le camere disponibili, per adesso, e col tempo di tutto il resto dell'albergo, che da questo momento diventa la sede del Comando Militare tedesco. Credo che siate troppo giovane per essere il direttore e quindi immagino che adesso andrete a chiamarlo.

Il giovane annuí, mormorando qualcosa, e fece per andarsene, ma il tenente lo fermò con un gesto.

– No. C'era il commissario prima di me, ho preso il suo posto e me ne scuso, ancora di piú perché sono stato direttore d'albergo anch'io, e qui in Italia, a Venezia. Sentite prima lui.

– Vorrei vedere il giudice Del Gobbo, – disse De Luca. – È una cosa urgente, della massima importanza.

E lo era. Se il giudice gli avesse dato retta avrebbe potuto arrestare Fratojanni. Era sicuro che se avesse potuto stendergli davanti tutto il quadro, con l'ultimo tassello mancante, il commissario capo corrotto, al suo posto, sarebbe riuscito a convincerlo, il giudice istruttore Del Gobbo.

– Non è possibile.

– Se dorme svegliatelo, vi assicuro che non si arrabbierà. È molto, molto importante.

– No, intendo che non è possibile perché non c'è. Ha fatto le valigie ed è partito questa mattina prestissimo, prima dell'alba.

De Luca aprí la bocca per dire qualcosa, ma non lo fece, perché non avrebbe saputo cosa dire.

Restò immobile con le sue labbra inutilmente socchiuse, mentre il giovane si allontanava in fretta, il maresciallo faceva cenno a due soldati di portare dentro la cassa che avevano scaricato dalla macchina e il tenente Kenda gli voltava le spalle, come se davvero non fosse mai esistito.

Nei giorni seguenti incontrò il commissario capo Fratojanni altre tre volte.

La prima quella mattina stessa, nell'ufficio di Cesarella. Era seduto in un angolo del Chesterfield, le lunghe gambe accavallate, intento a pulirsi gli occhiali con la punta della cravatta, lentamente. Alzò gli occhi su De Luca, che era entrato in fretta, senza bussare, e gli sorrise, come gustando la sua sorpresa.

– Che brutta faccia che avete, commissario. Intendo come aspetto, mica altro, naturalmente. Non avete dormito bene, questa notte?

– È vero, ragazzo mio, sembri un fantasma. Che t'è successo?

– Problemi di digestione, – disse De Luca. – Ho fatto una cena pesante.

Fratojanni rise, appena un ghigno con uno sbuffo di fiato dal naso, ma spontaneo e sinceramente divertito. Indicò il muro alle spalle di Cesarella.

– Dicevo al vostro dirigente che prima o poi, probabilmente, dovrà togliere anche il ritratto del re, ora che è scappato al Sud con Badoglio e tutti i generali.

– Sí, – disse lo Scimmino, – e chi ci mettiamo, Hitler?

Sembrava un commento politico e Cesarella chiuse di colpo la bocca, ritirandosi nella poltrona, appallottolato davvero come una scimmia su un ramo.

– Chissà, – disse Fratojanni. – Per adesso i padroni sono loro. Hanno occupato la città e disarmato le nostre truppe praticamente nello spazio di una notte.

– Qualcuno ci ha provato a resistere, – disse Cesarella, tra sé, – ma li hanno fatti fuori subito –. Poteva essere un commento politico anche quello, cosí si mise addirittura una mano sulla bocca, mentre con l'altra si lisciava il riporto sulla testa, come per accarezzarsi da solo.

– Quello che volete, – disse Fratojanni, – comunque Bologna è loro. Ci sono i blindati davanti alle caserme, ferrovieri tedeschi alla stazione... sapete dove hanno stabilito il comando? Al *Baglioni*. Si trattano bene, i crucchi.

Lo Scimmino corrugò la fronte per quella parola, *crucchi*. De Luca annuí, distratto.

– Sí, lo so. Ho fatto la conoscenza con uno dei loro ufficiali, poco fa. Un tenente, mi pare si chiami Kenda.

L'aveva detto senza particolari intenzioni, pensando ad altro, perché era venuto per parlare con Cesarella di quello che era successo la sera prima, con la partenza del giudice era rimasto l'unico in grado di aiutarlo, forse, ma trovarci Fratojanni con lui in ufficio lo aveva spiazzato.

Ma doveva aver detto qualcosa di importante, perché lo Scimmino si raddrizzò sulla poltrona.

– Bene, ragazzo mio, bella notizia, cosí sarai tu a fare da collegamento con l'alleato germanico... oddio, alleato, cosa sono adesso? Comunque, sarai tu a fare da collegamento con i tedeschi per il nostro ufficio. Dovrei essere io, ma per adesso non vorrei... – Vista la sua espressione ci stavano *compromettermi* o *espormi*, ma disse *intromettermi*. – Dal momento che conosci uno dei pezzi grossi. Questo Kenda è una specie di plenipotenziario, sembra.

Doveva aver detto anche la cosa giusta a giudicare dall'espressione di Fratojanni, che si affrettò a riprendere il sorriso, cosí vago e cordiale, ma per un attimo si era di nuovo intorbidito, come la sera prima, in trattoria, quando De Luca aveva parlato della seconda valigetta.

– De Luca, ragazzo mio, che mi volevi dire con tanta fretta?

– Niente di importante, – mentí. – Cose di ufficio. Non ho visto Rassetto e il piantone mi ha detto che se ne è andato.

– Trasferito ad altro incarico su sua richiesta. Temporaneamente aggregato all'Ufficio Politico, sai, le cose che interessano a lui. Si è preso anche Massaron.

– Cosí però sono rimasto da solo.

– E che devi fare, di grazia? Ragazzo mio, non la vedi la situazione? Siamo tutti appesi a un filo, il questore, il prefetto, io... – indicò anche De Luca e Fratojanni con un movimento circolare del dito, Fratojanni ricambiò puntando l'indice sul ritratto del re e Cesarella annuí, allargando le braccia, – tutti noi. Ci tengono, ci mandano via, ci arrestano, – mise una mano tra le gambe, a toccarsi il cavallo dei pantaloni con le dita a forma di corna, – non sappiamo neanche chi comanda, a parte i tedeschi, naturalmente. Che devi fare, benedetto ragazzo mio? Vuoi che te lo dica? Aspettare.

– Aspettare, – ripeté Fratojanni, in un soffio. Poi guardò De Luca, fissandolo negli occhi.

– Sapete, commissario, finché non ce li hanno proibiti io ero un grande lettore di quei libretti gialli della Mondadori. Li conoscete?

– No.

– Fate male, ci sono belle storie, molto appassionanti anche per chi fa il nostro mestiere. Il Minculpop diceva che minavano l'integrità della cultura popolare in tempo di guerra, chissà, magari adesso ce li ridaranno. Comunque, sapete qual è il mio personaggio preferito?

No, disse De Luca, anche se non era una vera domanda, e infatti Fratojanni proseguí senza fermarsi, lo sguardo sempre fisso negli occhi del commissario.

– Quell'investigatore grasso, che mangia sempre. Si chiama Nero Wolfe, l'autore non me lo ricordo, è un americano, comunque, sapete cosa dice sempre Nero Wolfe?

Neanche questa era una vera domanda, giusto una pausa per ribadire l'importanza di quella parte del discorso. De Luca non disse niente.

– Non proprio con queste parole, e neanche direttamente, però il senso è questo. Quando non sai cosa fare e non hai abbastanza elementi per decidere, la mossa piú giusta è quella di non muoversi.

– Giusto! – disse lo Scimmino, ma non lo ascoltava nessuno. De Luca e Fratojanni si fissarono in silenzio, uno in attesa, con quel vago sorriso cordiale sulle labbra, l'altro a riflettere, serio, le labbra strette mentre si staccava pezzi di pelle della bocca con i denti, cosí concentrato da non accorgersi che si stava facendo male.

Poi De Luca annuí.

– Avete ragione, è un libro che dovrei leggere. Sono d'accordo.

Anche Fratojanni annuí. Si alzò dal divano e porse la mano a De Luca. Era una tregua, un armistizio, come quello con gli alleati. Altrettanto confuso, infido e pericoloso.

De Luca stese il braccio e strinse la mano di Fratojanni.

– Chissà cose ne pensano i tedeschi della stretta di mano, – disse tra sé lo Scimmino, raccolto dentro la poltrona.

Aspettare.

Solo nel suo ufficio, con il ventilatore spento e le finestre aperte perché ormai non faceva piú cosí caldo, De Luca pensava. I gomiti appoggiati sulla scrivania, il volto tra le mani e il fondo dei palmi premuto sugli occhi, pensava.

Aspettare.

Aspettare cosa?

Va bene. In mano non aveva niente, se non una lunga confessione del commissario capo che metteva a posto tutti i tasselli del mosaico e chiudeva le ultime frecce della sua mappa, ma non serviva a nulla, perché non c'erano collegamenti tra Fratojanni e il resto della banda.

No, un momento, qualcosa avrebbe potuto esserci.

Se Fratojanni era stato a Maslianico con il console, il principino e il Borsaro, qualcuno, magari dell'albergo, avrebbe potuto riconoscerlo. La stessa cosa a Milano.

E poi, sicuramente aveva preso le sue precauzioni, ma qualcuno che lo avesse aiutato, anche inconsapevolmente, a spostare Goldstein e Gales da Parma, magari all'Ufficio Stranieri, magari al Castello di Montechiarugolo, ecco, quello probabilmente c'era.

E alla fine, la seconda valigetta. O qualunque cosa fosse, anche un sacchetto di juta, anche una borsa per la spesa, qualunque cosa. Che era stata soltanto un'ipotesi finché Fratojanni non gliela aveva confermata con la sua espressione. E ci stava che dopo essersi fidati di quel cretino del console Martina, il principino e Fratojanni, di cocaina, se ne fossero tenuta un po' per uno. Da qualche parte doveva essere.

Sí, di cose da fare ce ne erano, fonogrammi, ricerche, pedinamenti, perquisizioni, roba da poliziotti, se lui lo fosse stato davvero, un poliziotto, con un ufficio in grado di indagare davvero, e in fretta, invece di dover fare l'unica cosa che la situazione e i tempi permettevano.

Aspettare.

– No, – disse De Luca, e con la voce, non solo con il pensiero. Staccò la faccia dalle mani, aspettò che gli occhi si fossero abituati al passaggio dal buio delle palpebre alla luce questurina dell'ufficio e staccò la cornetta dalla forcella del telefono.

Ricominciamo.

La seconda volta che vide Fratojanni fu in via delle Rose.

De Luca era arrivato in bicicletta, ronzando a ruota libera sulle discese dei Giardini Margherita, i freni a bacchetta tirati per non ammazzarsi, e l'aveva lasciata appoggiata al muro del numero 13, sotto lo sguardo indifferente di un soldato col fucile, di guardia accanto al portone, a cui mostrò il tesserino da poliziotto.

Andava a raccontare tutto quello che la questura sapeva sul mercato nero al dottor Hann, responsabile del settore per conto dell'Amministrazione Militare tedesca. Ci restò per quasi un'ora, ne uscí con lo stomaco in disordine per aver accettato un bicchierino di grappa ed era appena montato sulla bicicletta quando passò Fratojanni.

Era in auto, seduto dietro, col braccio fuori dal finestrino. C'era un ostacolo, un cavallo di Frisia in mezzo alla strada per costringere le auto a rallentare, la macchina aveva accostato per superarlo e in quel momento gli sguardi di Fratojanni e di De Luca si erano incrociati.

Poi il commissario capo aveva alzato due dita alla fronte, in segno di saluto, e De Luca aveva fatto lo stesso.

Dall'albergo *Eden* gli dissero che non ricordavano chi fosse sceso da loro attorno al 20 di luglio. Molti dei clienti che passavano il confine avevano piacere di non essere fissati nella memoria e loro cercavano cortesemente di soddisfarli. La linea era disturbata e dovette chiamare piú volte, ma riuscí soltanto a farsi confermare che nel registro c'era la firma di un certo Aldo Martina che aveva affittato quattro camere, e nient'altro. No, gli dissero alla quinta telefonata, e il tono seccato si percepiva anche attraverso le scariche sulla linea, non avrebbero riconosciuto nessuno neanche se gli avesse trasmesso, chissà come o chissà quando, una fotografia da guardare.

Con Milano fu piú facile parlare, anche perché aveva chiamato direttamente in questura. Il collega gli disse che sí, era passato dal ristorante *Il Fagiano*, ma il 21 luglio era un mercoledí, che è la loro giornata del pesce fuori tessera, c'era un sacco di gente, anche da fuori, e non potevano assicurare di ricordarsi una faccia, neanche con la fotografia, che comunque, chissà come e chissà quando gliela mandava.

De Luca gliela avrebbe anche portata, ma in quei giorni era occupato schizzare in bicicletta da una parte e dall'altra fuori dalle mura, dove i tedeschi avevano piazzato gli uffici dell'Aussenkommando Bologna delle SS.

Prima in viale Aldini 220, dal maggiore, che coordinava il collegamento tra le polizie tedesche e quella italiana, poi di corsa al numero 6 di via Albergati, a parlare con il capitano che dirigeva l'SD e i servizi di sicurezza, poi di nuovo in viale Aldini, al 132, dal tenente che comandava la Gestapo, e alla fine di nuovo dal maggiore del coordinamento.

De Luca masticava un po' di tedesco, pochissimo, imparato ai tempi del liceo, ma non importava, perché gli ufficiali parlavano piú o meno l'italiano e per fortuna si compiacevano di farlo, soprattutto il tenente della Gestapo, che ronzava sulle *s* e abusava di *t* e *v* come una caricatura da avanspettacolo, ma quando vedeva De Luca si slacciava il colletto dell'uniforme nera e tirava fuori una bottiglia di vermut, per ricordare assieme al *kolèga* i tempi in cui era alla Kriminalpolizei.

De Luca ci stava, anche se gli sarebbe piaciuto prendere la macchina dell'ufficio, caricare il bombolone di legna e correre fino a Milano con la fotografia di Fratojanni, per quanto probabilmente inutile.

Ma ci stava.

Perché va bene, c'era l'armistizio tra loro, ma il commissario capo avrebbe potuto cambiare idea, e allora frequentare i tedeschi sarebbe stata la sua polizza di assicurazione sulla vita.

Non si può ammazzare cosí un *kolèga*.

In effetti, che De Luca avesse ricominciato a indagare, Fratojanni se ne era accorto.

Assieme all'albergo e al ristorante De Luca aveva cominciato a dare la caccia alla cocaina. Dal momento che il commissario capo era sicuramente piú intelligente del principino Valentino, e che una macchina sua non la possedeva, aveva escluso che potesse tenere la cocaina nel baule di un'auto.

Cosí passò un po' di tempo a studiare Fratojanni, leggendo il suo fascicolo, molto scarno, all'Ufficio Personale, e pedinandolo a distanza.

Il commissario capo passava la sua vita praticamente in tre luoghi soltanto.

Gran parte del giorno in questura, nel suo ufficio da monaco francescano. De Luca riuscí a entrarci una sera, quando non c'era piú nessuno, e facilmente, perché la porta non era chiusa a chiave. Anche la cassaforte di noce era aperta, bisognava solo tirare con forza lo sportello, perché era pesante. Carte, documenti, pochi fogli di routine in un paio di cartelline gialle e materiale da cancelleria.

Nessuna borsa, sacco o valigetta. Niente cocaina.

La sera e la notte le passava nella caserma di viale Panzacchi, dove aveva una camera temporaneamente assegnatagli dall'Amministrazione. De Luca ci andò un pomeriggio, quando lo sapeva in ufficio, con la scusa di andare a trovare un collega. Questa volta la porta era chiusa, ma c'era un ladro di appartamenti, che chiamavano il Furetto, che l'aveva preso in simpatia quando stava alla Furti e Rapine, anche se lo aveva arrestato, tanto da insegnargli qualche trucco del mestiere.

Biancheria nel cassettone, camicie e vestiti nell'armadio, tre, uguali, giarrettiere per calzini in un cassetto e un rasoio Solingen, a mano libera, sul catino della toeletta. Un paio di scarpe nere, lucidissime.

C'era una borsetta di cuoio, ma a parte che era troppo piccola, conteneva soltanto prodotti da bagno.

C'era anche una borsa da viaggio, sull'armadio, abbastanza grande, sí, ma vuota.

Niente cocaina.

I giovedí sera, il commissario capo Fratojanni, li passava in trattoria, dalla signora Maria. Un giorno, non un giovedí, De Luca ci portò a pranzo il tenente della Gestapo, e con la scusa di fargli vedere la cucina dette un'occhiata in giro. Non era sufficiente per escluderla, e cosí fece una soffiata anonima al maggiore che si occupava di mercato nero, che mandò due SS a fare una perquisizione, ma a parte un paio di spigole rimaste non trovarono niente.

Niente borsa, niente cocaina.

Fratojanni, però, se ne era accorto.

De Luca lo capí una sera che tornò a casa e trovò la sua stanza sottosopra come dopo una perquisizione. Tutto per terra, con i cassetti aperti e l'armadio spalancato, anche il letto disfatto come se qualcuno ci avesse saltato sopra.

Fuori dalla finestra, in mezzo a via Indipendenza, c'era il commissario capo, col naso all'insú, a guardarlo mentre puliva le lenti con la cravatta.

Poi Fratojanni inforcò gli occhiali, si toccò un angolo della fronte con due dita, e si allontanò.

E quella fu la terza volta che De Luca lo vide.

Lorenza, invece, la vide una volta sola.

Anche se l'aveva promesso non era piú riuscito a salire sui colli, e ogni volta che gli tornava in mente che avrebbe dovuto farlo, o era troppo tardi o era impegnato in qualcos'altro.

E infatti, quando il centralino della questura gli passò la sua chiamata era in ufficio, concentrato su un'idea che aveva avuto poco prima, e che prometteva bene.

Chiamava dalla farmacia, e De Luca non fece in tempo a cominciare a scusarsi che lo interruppe subito.

– Vieni, per favore. Devo dirti una cosa. Puoi adesso? Grazie, ti aspetto.

Sulla porta della farmacia, con ancora sulle spalle la cortina di cannucce, incontrò Giovannino, che gli passò accanto in fretta. Era in borghese, con un cappello calcato sugli occhi, e lo salutò con un cenno rapido della testa. Dietro la cortina c'era Lorenza che aveva gli occhi rossi, come se avesse pianto.

– È venuto a salutarmi, – disse lei. – Parte.

– Sí? Ma non era nell'esercito?

– Non c'è piú un esercito.

Lorenza lo prese per un braccio e lo tirò dentro. Dietro il bancone c'era un uomo in camice bianco, che De Luca riconobbe solo dopo un attimo. Era il dottor Montuschi, il titolare, che alzò la mano a metà tra un saluto romano e una sbracciata cordiale.

– Buon giorno, commissario, felice di rivederla!

Lorenza continuò a tirarlo. Disse, *arrivo subito*, all'uomo in camice e portò De Luca nel retro. Lí, in mezzo agli scatoloni e ai vasetti di ceramica Lorenza lo baciò come non aveva mai fatto prima. Un bacio forte, quasi violento, che gli lasciò sulle labbra il sapore dolciastro del sangue.

– Ehi, – disse De Luca, ma lei lo baciò ancora, piú piano e piú a lungo, stringendosi a lui come se non avesse voluto lasciarlo piú.

– Ehi... – ripeté De Luca, abbracciandola. – Che succede?

Lorenza si staccò, ricomponendosi. – Sarei venuta io, – disse, – potevamo andare da qualche parte, anche a casa tua, ma siamo solo noi due, qui, e allora...

– Ravenna non c'è?

– È un po' che non si vede, sarà partito anche lui, spero.

Sembrava che avesse paura di parlare, cosí De Luca disse *volevi dirmi*, ma lei si attaccò ancora alle sue labbra, e lui la lasciò fare. Era un bacio nervoso, che durò finché fu possibile, poi lei guardò verso la porta e tirò De Luca piú lontano, in un angolo dello stanzino.

– La mamma è spaventata, – mormorò, – anche papà, lo siamo tutti. Vogliamo andare via.

– Siete già fuori città, ma se volete sfollare piú in campagna...

– No, non hai capito. Non abbiamo paura delle bombe... cioè, sí, anche di quelle ma... hanno paura dei tedeschi. E dei fascisti, papà dice che se torneranno saranno ancora piú cattivi.

Guardò verso la porta. De Luca cercò di abbracciarla ma Lorenza si tirò indietro. Respirò a fondo, come per riprendere fiato.

– Vogliamo andare via. Ma non in campagna, via. Papà ha un aggancio per andare in Svizzera, e da lí vediamo.

– Un aggancio?

– Un lasciapassare, una cosa culturale, diplomatica... non lo so! – Abbassò la voce, perché le era scappata. – Però dobbiamo fare in fretta. Domani, un paio di giorni al massimo.

– Via? In Svizzera?

– Vieni anche tu. C'è posto anche per te.

– Io? Ma non... non è possibile.

– Perché? Perché sei un poliziotto? Perché? – Aveva ricominciato ad alzare la voce, ma sembrava che non le importasse, non guardava piú neanche verso la porta. – Non puoi essere qualcos'altro? Sei bravo, puoi fare il poliziotto anche in Svizzera, o da qualche altra parte. Possiamo tornare se le cose cambieranno, perché no, perché?

De Luca cercò di abbracciarla ma lei lo respinse. Ansimava, come sul punto di mettersi a piangere.

Per un momento lui ci pensò, e seriamente.

Mollare tutto e andarsene.

Con lei.

Mollare la sua indagine, di cui non fregava niente a nessuno, mollare i suoi morti, che interessavano ancora meno, lasciar perdere Fratojanni, che era solo un assassino tra i tanti e neanche il piú pericoloso, mollare tutto e andarsene, come avevano fatto il re, Badoglio e tutto il resto del governo, i generali, i soldati, figurarsi lui che era solo un questurino, chi glielo faceva fare?

Scappare da questo mondo maledetto, dal tenente della Gestapo che lo chiamava *kolèga*, e salvarsi anche la pelle.

Via.

Con lei.

Ci pensò seriamente, ma per un minuto.

Lorenza se ne accorse perché gli passò tutto negli occhi. Chiuse i suoi e respirò ancora, riempiendosi i polmoni d'aria come per andare sott'acqua.

– Allora resto anch'io, – disse. – Resto qui, con te. Però voglio che ci sei anche tu, con me. Voglio essere io la prima cosa.

De Luca ci mise un secondo di piú, a rispondere, Lorenza lo capí e quando aprí gli occhi aveva le lacrime a filo delle palpebre.

Avrebbe voluto dirle che tante cose. Che non poteva farlo, non poteva andarsene perché il suo senso della giustizia, il suo essere poliziotto, non gli permetteva di lasciare a piede libero un assassino, anche se non fregava niente a nessuno.

Che non poteva tenersela vicino quando non sapeva neanche lui se sarebbe stato vivo il giorno dopo.

Ma in fondo, e neanche cosí tanto, non era sicuro che si trattasse solo di questo, perché forse aveva ragione la mamma di Lorenza, lui era cosí, e quello che faceva lo faceva per sé, perché non poteva essere nient'altro.

Cosí ci mise un secondo di troppo e quando parlò disse le cose sbagliate.

– Devo fare ancora una cosa, l'ultima. Tu vai, e io vi raggiungo. Oppure aspetto che torniate.

Se avesse chiuso gli occhi, le lacrime le sarebbero scese sulle guance, ma Lorenza non lo fece, non batté neppure le palpebre.

Guardò De Luca come non aveva mai fatto prima, poi tirò indietro un braccio e lo colpí con uno schiaffo cosí forte che gli fece voltare la testa su una spalla.

Tornò subito in questura perché non voleva pensare ad altro. Stava scendendo all'archivio del casellario giudiziario quando una guardia gli disse che il dottor Cesarella lo cercava.

– De Luca, ragazzo mio, dove ti eri cacciato? Che t'è successo, t'hanno rimenato i comunisti? Non importa, quando eri via è arrivata una richiesta del tuo amicone della Gestapo. Vuole l'elenco degli ebrei.

Era sul tavolo di radica lucida dello Scimmino, proprio sotto la sua mano. Lo aprí e ne sfogliò un paio di pagine, sfiorando con la punta di un dito le aggiunte che il maresciallo Damiano aveva fatto sui bordi, con la sua calligrafia inclinata.

– Aggiornatissimo, – disse. – Che facciamo, non glielo diamo? Gli diciamo che l'abbiamo perso? Cosí se il maresciallo ci sputtana finiamo in campo di concentramento? Allora glielo diamo? Glielo porti tu, ragazzo mio?

Chiuse il registro e ci mise sopra la mano.

– Qui dentro ci sono persone che conosco. Tu ce ne hai qualcuna?

De Luca annuí. Pensava al dottor Ravenna, ma probabilmente non era il solo.

– E perché, quando l'abbiamo fatto, 'sto registro, a che pensavamo che servisse? Ma poi, a cosa dovevamo pensare, siamo poliziotti, no, serviamo la legge, è giusto?

De Luca annuí ancora, senza dire niente.

– E allora glielo diamo o non glielo diamo? E come facciamo a non darglielo? Sai perché sono incazzato con te, ragazzo mio?

De Luca fece *no*, con la testa.

– Perché se eri qui quando chiamava il tenente della Gestapo erano cazzi tuoi se glielo davi o no, e invece me l'hanno passato a me, e adesso sono cazzi miei.

Lo Scimmino appoggiò la fronte su una mano e con l'altra fece cenno a De Luca di andarsene.

– Vaffanculo, ragazzo mio, – mormorò. – Accidenti a te.

Poi, qualche giorno dopo, il console Martina arrivò a Bologna.

«Il Resto del Carlino», giovedí-venerdí 16-17 settembre 1943, XXI, Italia, impero e colonie cent. 30.
I PRIMI FOGLI D'ORDINE DEL REGIME FASCISTA REPUBBLICANO - LE DRAMMATICHE VICENDE DELLA LIBERAZIONE DI MUSSOLINI.
Cronaca di Bologna: I MILITI DELLA 67° LEGIONE SONO RICHIAMATI IN SERVIZIO - DISPOSIZIONI PER L'ORDINE PUBBLICO E LA NORMALITA' DEL LAVORO.
Cinema e teatri: MANZONI: *Ragazza indiavolata*; MODERNISSIMO: *Vergine ribelle*; CENTRALE: *La signora Luna*.

Quando Lorenza lo aveva chiamato De Luca stava pensando a una cosa. E quando lo aveva convocato Cesarella stava andando all'archivio del casellario giudiziario, che stava giú nel seminterrato del palazzo della questura.

I punti deboli di Fratojanni non erano soltanto gli alberghi e la valigetta. C'erano anche il riccio con la cicatrice e la ragazzina. Se li avesse trovati, magari sarebbe riuscito a farli parlare, o a dimostrare comunque il loro legame con il commissario capo.

L'idea era quella che se il riccio con la cicatrice era un criminale incallito come sembrava, forse era già stato schedato dalla polizia. Ma non come politico, come delinquente comune. L'altra volta, quando lo aveva cercato dopo il colpo di spranga, aveva guardato nell'archivio sbagliato.

Nonostante tutto, i comuni erano molti di piú dei politici. Il lavoro piú lungo fu quello di isolare una serie di schede: maschi, sopra i vent'anni, sotto i quaranta. Avrebbe potuto sfilare i cassetti dallo schedario e passare in rassegna una cartellina dopo l'altra, ma voleva concentrarsi sui volti con la loro storia, non scorrerli e basta. Il riccio avrebbe potuto essere stato fotografato quando ancora non ce l'aveva, la cicatrice. Adesso, poi, probabilmente ne aveva due.

C'era un rischio, che venisse da fuori e non fosse schedato a Bologna. Lo aveva pensato la prima volta, quando aveva guardato i politici, ma adesso, dopo averlo visto sparire e riapparire nelle strade giuste, l'altra sera, non ne era piú convinto. Certo, se fosse stato un criminale abituale del giro bolognese, in qualche modo avrebbe dovuto conoscerlo, faceva parte del suo mestiere di poliziotto ricordare le facce della mala.

Era una questione di fortuna, e per una volta tanto De Luca lo fu, fortunato, perché al terzo cassetto trovò un giovane che non aveva la cicatrice ma gli stessi occhi e gli stessi capelli del suo uomo.

Tre fotografie, profilo, fronte e tre quarti. Luria Franco, nato a Casalecchio nel 1916, professione ciabattino, segni particolari nessuno, guardava l'obbiettivo della macchina fotografica con la stessa espressione fredda e cattiva con cui aveva fissato De Luca quando lo voleva ammazzare, e lui lo riconobbe soprattutto da quella. Poi tutto il resto, il naso dritto e forte, la mascella leggermente arrotondata, col mento sollevato dalle labbra strette in una smorfia strafottente. E i ricci, naturalmente, schiacciati a forza, e inutilmente, dalla brillantina.

Aveva avuto il primo arresto a quindici anni, per rissa, il secondo per rapina e un altro paio per estorsione ai danni di prostitute. Lí si fermavano le annotazioni graffiate dal pennino in corsivo svolazzante da vecchio scritturare e ne iniziavano altre, piú recenti, battute a macchina sulle righe puntinate del cartoncino. Erano tutte segnalazioni della questura di Milano, ecco perché De Luca non lo conosceva, e c'era anche un'accusa per tentato omicidio. Nessun domicilio conosciuto. Latitante.

In fondo al cartoncino, però, nell'angolo destro, c'era una cosa strana, che attirò l'attenzione di De Luca. Un puntino, di più, un pallino fatto con una matita rossa e accanto un numero, *375*, più piccolo, in grafite nera.

De Luca chiamò il maresciallo Carnevale, che per età avrebbe potuto essere il vecchio scritturale del pennino, che gli spiegò orgoglioso che il sistema dei puntini era un'invenzione sua.

– Sapete come fanno i tedeschi, no, tre copie per ogni scheda archiviate in tre schedari diversi, quando c'è stata la visita di quello là, Hitler, no, come si chiama, il capo della polizia tedesca...

– Himmler.

– Ecco, quello, che bravi di qua, che bravi di là, dobbiamo fare così anche noi, un pezzo grosso da Roma con un tedesco a spiegarci il metodo, ma io avevo già il mio sistema, e non si è mai lamentato nessuno, e funziona anche meglio, perché a quelli là gli piacciono le cose complicate, mentre a noi...

– Che significa il pallino rosso?

– Che c'è qualcosa che lo riguarda in un altro schedario. Giallo gli ebrei, rosso i politici, verde gli invertiti e i pornografi. Direte, perché non li tenete tutti insieme, tanto sono delinquenti, ma in questo modo...

– I politici? Ma lui non c'è. Ho già guardato nello schedario, e molto attentamente...

Il maresciallo Carnevale alzò una mano. Aprí un cassetto, sfoglio le schede con una rapidità insospettabile e ne tirò fuori una, che mise davanti a De Luca.

– Infatti lui non c'è, ma c'è suo fratello.

Scheda numero 374, Luria Andrea, venticinque anni, professione barcaiolo. Simpatizzante comunista. Domicilio sconosciuto.

Appena lo vide, De Luca si ricordò di lui, perché lo aveva notato quando aveva passato in rassegna i politici, gli stessi occhi, ma per il resto tutto diverso. E anche gli occhi, lo stesso taglio, qualcosa di familiare che li accomunava, ma un'altra luce, molto piú dolce, e piú mite.

Poi tornò alla scheda del riccio e copiò tutto quello che c'era scritto sopra, si fece promettere dal maresciallo di fargli una copia delle fotografie e se ne andò.

Questa volta bussò alla porta prima di entrare nell'ufficio di Cesarella, ma il risultato non fu molto diverso, perché sul Chesterfield, adesso, non c'era solo Fratojanni, ma anche Martina.

Era in borghese, portava una camicia nera sotto un doppiopetto grigio che gli stava troppo largo e anche il volto sembrava piú scavato. Voltò la testa di lato, con uno scatto, quando De Luca si affacciò sulla soglia, e lo fulminò con gli occhi. Fratojanni, invece, sorrise, socchiudendo le palpebre dietro le lenti rotonde.

– Scusatemi, – disse De Luca, – torno piú tardi.

– Forse è meglio, – mormorò lo Scimmino.

– Ma no, – disse Fratojanni, – stiamo discutendo del futuro assetto della questura, spostamenti, trasferimenti, assegnazioni. Epurazioni. Riorganizzazione, insomma. Magari al commissario interessa.

– Sono solo un piccolo funzionario, – disse De Luca, – torno un'altra volta.

– Sí, è meglio.

– Conoscete il console Martina, vero?

– Console generale.

– Sí, scusate –. Fratojanni si toccò la fronte con la punta delle dita. – Il console generale ci darà una mano per conto del nuovo Partito Fascista Repubblicano e con la massima fiducia dell'alleato tedesco. Trasferimenti, assegnazioni... eccetera.

– Torno piú tardi, – disse De Luca, e Cesarella si limitò ad annuire. Staccò la mano dal piano della scrivania e la sollevò appena. Era un suggerimento, che De Luca accolse solo dopo un attimo. Stese il braccio nel saluto romano, e senza attendere altro si ritirò.

Prima di chiudere la porta fece in tempo a notare due cose.

Il ritratto di Mussolini sul muro, alle spalle di Cesarella.

E il registro degli ebrei di Bologna sulle ginocchia del console generale Martina.

Fine dell'armistizio. La guerra era ricominciata, e lui era solo. E aveva poco tempo, perché presto lo avrebbero buttato fuori dalla polizia e lo avrebbero arrestato. O ammazzato in mezzo alla strada.

Aveva bisogno di aiuto. Per combattere la sua guerra, per vincerla o anche solo per arrivarci in fondo ancora vivo, aveva bisogno di un esercito suo. Trovare il riccio, perfino adesso che ne conosceva il nome, non era una cosa che potesse fare un questurino solitario, senza uomini, senza mezzi, praticamente senza neanche l'autorità per sfondare una porta. E senza piú tempo. Ci aveva sperato, non creduto veramente, solo sperato, che Cesarella gli avrebbe dato una squadra per trovare il suo uomo, ma sapeva che era soltanto un'illusione ancora prima di trovarci quei due, nell'ufficio del capo.

Aveva bisogno di alleati. E forse sapeva dove trovarli.

Per questo non tornò neanche in ufficio, ma scese le scale e uscí dalla questura tra le due aquile di pietra che stavano appollaiate ai lati del portone, passò accanto ai bassorilievi sulle colonne rettangolari del portico, la donna col moschetto al piede, l'uomo nudo e lo studente medioevale, che voltavano le loro facce squadrate e littorie dall'altra parte, come se non volessero guardarlo mentre si allontanava pensoso, con le mani in tasca.

Perché ne aveva tante di cose da pensare, tutte brutte, avvelenate dalla sensazione che stava facendo la cosa giusta ma nel modo sbagliato.

Pensò anche a Lorenza, si chiese dove fosse in quel momento, e anche quello non era un bel pensiero, piú malinconico che dolce, e poi piú triste che malinconico e poi piú niente, perché ormai era arrivato alla villetta e al suo cancello di ferro battuto.

Dietro c'era un milite in divisa, che guardò il tesserino di De Luca, lo ascoltò in silenzio e sempre senza dire niente lo fece entrare ma lo fermò con una mano sul petto, che aspettasse lí, in giardino.

De Luca si sedette su una panchina di sasso e rimase a guardare l'edera che si arrampicava sulla facciata della villa, lasciando scoperto soltanto il portoncino in cui il milite era scomparso.

Poi il portoncino si aprí, e incorniciato dalle foglie bianche e verdi come in un quadro preraffaellita, nero e lucido nella sua divisa nuova, apparve Rassetto, con il suo sorriso da lupo.

– Visto, commissario? Ci sono riuscito a diventare maresciallo! E senza imparare a scrivere a macchina.

Dall'ufficio veniva il rumore di tasti battuti alla velocità di una raffica, ma non era Massaron, che teneva i piedi sulla scrivania e agitava la mano per salutare De Luca che passava nel corridoio assieme a Rassetto. E infatti dall'altra parte della stanza c'era un tavolino con una ragazza dai capelli corti che muoveva rapidissima le dita sulla tastiera di una Invicta che sembrava appena uscita dalla fabbrica.

Rassetto fece entrare De Luca nell'ultima stanza in fondo al corridoio e anche lí sembrava tutto nuovo di zecca, la poltroncina girevole di legno su cui Rassetto si lasciò cadere, quella imbottita che offrí a De Luca, il coordinato di pelle nera che aveva sulla scrivania di legno massiccio, anche la scatolina di sigari toscani, ancora sigillata, che tirò fuori da un cassetto, tutto requisito in giro, spiegò con un gesto circolare del dito. Soltanto la bomba a mano appoggiata accanto al telefono, uguale a quelle che Mussolini, fece notare Rassetto, teneva sul suo tavolo quando dirigeva «Il Popolo d'Italia», sembrava vecchia e un po' arrugginita.

– Dieci uomini, due macchine a benzina e anche una segretaria –. Rassetto mosse il gomito come se volesse pungere qualcosa, sollevando un sopracciglio ammiccante sul suo sorriso da lupo. – Tre linee telefoniche, – batté le dita sul telefono, – di cui una diretta con viale Aldini, perché ci sarà anche un casino che non ci si capisce niente, non si sa ancora chi comanda cosa e secondo me non lo sa ancora neanche il duce, ma non si può prescindere dai tedeschi. Come si dice, *chi non svastica non mastica*. E a me mi chiamano comandante.

Rassetto si lisciò col palmo della mano la cinghia della bandoliera che gli attraversava il petto, lucida e nuovissima anche quella. Portava un maglioncino a collo alto sotto una giacca nera della divisa della Milizia ma senza insegne.

– Siamo una cosa autonoma, a metà tra l'Upi della questura e la Polizia Federale del Partito, come t'ho detto c'è confusione, ma vedremo. Perché non vieni con noi? Ci farebbe comodo un segugio come te.

– Ti ringrazio ma non sono venuto per questo.

Rassetto lo sapeva, come sapeva che De Luca non fumava, cosí non gli offrí il sigaro che accese con un lungo fiammifero da camino e che bruciò a ogni boccata mentre ascoltava De Luca raccontare gli ultimi sviluppi della sua indagine, gli occhi socchiusi per il fumo pesante e i denti stretti attorno al toscano. Quando De Luca finí, era finito anche il sigaro, che Rassetto schiacciò dentro un portacenere di cristallo pesante, immacolato.

– Mi piacerebbe molto inchiappettare quel ladrone del console, – disse togliendosi un ricciolo di tabacco dalle labbra. – Del giudeo e del maltese non me ne frega niente, e figurati di quei due culattoni del Borsaro e quel ragazzino, anzi. Però il console Martina…

– Console generale.

– Pure? Si è anche alzato il grado, il bastardo!

De Luca non disse nulla, immobile sulla poltroncina.

– Comunque, c'è uno scontro tra chi vuole che le cose tornino come prima e chi invece vorrebbe qualcosa di piú radicale, e io sono tra quelli che pensano che bisogna cominciare a fucilare qualcuno, a partire dai traditori del Gran Consiglio e via avanti, tutti i disfattisti, i mormoratori e i vigliacchi antinazionali che ci hanno fatto arrivare a questo punto. Il console generale, – e lo disse ricamando sulle sillabe, con disprezzo, – sta dall'altra parte.

Si aprí la porta ed entrò la ragazza, in un ticchettio di tacchi alti, i passi stretti da una gonna aderente. Portava una camicetta bianca abbottonata attorno a un seno abbondante, su cui Rassetto sfoggiò un'occhiata insistente, a uso di De Luca, mentre lei si chinava sulla scrivania con un foglio da firmare. Quando se ne andò Rassetto ripeté il gesto col gomito, lisciandosi i baffetti con il pollice e l'indice dell'altra mano, come avesse appena finito di mangiare.

– Bella la vita, ma dobbiamo produrre risultati se non

vogliamo saltare quando finalmente si riorganizzerà tutto. Cosa vuoi che faccia?

– Voglio che trovi il riccio. Luria Franco.

– *Voglio* non sarebbe il modo adatto di rivolgersi a un comandante, ma in virtú della vecchia amicizia fa lo stesso. Sei sicuro che ce l'abbia lui la droga?

– No, ma siccome è il braccio destro di Fratojanni credo che almeno sappia dove si trova.

– E come lo colleghiamo al console? Console generale.

– Troviamo la droga e arriverà anche il resto.

Rassetto sfilò un altro sigaro dalla scatolina, prese un coltellino che stava sulla scrivania e lo tagliò in due, mentre rifletteva.

– Sí, però noi siamo una squadra politica. Va bene la confusione e va bene l'autonomia, ma dare la caccia a un delinquente comune per un traffico di stupefacenti...

– Ha un fratello comunista, – disse De Luca, e Rassetto annuí, accendendosi il sigaro.

– Va bene, allora. Andiamo a caccia.

De Luca si lasciò andare nella poltroncina. Avrebbe voluto rilassarsi abbandonandosi sui cuscini, anche i braccioli erano morbidi di pelle imbottita, ma non ci riusciva.

In parte, sí, era la smania dell'indagine che sembrava avvicinarsi alla fine, quasi riusciva a toccarla con le dita, e ne aveva di idee su come condurre la caccia, idee da poliziotto, idee da sbirro, che gli bruciavano nel petto come i brividi della febbre.

Ma non era solo quello a stringergli il fiato dentro la gola, assieme alla curiosità e all'impazienza c'era quella brutta sensazione che gli induriva i muscoli delle spalle e gli strizzava lo stomaco.

Rassetto lo vide aggiustarsi nella poltrona e sorrise, compiaciuto.

– Comoda, eh? L'ho scelta apposta. Sai, quando interroghiamo qualcuno dopo che l'abbiamo tenuto in piedi per ore, e poi Massaron lo ha massacrato di botte, e poi via, botte e niente sonno, botte e in piedi, ecco, quando non ce la fanno piú, io li faccio salire qui e li metto su quella sedia morbida. Guarda, De Luca, mollano quasi tutti e non ci riescono piú a tornare indietro, si squagliano, letteralmente. L'unica pecca è che poi la poltrona si sporca tutta di sangue e tutto il resto. Fortuna che a pulire ci pensa la Vilma.

E di nuovo punse l'aria con il gomito, il sigaro stretto tra i denti nel suo sorriso da lupo.

«Il Resto del Carlino», venerdí-sabato 17-18 settembre 1943, XXI, Italia, impero e colonie cent. 30.
NUOVI PARTICOLARI SULLA LIBERAZIONE DI MUSSOLINI.
Cronaca di Bologna: LA CONSEGNA DI TUTTE LE ARMI, i militari dell'esercito si presenteranno entro domenica alla caserma del 3° artiglieria - NORME PER I CITTADINI DURANTE LA FASE DEL COPRIFUOCO - L'ARBITRARIA DISTRIBUZIONE DEL GRANO DOVRA' IMMEDIATAMENTE CESSARE.
Cinema e teatri: CENTRALE: *A Suon di Musica*.

Faceva sempre un giro diverso per andare in questura, passava da una traversa a sinistra o da una a destra, mai diritto per via Indipendenza, che sarebbe stato piú breve e piú facile. Cercava di evitare la traversa di via Altabella, perché passare davanti alla farmacia di Lorenza gli faceva male, ma quella volta si era distratto a pensare, e quando il dottor Montuschi lo salutò dalla porta su cui stava a fumare qualcosa gli si strinse dentro, da qualche parte, tra lo stomaco e il cuore.

C'era un cartello sulla vetrina della farmacia, QUESTO NEGOZIO È ARIANO, e la vernice bianca che copriva la scritta sul muro accanto era stata rinforzata fino a diventare quasi una pagina, su cui c'erano ONORE, MORTE AI TRADITORI e VINCEREMO, scritti a lettere grandi e con i contorni cosí precisi che sembravano stampate.

Quando arrivò fece di corsa l'ultima rampa di scale, perché sentiva il telefono squillare con insistenza, nel suo ufficio. Davanti alla porta, nel corridoio, c'era un uomo, il maresciallo Donati, lo riconobbe subito dal pizzetto a punta e i baffi da re delle carte, che staccò le spalle dal muro e gli venne incontro. In mano aveva alcuni fogli dattiloscritti, che teneva arrotolati come un bastone.

– Perdonatemi se sono venuto qui a disturbarvi, ma ho visto che non c'eravate e ho aspettato. Vi ho portato i brogliacci delle intercettazioni, ricordate?

De Luca allungò la mano ma il maresciallo si teneva i fogli tra le dita, riducendo ancora di piú il diametro del cilindro, che adesso era sottile come una cerbottana. Sembrava molto nervoso.

– Niente di particolare, adesso che il console è tornato c'è solo qualche chiamata di saluto a parenti e amici, ma ho pensato di portarvele io, aspettavo che veniste voi, ma visto che non lo facevate…

Sí, era nervoso. De Luca ritirò la mano e incrociò le braccia, paziente.

– Ecco… ricordate quando siete venuto e io mi sono lasciato andare a quelle considerazioni sui miei criteri, diciamo cosí, selettivi di trasmissione dei rapporti quando pensavo che le cose sarebbero cambiate… ecco, vorrei che mi faceste il favore di dimenticarvelo, se possibile.

Tutto qui?, pensò De Luca, e lo disse: – Tutto qui? Potete stare tranquillo, ho una memoria cortissima.

Il maresciallo sorrise, sollevato, e lasciò andare i fogli, che gli si aprirono tra le dita fino a tornare una specie di tubo. De Luca li prese quando si sentí chiamare. Era Cesarella, che arrivava dal corridoio.

– De Luca, ragazzo mio, dov'eri? È un'ora che ti chiamo al telefono. Cattive notizie.

Il maresciallo era sparito senza salutare, ma De Luca non se ne era neppure accorto. Cesarella aveva una brutta faccia, piú rugosa e scimmiesca del solito.

– Volevo avvertirti subito. Ti hanno sospeso dal servizio. Sei in licenza forzata, che è il primo passo per buttarti fuori dalla polizia.

De Luca si appoggiò al muro con una mano.

– Te l'avevo detto di lasciar perdere, ma tu no, testardo, zucca dura, perché, Dio santo, perché? Lo vuoi un consiglio da un amico? Però mi ascolti, questa volta, poi fai quello che ti pare, ma mi ascolti.

De Luca annuí, perché non riusciva a parlare. Era una mossa che aveva messo in conto, è cosí che stava combattendo, ma che potesse succedere davvero di ritrovarsi senza tesserino, lui, fuori dalla polizia, proprio lui, gli toglieva il fiato e di nuovo dovette appoggiarsi al muro.

– Vattene. Scappa. Questi parlano di mandare in campo di concentramento il capo della polizia, figurati una nullità di questurino come te.

Gli mise una mano sul braccio, stringendolo forte.

– De Luca, ragazzo mio, lasciatelo dire. Sei un morto che cammina.

– Ma quando le cose si normalizzano torno alla Criminale.

– Non c'è problema.

– E non mi metto l'uniforme.

– Non c'è problema. Sei il nostro segugio, stai pure in borghese. Però sei vice, me ne frego dell'anzianità e del grado, il comandante sono io.

– Non c'è problema.

Rassetto allungò un braccio verso De Luca che porse la mano per stringergli la sua, poi aggiustò il tiro perché il comandante aveva continuato a stenderlo nel saluto romano.

– Benvenuto nel Nucleo Autonomo di Polizia Politica. Sei con noi, adesso, vedrai che non ti tocca piú nessuno.

Rimasto da solo, De Luca restò un po' fermo sulla soglia dell'ufficio che gli avevano riservato, quasi senza il coraggio di entrare. Poi prese la sedia e la spostò dall'altra parte del tavolo, per avere la finestra di fronte piuttosto che alle spalle. Il verde dell'edera che incorniciava la finestra, con le foglie che spuntavano agli angoli del vetro, calmava la sua ansia, dandogli un po' di sollievo.

Da quel primo piano si vedevano oltre il giardino le chiome degli alberi di viale Dante che non avevano ancora perso le foglie. C'era un po' di vento che le muoveva e anche quello faceva pensare a tutto tranne che essere in un ufficio di polizia.

Per un momento De Luca pensò di scrivere una lettera a Lorenza. Prendere un foglio, respirare profondamente e far scivolare sulla carta tutte quelle parole che sotto la pergola della villa sui colli non le aveva mai detto. Ma non sapeva da dove cominciare, non sapeva cosa dire, e comunque non aveva tempo. Anche se sapeva che quella, in parte, era una scusa.

Dopo essere stato tutto il giorno fuori a seguire una pista che lo aveva portato fino ad Argenta, dove credeva di trovare la ragazzina, ma non era vero, De Luca tornò alla villa nel tardo pomeriggio, e seppe che avevano preso Luria.

Stava giú di sotto, nello scantinato, assieme a Massaron e Rassetto, che De Luca trovò nel corridoio, con le spalle appoggiate a una porta chiusa, a fumarsi il suo mezzo toscano.

– L'abbiamo preso questa mattina e prima dell'ora di pranzo aveva già parlato. Ma abbiamo fatto un mezzo buco nell'acqua, perché c'era poca roba.

Il corridoio dello scantinato era lungo, e sulla parete aveva tre porte di metallo massiccio, nuovissime, che avevano sostituito le semplici inferriate da cantina che c'erano prima. De Luca si avvicinò a quella di Rassetto, che aveva lo spioncino aperto, e si sollevò sulle punte per guardarci dentro, ma vide soltanto un giovane che non era il riccio con la cicatrice. Stava seduto sul pavimento di terra battuta con la nuca appoggiata al muro, e dormiva con una smorfia tesa sul volto, come se stesse facendo un incubo. De Luca lo riconobbe perché era Giovannino Marani, il fidanzato di Maria.

– No, è lí, – disse Rassetto, indicando la seconda porta di ferro. – Quello lo abbiamo preso insieme a lui quando abbiamo fatto irruzione nell'appartamento che ci ha indicato la spia.

– Deve esserci un errore, – disse De Luca, – questo lo conosco, è un ragazzino.

– Il tuo ragazzino è sospettato di aver imboscato un po' di armi del 6° bersaglieri, quando c'è stato il fuggi fuggi dalle caserme. Ma se dici di conoscerlo e ci metti tu una buona parola lo mollo senza crocchiarlo, visto che non abbiamo trovato né armi né niente, a parte un pacco di volantini.

– E la borsa?

Rassetto si strinse nelle spalle. Schiacciò quello che restava del sigaro col tacco dello stivale e aprí la seconda porta.

Non sarebbe stato facile riconoscerlo comunque, ridotto com'era, ma anche cosí tumefatto e coperto di sangue De Luca capí che neppure l'uomo seduto sulla sedia di ferro con i polsi legati dietro la schiena era il riccio con la cicatrice. Era buio nella stanza, la finestrella allungata sotto il tetto che dava sul cortile avrebbe lasciato passare pochissima luce anche di giorno, ma c'era una lampada a piantana che illuminava in pieno proprio la sedia, e no, quello non era lui.

– Certo che no, De Luca, cos'hai capito? È il fratello, Luria... come si chiama... Andrea.

A sentire il suo nome l'uomo sulla sedia alzò la testa, puntando l'unico occhio aperto verso il buio. Il cono di luce della piantana era fortissimo, quasi accecante, ma attorno la stanza era immersa in una penombra fittissima, e già di Massaron, che teneva le mani sulla spalliera della sedia, si vedeva soltanto la sagoma massiccia.

Le mani, invece, si vedevano bene, sporche di sangue e sbucciate sulle nocche. A De Luca si strinse lo stomaco. C'era odore di sangue, di feci e di urina, ma non era soltanto quello a dargli fastidio. Sul volto di Luria c'era un po' piú dei due cazzotti di Tampieri.

– Lo abbiamo preso questa mattina in un'osteria di via Avesella assieme al tuo amico di là, avevamo avuto una soffiata. Massaron è stato bravo come sempre e il nostro Luria Andrea, professione barcaiolo, simpatizzante comunista, ci ha dato l'indirizzo di un appartamento poco lontano. Un sottotetto, piccolissimo, e infatti lo abbiamo praticamente ribaltato tutto, ma c'era solo questo.

Rassetto girò il cono della piantana verso il loro angolo, illuminando un banchetto da scuola con sopra un pacco di carte legate con uno spago. Erano volantini ciclostilati che invitavano alla diserzione, poche righe stampate alla meglio su carta ruvida, ingiallita e raggrinzita su un lato, come per l'umidità.

– Il mio informatore tra i comunisti me lo diceva che era soltanto un poveretto, l'ultima ruota del carro, ci ha detto subito anche chi lo riforniva di quella merda disfattista, che prima o poi troveremo. Quasi quasi è piú importante il tuo ragazzino, guarda.

– E il fratello?

Rassetto riportò la luce su Luria, che strinse l'occhio ancora buono, con un gemito.

– Dice che non ne sa niente, che non lo vede da una vita, e sai che c'è, vicecomandante De Luca? Io gli credo. È un mentecatto, proprio un poveretto, e se sapeva qualcosa dopo la seduta pomeridiana con Massaron vedrai che la diceva. Non perdiamoci altro tempo, lo mollo alla questura, che ci pensino loro, e noi ci buttiamo su un'altra pista.

Luria respirava forte, fischiando dal naso deviato. De Luca prese il pacco di volantini, nel buio, lo tenne tra le mani. La parte raggrinzita crocchiava come uno dei sigari di Rassetto. Sotto i pollici, lo spago che li legava era ruvido e grosso, piú una corda che uno spago. Le coste nette e rotonde, levigate dall'uso, piú una cima che una corda.

Luria Andrea, simpatizzante comunista.
Professione barcaiolo.
De Luca lo disse d'istinto, senza quasi pensarci.
– Potresti fargli qualche altra domanda?
Rassetto sorrise con i suoi denti da lupo, guardò Massaron che emerse dal buio e tirò un cazzotto su quello che restava del volto di Luria.

Nel corridoio, accucciato sui talloni, De Luca inspirava aria dalla bocca spalancata, cercando di farsi passare la nausea che lo strangolava.

Quando Rassetto aveva avvicinato l'orecchio al volto di Luria e aveva annuito soddisfatto ascoltando le bolle di saliva insanguinata che gli si gonfiavano tra le labbra spaccate dal pugno di Massaron, De Luca era uscito dalla stanza. Ma lo sapeva che non sarebbe servito piegarsi in avanti, con le mani sulle ginocchia e le mascelle spalancate in attesa di un conato, perché non era soltanto il disgusto a soffocarlo, e neppure l'orrore.

Rassetto si chinò e gli mise una mano sulla spalla.
– Stomaco debole, eh? Non importa. Ce l'hai fatta, caro mio, avevi ragione tu. C'è un altro nascondiglio.

De Luca si aggrappò al braccio di Rassetto per tirarsi in piedi. Invece di troncargli il respiro, quella smania febbrile che gli saliva in gola, bucandogli la nausea, sembrava ridargli fiato.

– Dove? – chiese, e annuí mentre Rassetto diceva *nel canale*.

Ma poi aggiunse *speriamo che sia quello buono, sennò*.

Perché intanto anche Massaron era uscito dalla stanza, asciugandosi le mani con uno straccio.

– Gli ho tirato un cazzotto di troppo, – disse.

E si strinse nelle spalle.

– Lo sapevo, lo sapevo! Eccola qua, la magia del grande cacciatore!

C'era un molo sul canale Cavaticcio, in un tratto non ancora intombato. Era soltanto un moncone trasformato in una barcaccia per le lavandaie, ma ce n'era ancora un pezzo che si infilava dentro l'argine, una specie di grotta a forma di palafitta, con una tettoia di legno marcio. Un buco nero di giorno, anche piú invisibile tra le ombre del buio che si avvicinava in fretta.

Era lí sotto che stava una barca stretta e piatta, lunga poco meno della grotta, e legata a un palo del moletto da una cima appena un po' piú grossa di quella che teneva insieme i volantini di Luria.

Gli uomini di Rassetto la sfilarono fuori come un carrello, facendola scivolare sull'acqua con le mani, col rischio di finire nel canale per l'entusiasmo. La issarono sulla banchina, e alla luce di due lanterne da ferroviere a cui avevano tolto le paratie per l'oscuramento strapparono il velo di tela cerata che la ricopriva. Sul fondo della barca c'erano tre cassette allungate, uno degli uomini aveva portato un piede di porco e con quello ne aprí una, che era piena di moschetti, come le altre. Massaron prese un fucile e lo lanciò a Rassetto, che lo sollevò sopra la testa, come una lancia.

– Grande colpo! Le armi del 6° bersaglieri! Mi sa che il tuo amico è qualcosa di piú di un ragazzino! Bravo De Luca, eccolo qua il fiuto del cacciatore!

De Luca non disse niente, impegnato a infilare lo sguardo tra gli anfratti della barca. La nausea che gli impediva di respirare aveva cominciato ad affievolirsi quando avevano scorto il buco sotto il molo, e adesso venava appena la smania che aveva ripreso a bruciargli dentro con impazienza.

C'era un asse di traverso sulla poppa, De Luca la indicò a Massaron, poi prese la torcia che Rassetto non usava e la illuminò, spingendo la luce sotto il legno. Massaron ci infilò dentro una mano e tirò fuori un piccolo sacco di juta legato in cima da una corda. La sciolse, aprí il sacco e ne estrasse una borsa da dottore, di cuoio marrone, con la base piú larga e gli angoli rinforzati da un bordino di metallo.

– Guarda guarda chi si rivede, – disse Massaron. Poi aprí la borsa, ci guardò dentro e si lasciò sfuggire un fischio.

– La magia del grande cacciatore! – disse Rassetto, battendo una pacca sulla spalla di De Luca.

Che sorriso.

Mancava solo un tassello al suo mosaico, l'ultima freccina per chiudere lo schema definitivamente, collegando tutti i cerchietti.

Sapeva dove trovarla, e l'avrebbe fatto molto prima se non si fosse fatto distrarre dall'esigenza di coprirsi le spalle per non farsi ammazzare.

Cosí saltò su una macchina e si fece portare alla villetta del Nucleo Autonomo, scosse il cancello con le rose finché il piantone non uscí ad aprirglielo e corse su per le scale, fino al suo ufficio e al faldone di documenti che stava sulla sua scrivania.

I brogliacci del maresciallo Donati avevano ancora i bordi arrotondati. Dentro c'erano le trascrizioni stenografiche di quattro telefonate.

Una al colonnello della Militarkommandantur: saluti e l'invito a incontrarsi al piú presto.

Una a sua eccellenza il signor questore: saluti e l'invito a incontrarsi al piú presto.

Una al commissario capo Cesarella Giancarlo: saluti e conferma dell'incontro di quella mattina.

Una alla clinica privata Villa La Solitaria: richiesta di notizie sulla salute di sua zia Antonietta.

Era quella che interessava a De Luca. Perché sapeva benissimo, come lo sapevano tutti, che molte cliniche private funzionavano come uno sfollamento di lusso per chi poteva pagare, tranquille, fuori porta, rifornite di generi extra tessera.

Ed era sicuro, anche senza saperlo, che il console generale Aldo Martina non ce l'aveva una zia ricoverata alla Solitaria, e forse neanche ce l'aveva mai avuta una zia Antonietta.

Fecero irruzione quella notte stessa. Due uomini davanti al portone della villa, con i mitra a tracolla, due sul retro, e gli altri dentro, con Rassetto che urlava per svegliare gli occupanti delle camere. Esagerava, perché c'erano molti intoccabili che minacciarono rappresaglie, e dovevano essere concrete, perché Rassetto smise di urlare e cominciò a chiedere scusa, le labbra strette sui denti da lupo.

Ma il riccio lo trovarono, Massaron lo staccò dalla finestra dalla quale cercava di saltare nel parco della villa, e lo schiacciò sul pavimento del corridoio, un piede sul petto e la pistola puntata in faccia.

E trovarono anche la ragazzina, accucciata in un angolo tra un armadio e il letto, rannicchiata su sé stessa in una sottoveste corta da bambina. Accennò uno sguardo cattivo quando la tirarono fuori, ma appena vide De Luca abbassò le labbra e scoppiò a piangere, proprio come una bambina.
– Accidenti, – disse Rassetto, – ma che gli hai fatto? È terrorizzata.

Finí tutto molto piú in fretta di quando avesse immaginato.
La ragazzina parlò subito, fu solo difficile seguirla tra i singhiozzi che le spezzavano la voce. Seduta per terra in una delle stanze dello scantinato, stretta sotto la giacca di una divisa che De Luca le aveva fatto mettere addosso, perché Rassetto e gli altri l'avrebbero tenuta volentieri mezza nuda, Veronica raccontò tutto, la lingua dello zio che gli usciva dalla bocca mentre il principino lo strangolava, le mani di Goldstein strette sulle sue gambe, la cocaina, anche Fratojanni che stava a guardare, immobile, pulendosi gli occhiali con la cravatta, mentre lei e Valentino facevano l'amore, e Rassetto sputò in un angolo, ringhiando *che schifo*.
Parlava cosí in fretta che Vilma faceva fatica a stenografare, ma erano ancora le parole di una strana ragazzina minorenne. Ci voleva qualcosa di piú per chiudere il cerchio.
Ma anche il riccio con la cicatrice, che adesso erano due, raccontò subito tutto.
De Luca pensava che con uno come lui non sarebbero bastati neanche i cazzotti di Massaron, ma quando Luria Franco capí che invece di essere accusato di complicità in traffico di stupefacenti e tentato omicidio nei confronti di un commissario di polizia, rischiava di essere fucilato subito per propaganda disfattista, perse immediatamente il sorriso da giovane vecchia malavita e raccontò tutto

quello che sapeva da quando Fratojanni lo aveva chiamato per risolvere il problema De Luca e aiutarlo a nascondere la valigetta.

Era l'ultimo passaggio che mancava.

Bisognava fare in fretta. Rassetto andò a prendere il console, che, come raccontò ridendo il giorno dopo, si era cagato addosso nel letto in cui lo avevano svegliato con il mitra sotto il naso.

A prendere il commissario capo Fratojanni, invece, ci andò De Luca.

Fratojanni non dormiva. Non era neanche nel suo alloggio in caserma, che fu il primo posto in cui andarono De Luca e Massaron. Il piantone gli disse che il commissario capo aveva ricevuto una telefonata ed era uscito subito, nonostante fosse così tardi.

Alé, fece Massaron, ma il piantone aggiunse: – Ha lasciato un messaggio per il commissario De Luca. Dice che lo aspetta nel suo ufficio.

All'ingresso della questura c'era un brigadiere giovane che non voleva farli entrare. Non riconosceva i tesserini, non sapeva neanche cosa fosse quella squadra lí, ne nasceva una ogni giorno, neanche i tedeschi aveva il permesso di lasciar passare, e quando Massaron si lasciò scappare che erano venuti per un arresto tirò fuori addirittura la pistola.

Arrivò un maresciallo piú anziano, che conosceva De Luca, e che gli strinse anche la mano, *commissario, che piacere*, poi vide il suo tesserino e storse la bocca.

– Ho un appuntamento con il commissario capo Fratojanni, – disse De Luca, – può chiamarlo per farselo confermare.

– Non importa, – disse il maresciallo, ma li accompagnò su per le scale, fino al pianerottolo, bussò alla porta dell'ufficio e la aprí.

Una raffica di mitra uscí nel corridoio e si schiacciò sul muro, in alto, sopra la testa del maresciallo che cadde in ginocchio. De Luca lo tirò per un braccio, fuori dallo specchio della porta, mentre Massaron si riparava dietro lo stipite, dall'altra parte, con la pistola in mano. Stava per buttarsi dentro e mettersi a sparare, ma De Luca lo fermò con un gesto.

– Voglio parlare con il commissario, – disse Fratojanni.

De Luca deglutí. Non aveva nessuna voglia di farsi sparare nella pancia, piuttosto era meglio lasciar fare a Massaron o alle guardie che stavano salendo dalle scale, ma era curioso di sapere cosa voleva dirgli il commissario capo, voleva arrivare in fondo alla sua storia, *doveva* arrivarci e quello, lo sapeva, era il modo piú giusto per farlo.

– Entro dentro, – disse, e anche se Massaron scuoteva la testa con forza fece un passo avanti, comunque esitante, ed entrò.

Si trovò puntata addosso la canna traforata di un Mab che Fratojanni imbracciava da seduto, il caricatore del mitra appoggiato al piano della scrivania come un treppiede. Era senza cravatta, il gilet sbottonato sulla camicia aperta sul collo, e il sudore gli faceva scivolare gli occhiali lungo il naso. Li tirava su con la punta di un dito della sinistra, veloce, poi riportava la mano sul mitra.

De Luca si sedette sul Chesterfield, seguito dalla bocca nera del Mab. Sulla scrivania c'erano anche due piccole bombe a mano.

– Voi non siete cosí, – disse De Luca.

– Neanch'io lo pensavo di voi. Credevo che foste addirittura antifascista. Ma le circostanze ci cambiano.

– Io sono un poliziotto, – disse De Luca.

– Basta con questa storia.

– Sono un poliziotto e vi arresto per aver ucciso quattro... non importa che ve lo dica, lo sapete cosa avete fatto.

Fratojanni si strinse nelle spalle.

– Avete ragione, non importa cosa abbiamo fatto. Abbiamo giocato una bella partita, io ho fatto degli errori, voi avete commesso i vostri, i miei erano di piú e cosí ho perso. Avete vinto voi, complimenti. E adesso?

C'era quel solletico insopportabile che gli si muoveva dentro, ma non era la solita smania, perché Fratojanni aveva ragione, il gioco era finito e non restava nient'altro da scoprire. Era paura, la sua, e bruciava proprio nel punto in cui mirava la bocca del mitra del commissario capo. De Luca allargò le braccia, poco e lentamente, ma non riusciva a stare fermo.

All'improvviso una raffica assordante scheggiò lo stipite della porta, facendolo saltare sul divano con uno scatto che lo irrigidí fino alla mascella. Un proiettile bucò lo schienale del Chesterfield proprio accanto a De Luca, ma era solo perché il Mab si era spostato a sinistra, sparando.

– Scusate, – disse Fratojanni, che aveva tirato verso il corridoio per far tornare Massaron dietro lo stipite.

Poi sollevò il mitra, se lo rigirò tra le mani e in qualche modo si infilò la canna sotto al mento. Tirò una raffica, allungata dal dito inchiodato sul grilletto, e la faccia gli esplose, facendo schizzare gli occhiali fino al soffitto.

De Luca saltò di nuovo sul divano e ricadde sul cuscino, tremante, a guardare il corpo del commissario capo Fratojanni, seduto dietro la scrivania, inchiodato dal mitra che lo puntava al suo posto come un bastone, rigido e immobile.

Senza piú testa.

«Il Resto del Carlino», giovedí 2 dicembre 1943, XXI, Italia, impero e colonie cent. 30.

GLI EBREI RESIDENTI IN ITALIA AVVIATI IN CAMPI DI CONCENTRAMENTO, confisca di tutti i beni mobili e immobili, vigilanza di polizia per gli arianizzati - FAUNA ABISSALE, costi quel che costi, ripetiamo, occorre dividere con un taglio draconiano le parti infette da quelle sane, e procedere radicalmente alla disinfezione. Di qualunque misura sia il marcio non va curato quando si rivela allo stato di putredine, ma va estirpato.

Cronaca di Bologna: IL PROBLEMA ANNONARIO E LA LOTTA CONTRO LA BORSA NERA - GLI APPARECCHI RADIO NEI PUBBLICI ESERCIZI, è obbligo farli funzionare per l'ascolto del Giornale Radio.

Cinema e teatri: MODERNISSIMO: *La vita è bella*.

Si lasciò cadere sulla poltroncina e lí rimase, infossato nel soprabito chiaro che lo avvolgeva come una nuvola polverosa, il mento e le guance non rasate che sfregavano fastidiose contro la stoffa del bavero rialzato fino alle orecchie.

De Luca appoggiò i piedi sulla scrivania e soffiò fuori tutta l'aria che aveva nei polmoni in un sospiro cosí profondo che gli fece male. Chiuse gli occhi cercando di perdersi in quel torpore frizzante che gli appannava la mente, e per un attimo gli sembrò di riuscire a dimenticarsi dell'insonnia e del bruciore allo stomaco, ma il sonno arretrato non era abbastanza da farlo addormentare, e la fame non riusciva ancora a bucare quel senso di nausea che gli chiudeva la gola.

Il peso della pistola che teneva in tasca gli fece scivolare giú una falda del soprabito e sentí la lettera di Lorenza che frusciava nella tasca interna. Non la prese perché ormai la conosceva a memoria.

Erano poche righe scritte nel suo corsivo ordinato da primina della classe, diceva che stava bene e si augurava altrettanto di lui. Poche righe, perché le altre erano coperte dall'inchiostro nero della censura, ma De Luca sapeva cosa ci fosse sotto, bastava metterle su un vetro per guardarci attraverso.

Gli chiedeva notizie di Giovannino, se fosse vero che l'avevano fucilato al poligono di via Agucchi, come gli aveva detto un fuoriuscito, ma erano sicuri che no, non era vero, se poteva informarsi, per cortesia, perché loro in questura – dove Lorenza credeva che stesse ancora – lo sapevano sicuramente.

Con affetto, chiudeva, e nient'altro.

De Luca si slacciò il colletto della camicia nera, perché anche se continuava a rifiutarsi di indossare l'uniforme, quella almeno se l'era dovuta mettere. Rassetto glielo aveva spiegato, avevano vinto il primo round, il console l'avevano fatto fuori, ma la guerra continuava, e lo aveva detto arrotando le finali, come Badoglio.

Guerra politica, guerra tra loro, ma senza esclusioni di colpi, e siccome adesso era un soldato anche lui, e i soldati in guerra ci lasciano la pelle, meglio qualcosa per farsi riconoscere. Poi, una volta che avessero vinto, eliminati tutti i traditori, riscattata l'onta della Patria, fatte pulizia e chiarezza, eccetera eccetera, ecco allora avrebbe potuto fare quello che voleva, anche tornare alla Criminale, ci mancherebbe.

«Prima, però, – gli aveva detto, – devi tornare tra noi. Perché va bene che ti dovevi adattare, va bene che sei stato male, tutto quello che vuoi, ma te la stai prendendo un po' comoda, amico mio, e sono almeno un paio di mesi che non mi combini niente. E invece io ho bisogno del tuo fiuto, ho bisogno della magia del grande cacciatore», e gli aveva messo sulla scrivania una cartellina color panna, che era ancora lí, chiusa.

De Luca tirò giú le gambe e aprí la cartellina.

C'era un foglio solo, un elenco di persone da trovare.

Al terzo posto c'era il nome del Ciccione.

De Luca chiuse la cartellina e guardò fuori dalla finestra. Aveva mantenuto l'orientamento della scrivania anche quando si erano trasferiti, nonostante ora occupassero un'ala del palazzo della Scuola di Ingegneria lasciatagli dai tedeschi, e davanti non ci fossero piú gli alberi di viale Dante, a far pensare di essere altrove, ma un muro di cemento, che di giorno era grigio e con il buio rapido di quell'inverno diventava nero.

De Luca si strinse nel soprabito.

Stava arrivando la notte e sembrava facesse ancora piú freddo.

Ringraziamenti.

È uno strano periodo quello che va dal 25 luglio all'8 settembre, un po' prima e un po' dopo, ancora molto da raccontare.

Ho cercato di farlo mettendo in scena meccanismi di allora che mi sembrano spesso ancora quelli di oggi, con una interpretazione che è piú quella del romanziere che dello storico, anche se spero di essere stato il piú possibile aderente alla realtà, sia storica – anzi, Storica – che quotidiana.

Di questo devo ringraziare una serie di autori di cui ho studiato i libri sottolineandoli come a scuola (a matita, naturalmente). Testi che affrontano il periodo in questione e le sue specifiche poliziesche da un punto di vista piú generale, come quelli di Frederick Deakin, Luigi Ganapini, Daniela Caliani, Mimmo Franzinelli, Ricciotti Lazzero, Franco Fucci e Mauro Canali, solo per citarne qualcuno, e altri che ne analizzano campi e tematiche piú locali e particolari.

Ho trovato molto utile, per esempio, *Bologna in guerra (1940-1945)* a cura di Brunella Dalla Casa e Alberto Preti, *La svastica a Bologna* di Luciano Bergonzini, *Fascismo e tortura a Bologna* di Renato Sasdelli e tutto il materiale raccolto e messo in rete da www.storiaememoriadibologna.it, con tutte le annate del «Resto del Carlino» che ho citato, e da www.bibliotecasalaborsa.it.

Preziosissimi anche i libri fotografici *Bologna trema* di Bernardino Salvati e Paolo Veggetti, *Bologna ferita* con il reportage di Filippo D'Ajutolo, e *Delenda Bononia*, a cura di Cristina Bersani e Valeria Roncuzzi Roversi Monaco, con le immagini di Bologna sotto i bombardamenti, ferite incredibili ormai quasi del tutto scomparse sotto la pelle della città, come i suoi canali.

Per il tema degli internati civili sia liberi che nei campi ho letto *Invisibili. Internati civili nella provincia di Parma (1940-1945)* di Marco Minardi, e per quello dei ricoveri politici nei manicomi ho trovato

RINGRAZIAMENTI

interessantissimo *I matti del duce* di Matteo Petracci, argomento che mi riservo di approfondire.

Per la condizione degli ebrei, soprattutto a Bologna, mi sono servito di *Salvarsi* di Liliana Picciotto, e *Ebrei e fascismo a Bologna* di Nazario Sauro Onofri.

Ne cito solo qualcuno e ne dimentico sicuramente tanti, riservandomi di metterli tutti (o quasi) sulla mia pagina Facebook, come si fa per le bibliografie delle tesi.

Ci sono anche tanti film girati e usciti in quel periodo, come *I bambini ci guardano* di Vittorio De Sica, *Ossessione* di Luchino Visconti, *T'amerò per sempre* di Mario Camerini e *Il birichino di papà* di Raffaello Matarazzo, oltre a film su quel periodo, di cui cito solo un capolavoro come *Tutti a casa* di Luigi Comencini.

Nonostante mi ci sia impegnato, di errori ne avrò fatti tanti e sono sicuro che i lettori non mancheranno di farmeli notare (e vabbè, grazie comunque, sbagliando si impara). Alcuni però (piccoli piccoli) li ho fatti apposta per venire incontro alle esigenze della narrazione e anche per scaramanzia. Da tempo, in ogni romanzo storico metto una canzone fuori sincrono, e qui è *A Capocabana*, che Lorenza canta a De Luca e non potrebbe farlo perché è dell'anno dopo.

In ogni caso non era soltanto di Storia che volevo parlare. Avevo ancora dei conti in sospeso con il mio commissario De Luca, cosí sono tornato indietro all'origine del suo viaggio esistenziale per capire cosa lo aveva portato a tormentarsi ed essere tormentato nei quattro libri precedenti. Ho usato la forma narrativa dell'hard boiled alla Raymond Chandler (e mica faccio paragoni, per carità), tipo *Il grande sonno*, di cui ho anche citato qualche scena, e ancora di piú, come stile, ho cercato di avvicinarmi a quello che considero il mio maestro, Giorgio Scerbanenco.

Non so se ci sono riuscito.

A chiudere i conti, intendo. Mi sono venute alcune idee per vedere il mio commissario nel periodo piú nero e piú buio della guerra, e ancora piú avanti, di nuovo negli anni Cinquanta: altre domande a cui vorrei mi desse risposta.

A parte autori estinti o viventi, alla fine di ogni libro ci sarebbero anche un sacco di altre persone da ringraziare, ma spazio e memoria, sempre di piú, sono quello che sono, per cui accennerò solamente a Beatrice Renzi, la mia assistente, a Roberto Santachiara, il mio agente, la casa editrice Einaudi e in particolare Paolo Repetti e Francesco Colombo, di Einaudi Stile Libero, e Chiara Bertolone.

Severino Cesari non c'è piú, ma lo nomino lo stesso.

Spero con tutto il cuore di aver scritto un bel libro, di quelli che piacevano a lui.

Iniziato a Mordano (Bo), a casa mia, venerdí 16 febbraio 2018, ore 17:56 e finito a Cattolica, *Hotel Madison / Bagno Lele*, mercoledí 27 giugno 2018, ore 17:26.

Nota.

Il verso a p. 21 è tratto dalla canzone *A Copacabana*. Testo di Alfredo Bracchi e musica di Giovanni D'Anzi (1944).

I versi a p. 32 sono tratti dalla canzone *Il valzer di ogni bambina*, interpretata da Ernesto Bonino. Testo e musica di Eldo Di Lazzaro e Astro Mari (1943).

Il verso a p. 45 è tratto dalla canzone *Bandiera rossa*. Testo e musica di Carlo Tuzzi (1908).

Il verso a p. 158 è tratto dalla canzone *Mille lire al mese*, interpretata da Gilberto Mazzi. Testo e musica di Carlo Innocenzi e Alessandro Sopranzi (1939).

Il verso a p. 194 è tratto dalla canzone *La strada nel bosco*, interpretata da Alberto Rabagliati. Testo di Nicola Salerno e musica di Cesare Andrea Bixio ed Ermenegildo Rusconi (1943).

Questo libro è stampato su carta contenente fibre certificate FSC®
e con fibre provenienti da altre fonti controllate.

Stampato per conto della Casa editrice Einaudi
presso ELCOGRAF S.p.A. - Stabilimento di Cles (Tn)
nel mese di settembre 2018

C.L. 23753

Edizione							Anno			
1	2	3	4	5	6	7	2018	2019	2020	2021